文庫JA
〈JA1026〉

上弦の月を喰べる獅子

〔上〕

夢枕 獏

早川書房

6835

螺旋図《deoxyribonucleic acid》

上弦の月を喰べる獅子

〔上〕

阿_{オー}
吽_ム

《ヘッケル博士！
わたくしがそのありがたい証明の
任にあたつてもよろしうございます》

宮沢賢治「青森挽歌」

序の螺旋

因《いん》の輪の始り

わたしは螺旋蒐集家《らせんしゅうしゅうか》である。

だが、そう言っても普通の人々には何のことかわかるまい。世の中には様々な蒐集家《コレクター》がいるが、螺旋を集めるのが生甲斐《いきがい》という人間など、そうはいないだろうからだ。

螺旋とは何か。

螺旋とは渦《うず》のことである。

小さなものでは原子核の周囲を運動する電子の回転《スピン》、または田螺《タニシ》のような巻貝から、大きなものでは、最大直径十六万光年にもおよぶ我々の属する銀河系のようなひとつの渦状星雲に至るまで、あらゆるものが渦を巻いている。

それを捜し、集めるのがわたしの趣味なのだ。

だが、蒐集と言っても、銀河系や回転《スピン》する電子の螺旋運動をケースに入れて部屋に飾っておけるものではない。部屋に置くには不可能な螺旋が無数にある。この宇宙にはそういった螺旋の方が遙かに多いのだ。

そのような螺旋については、写真を撮り、ファイルすることで我慢をせねばならない。

もっと簡単な方法だってある。

新しい螺旋を発見するたびに、

〝これは螺旋である〟

そうノートに書き込むだけでもいいのだ。

だが、螺旋の蒐集に一番必要なのは、カメラでも金でもない。必要なのは、螺旋を見つけ出す視線なのだ。

ピッチャーの手を離れた回転するボールが、キャッチャーのミットにまでたどりつく間のその動きを、螺旋として捉えることのできる視線が必要なのである。

どんなものでも蒐集の対象になる。

形のあるものだけではなく、音楽でもいいし、小説でもかまわない。

『ユリイカ』という興味深い書を著わした異国の作家がいる。

その作家の書いた、大渦に呑まれた男の物語がある。メエルシュトレエムという巨大な渦に巻き込まれてゆく漁師の話だ。この物語を読んだ時には、宇宙の胎内に引き込まれ、肉も骨もとろけて螺旋へ同化していくような、甘美な体験を味わった。最後に男が助かってしまうという結末には、射精を途中で止められたような、失望感があったが、それでも、この物語の官能的な螺旋のイメージは損《そこ》なわれるものではない。その淫靡な螺旋の記憶は、ノートに数ページに渡って書き記してある。

螺旋は美しい。

美しいものは自然である。

美しいものは完璧だ。

螺旋のかたちは、無限なるものの断面なのだ。

ひとつの完璧な秩序《ちつじょ》でありながら、矛盾や混沌《こんとん》すらも、螺旋はその内に含んでいる。秩序《コスモス》と混沌《カオス》とが、身をからませあいながら伸びていく渦動《ダイナミズム》そのものだ。螺旋は、閉じ、そしてまた開いている。始まりと、終わりと、そして永遠とがその裡《うち》で溶けあい、羊水に浮かんで時を夢見る胎児のように、真理がそこで眠っている。

思いつくままに、螺旋を列記してみよう。

蛇。

渦。

竜巻。

台風。

指紋。

陰毛。

標縄《しめなわ》。

輪廻《りんね》。

惑星。
電子。
DNA。
銀河系。
つむじ。
曼陀羅《まんだら》。
木ネジ。
羊の角。
サザエ。
ワラビ。
ゼンマイ。
レコード。
チャクラ。
朝顔の蔓《つる》。
電話のコード。
トイレットペーパー。
あげてゆけばきりがない。
まるで、不思議な符号のように、わたしたちの周囲には螺旋が溢《あふ》れている。

飛行する昆虫、ミツバチやクサカゲロウの羽翅《はね》の動きでさえ、高速度撮影したフィルムを見ると、螺旋の動きをしているのがわかる。

シクラメンの花びらや、松の葉までがねじれているのを知っているだろうか。

神秘な螺旋の家をつむぎあげていく原始腹足目の生き物たち。巻貝や蝸牛《カタツムリ》のほとんどの螺旋が、中心から右回りの渦を描いて広がっていることを、いったい何人の人間が知っていることだろう。

夏の尾瀬で見たネジバナの可憐さは、涙ぐみたいほどであった。ピンクと白の小さな花びらが、緑色の細い茎に沿って、きれいな螺旋を描いて咲いているのである。

中国拳法の中で最も奥の深いといわれている流派の中に、太極拳と八卦掌がある。太極拳には発勁《はっけい》という奥技があるが、発勁《はっけい》というその奥技の中のさらに特種な技術も、纏絲勁《てんしけい》と呼ばれる螺旋力である。身体のある部位から発生させた螺旋の動きを、次々と身体の各部へ移動させ、最後に、拳なり掌なりから、螺旋の力として相手に打ち込むのである。八卦掌においてはその動作そのものが完全に螺旋の動きである。

密教の印《いん》のひとつに、智拳印と呼ばれるものがある。左掌を握り、ひとさし指をたて、それを右掌の金剛拳で握る。これもまた、永遠の原理である螺旋を象徴したものである。

インドのオーロヴィル市は、空中から撮影した写真を見ると、街全体が螺旋の形をしている。

脳は螺旋の集合体である。

ゴーゴン姉妹のひとり、メデューサの蛇の頭髪は、まるで頭蓋を喰い破って外へ姿を現わした脳の螺旋そのものである。

宗教やカバラなどの神秘思想の小道をわけてゆけば、いたる処に、象徴的《シンボリック》な螺旋の花々が咲き乱れている。

九世紀に建てられた、イラクにあるサマラの回教寺院の四十メートルを越えるみごとな螺旋の尖塔。

インドの龍神ナーガの螺旋は生命の象徴である。

古代エジプトのファラオの兜には、額の部分に、炎を吐く蛇ウラエウスの螺旋が飾られている。

アフリカのドゴン族は、太陽のことを、銅でできた八回巻きの螺旋から造られた光を放つ子宮であると考えている。

ライムンドゥス・ルルスの『化学書』には、生命の樹にからんでいる蛇の螺旋が描かれている。

仏陀像の頭髪は、螺髪《らほつ》と呼ばれる無数の螺旋である。その額にある白毫《びゃくごう》もまたひとつの螺旋である。

仏教そのものが、円と螺旋の思想体系と言ってもよい。

現代科学の両極もまた、マクロとミクロの螺旋である。

原子の構造を見てみるがいい。原子ですら、原子核とその周《まわ》りを回転《スピン》する電子の螺旋で構成されているのだ。自転し、公転する地球もまた螺旋であり、太陽も銀河系もまた螺旋である。いや、宇宙そのものが、膨張と収縮の無限の呼吸を繰り返す、巨大な螺旋と言えるだろう。

ああ、母の胎内から生まれてくる赤子が、回転し、螺旋を描きながらこの世に誕生してくるのを知った時、わたしはどれほどときめいたことだろう。

遺伝子の二重螺旋――

我々は、自らの内部に無数の螺旋を持ち、なお、外に対しては巨大な螺旋の一部なのである。極小と極大の螺旋の狭間《はざま》に生まれた、意識を持った螺旋が我々なのだ。

これは、わたしだけの幻想なのであろうか。

その幻想を象徴化したような絵が、インドのパンジャブ地方にある。『乳海攪拌図《にゅうかいかくはんのず》』と呼ばれる、ヒンドゥー教の神話を題材にしたものである。

画面の中央に、宇宙基軸である曼陀羅《マンダラ》山がそびえ、その頂にヴィシュヌ神が座っている。曼陀羅山の下部は大海である乳海に没し、やはりヴィシュヌ神の化身である亀の背によって支えられている。

曼陀羅山には、三重の螺旋で巨大な蛇が巻きついている。セッシャと呼ばれるこの蛇は、対立し合う宇宙のふたつの螺旋運動を象徴したものだ。

その蛇の頭を悪魔《アスラ》たちが引き、一方の端である尾を神々が引いている。神々と悪魔たちが螺旋《セッシャ》を引き合う力が拮抗《きっこう》し、秩序が生まれ、曼陀羅山が回転する。回転する曼陀羅山によって乳海が攪拌《かくはん》され、不老不死の霊水であるアムリタが造り出される——。

そういう意味の絵である。

初めてその絵を目にした時、この不思議な符合に、わたしの胸は奇《あや》しくどよめいた。

その胸騒ぎは、今も消えずに、肉の底にちろちろと燃えている。

わたしは、ことさら螺旋に意味をこじつけようとしているのだろうか。

いや、そうは思わない。

わたしが何をどう語ろうと、また、語らなかろうと、この宇宙における螺旋の本質が変わるわけではない。

螺旋は螺旋自身のものである。

最近になって、以前にも増して、わたしは螺旋の幻想を見るようになった。しかも、現実との区別が次第につかなくなってきている。

それはそれでいい。

その矢印の先が、たとえ狂気の彼方へ向いていようとも、それは、わたしの望むところだからだ。暗い螺旋の炎に焙《あぶ》られて、わたしの精神が焼き滅ぼされようとも、わたしはそれを怖れていない。

狂うのなら狂え。

深い宇宙の暗黒淵《やみわだ》の奥で、秘めやかな睦言《むつごと》をかわしている螺旋の秘密の痴態を、ほんの一瞬でも見ることができるのなら、わたしは喜んで狂気の地平へと足を踏み入れてゆくだろう。

果《か》の輪の始り

わたくしといふ現象は、仮定された有機交流電燈の、ひとつの青い照明です。風景やみんなといつしよに、せはしくせはしく明滅しながら、いかにもたしかにともりつづける、因果《いんぐわ》交流電燈のひとつの青い照明です。病《いたつき》の床の中で、白い業《ごふ》の吐息を吐きながら、ほのじろく青く震へてゐる、縁《えにし》のともしびです。

かうして熱にほてつた耳を枕に押しつけてゐると、とほい山の雪溶けが、大地の心音のやうに聴こえてきます。畑や庭にもまだ雪は残つてゐるけれど、おもてはへんに明るくて、風の中を光素《エーテル》の微粒子がきらきらとふりそそいでゐるやうです。わたくしは、障子を開けはなち、野ウサギのやうに鼻をひくつかせて、風景のにほひを嗅いでゐるのです。

とどいてくるのは、松のにほひや雪のにほひ。

ああ。

イギリス海岸のあたりでは、ぬるみかけた水が、新第三紀の泥《マッド・ストーン》岩の岩盤を、ひたひたと洗つてゐることでせう。新らしいバタクルミの化石や、鹿の足あとの化石が、不思議な表情で顔を出してゐるかもしれません。

この喉やら肺やらで鳴いてゐる木枯らしを、きれいさつぱりみんな吐き出して、わたくしは横ぞつぱうの明るい冷たい風の中へとび出してゆきたい。

濡れた畑の土の中へ両手を突つ込んで、わたくしが今年はどれだけ働けるかを、わたくしはわたくし自身に問ひかけてみたいのです。ぎちぎちと鳴る、泥で汚れた黒い手が、ほんたうのわたくしの手です。蒲団の中で、つめたくさむしく震へてゐるのは、わたくしの手ではありません。

新しい肥料の設計や、みんなのための花壇を造るために、南から、また東から、ぬるんだ風が吹きはじめるまへに、わたくしはこの蒲団から立ちあがらなくてはなりません。

ああ、このままわたくしが逝《ゆ》かねばならないのなら、わたくしに、あの松のにほひのする雪をとつてきてください。わたくしが、けなげないもうとのためにさうしてあげたやうに、わたくしにあの雪をたべさせてください。

松のむかふの瑠璃《るり》の空を、大きな雲がはしつてゆきます。

わたくしの心象のはいいろはがねから、するするとあけびのつるは雲にからまり、螺旋を描いてくるほしくのたうちます。野薔薇《のばら》の螺旋のやぶや、螺旋の杉に、透明な螺旋の風がまわつてゐます。
わたくしの額から熱を奪へ。
わたくしの喉から木枯らしを奪へ。
わたくしの胸から嵐を奪へ。
わたくしの頭の中に渦巻いてゐるのは、二荒山《ふたらくやま》の雪の螺旋。
雪のなかの灰色の岩。
巨大なオウム貝。
数億年の螺旋の化石。
螺旋の刻《とき》。

一の螺旋

朔《さく》の因

熱帯雨林のジャングルは、暗く、そして暑かった。果肉がとろけるまで炎にあぶられた、焼きたてのリンゴの内部のようだ。ねっとりした空気の中に、植物の体液が濃く溶けている。大気は、植物の汁で造ったスープのようだった。

緑色をした匂いの微粒子は、服の布地を透《とお》し、ぼくの細胞のひとつずつにまで染み込んでくる。このままでいれば、数日もしないうちに、ぼくの身体中の細胞が葉緑素を生産し始めるのではないか。

ぼくの周囲に満ちているその熱気には、日本の山で体験するあの草いきれや湿気とは、まるで異質なものがあった。日本の風景の内に、隠し香のように漂っているもののあはれなど、どこにもない。遙かに粘液質なのだ。生き物が、もっとどろどろと生きている。森全体が、様々な生き物で構成された群体に似た、ひとつの軟体動物のようにぼくには思えた。

蝶やカミキリムシなどの翅《はね》の色も毒々しいほどカラフルである。気根《きこん》を垂らしたガジュマルの巨木の異様さは、日本の雑木林を見なれた目には、不気味な異世界のものであった。

瘤《こぶ》だらけの太い縄をたばねてねじったような幹のうちには、十人近い大人が両手を広げて囲《かこ》んでも、まだ届きそうにないものもある。さらには、太い幹や枝にオオタニワタリやカザリシダなどの無数の植物が着生し、グロテスクなシルエットを造っている。また、その樹どうしが、頭上でつたいた植物によってつながり合っているのだ。

こうなると、森全体が一種の集合生物である。微生物や菌類、植物、昆虫、鳥、動物、様々な生物の寄生や共生の関係が複雑にからみあい、全体として、一個の異形《いぎょう》の〝森〟という生き物を造りあげているのである。

そのからみあう無数の螺旋の渦の中にあって、ぼくだけが異端者だった。この森の連鎖《れんさ》から、ぼくだけが異物のように浮きあがっていた。

ぼくがこの森の一部になるためには、この肉体を生け贄にして森に捧げねばならない。服を脱ぎすて、この場所に横たわり、死んで獣やら虫やらに肉を喰らわれ、さらには朽ち果てて分子のひとつぶまで森の植物にこの身を吸い尽くされることが必要なのだ。

ぼくが完璧に森の体内に消化されてゆくまでには、どれだけの時間がかかるのだろうか。

それは、甘美な誘惑であった。

ゆっくりと腐りながら、肉体が森に溶けてゆくのは、どんな感じがするのだろう。それは、非常にゆるやかな、SEXの快美感にも似ているのかもしれない。

太古の昔に浮遊していた羊水の記憶。

人が、人をやめて森に溶けてゆくというのは、そこへ帰ってゆこうとする儀式のようにも思えた。

二台のカメラを肩から下げ、キャラバンシューズで、肉厚の羊歯《シダ》の葉を踏んでゆく。

靴底が、羊歯《シダ》の緑色をした血の汁でずくずくに濡れているような気がした。

ぼくは、このジャングルに住むある部族の、奇妙な神話を想い出していた。

——昔、人間の祖先は子を生むことができなかった……。

その神話は、そういう一節から始まっていた。


——昔、人間の祖先は子を生むことができなかった。

子を生むことができなかったので、女たちは、自分の手足を切り取って男の精をかけ、森の中に埋めた。月がひと巡《めぐ》りした後、埋めた手足を掘り出すと、それが人間の赤子になっているのだった。右の手足からは男、左の手足からは女ができた。だから、女たちのほとんどには、手や足がなかった。

月に、生と死を司る一匹の大きな蛇が住んでいた。蛇は、月の上に大きな蟠《とぐろ》を巻き、月を隠したり現わしたりしていた。そのために月の満ち欠けが起こるのだと、人々は信じていた。

ある晩、空に昇った月に向かって、女のひとりが訴えた。

「わたしたちは、子供をつくるのに、どうしてこんなに辛い思いをしなければいけないのでしょう。女たちは手や足のない者ばかりで、その子供や夫たちのために、満足に食事を造ってやることもできません。最近では、女たちは子供をつくることをいやがり、赤子の泣き声も今はほとんど聞こえません。このままでは、わたしたちは滅びてゆくばかりでございます」

女は、はらはらと涙を流した。

月に住んでいた蛇は、心を動かされた。

「おまえの言うことはよくわかった。わたしがなんとかしてやろう」

と、蛇は言った。

「ほんとうですか」

「ほんとうだとも。わたしがこの月から地上に降り、おまえたち女の身体の中に入ることにしよう。男たちに、その精を腹の中に注いでもらうがよい。腹の中で、男の精とおまえたち女の精を混ぜ合わせて、月が十度めぐるまでにわたしが赤子を造ってやろう」

「そうすれば、もうわたしたちは手足をなくさずにすむのですね」

「だが、ひとつだけ条件がある。もしわたしが月からいなくなると、月を満ちかけさせられるものがいなくなってしまう。そこで、ひと月に一度、おまえたち女から血をもらいたいのだ。その血があれば、血の神秘力により、わたしは月を満ち欠けさせることができるだろう」

女はうなずいた。

そこで蛇は月から地上に降り、女たちの膣《ちつ》から女たちの体内に入った。

今、地上にいる人間は、みんな、その女たちから生まれた子孫なのである。

また、女たちに月経があるのはそのためである。


ぼくの頭の中には、いびつな悪夢にも似た映像が浮かんでいた。

ずっと昔に、森に埋められた女の手や足のいくつかは、掘り出されないまま、まだ土の中に残っているのではないか。

埋めた女が死ぬか、またはその場所を忘れてしまい、掘り出されずに赤子となった手足たちが、土の中で半分腐りながら、どろどろと地虫のような言葉を吐いて、土の中でまだ生きているのではないか。

ことによったら、そのうち半分はまだ手や足の形状を残したまま赤子となり、森の底の腐植土の中を、異形《いぎよう》の生物としてぎちぎちと這いまわっているのかもしれなかった。

この森の底を蠢《うごめ》く生き物としては、それ以上にふさわしいものはないように想われた。

それは、むろんあり得ない幻想だった。

わざわざこんな異国にまで戦争を撮りに来たカメラマンとしては、いささかふさわしくないものぐるいである。しかも、ゲリラの村を訪問しようという途中とあれば、なおさらのことであった。

　今、この瞬間にも、いきなりものかげからぼくに向かって機銃掃射があるかもしれないのだ。そうなっても少しの不思議もない状況にぼくはいた。しかも、ぼくは道に迷っていた。約束の村に向かって歩いているのか、もっと別のどこかへむかっているのか、ぼくには見当がつかなかった。

　もらった地図が、まるで役にたたなかったのだ。大まかなコースを殴り書きされた地図の通りに森に入り、ジープを降りてものの十五分も歩かないうちに、ぼくは迷っていた。むりはなかった。熱帯雨林のジャングルでは、人が鉈《ナタ》を使って切り開いた道など、わずかの日数で消え去ってしまうのだ。それに、書いてもらった地図が本物との保証もない。ことによったら、ぼくは騙されているだけなのかもしれなかった。

〝約束通りひとりで来れば、迎えのものをやる〟

　そういった約束を信じる方がいけないのだ。外国慣れしていないカメラマンに偽の情報を売り、金だけ巻きあげようとする手合いは、どこの国にもいる。むろんその国が戦争中であったとしてもである。

　渡りがついていると思っているのは、ぼくの勝手な、甘い思い込みなのかもしれなかった。

　ねっとりした緑色の空気を吸い、そして吐きながら、ぼくは歩いた。

　ぼくの身体をからめとろうとする、植物の抱擁から逃《のが》れようとするように、ぼくは足を前に運んだ。

　とりとめのない想いが、浮かんでは消えた。

　どうして今、自分がカメラを抱えてこんな異国のジャングルを歩いているか、そのことが不思議だった。

　ほんの数年前までは、ぼくはどこにでもいるカメラマン志望のただの学生だった。人間ではなく、自然がその頃のぼくの被写体だった。バイトをし、金をためて山をうろつきまわっては、高山植物や水や雪を撮っていたのだ。

　そのぼくが、いったい何故、戦争という人間のグロテスクな側面にカメラを向けるようになったのか――。

　ぼくにはわかっている。

　ひとりの女性の死が、ぼくを変えたのだ。

　その女性の名前は、高村涼子といった。

　当時、日本中の大学に、学生運動の症候群にも似た嵐が吹き荒れていた。程度の差こそあれ、どの大学もその病《やまい》の影響からは逃れられなかったように思う。

　ぼくの大学もそうだった。

　講義が軒並み休講になり、広いキャンパスで、学生が集会やデモを繰り返した。

　火炎ビンが飛び、二十歳そこそこの学生が自分の父親以上の年齢の教授を吊るしあげ、ぴかぴかのいかめしいジュラルミンの楯を持った機動隊が、何度も学生と衝突した。

ある作家が自衛隊に乗り込み、武士の作法で割腹《かっぷく》してのけたのもこの頃である。

知人の中には、革命の思想にのめり込んでいった者もいたが、ぼくの周囲にいる友人の多くは無関心派だったように思う。デモや集会に顔は出しても、野次馬気分の者の方が多かった。

革命に走るわけでもないかわりに、何か他のことに夢中になっているわけでもなさそうだった。

講義がないのはあたりまえ、騒ぎは大きくなればなるほどおもしろい——誰もが、少なからず心のどこかにそんな考えを持っていたに違いない。

機動隊と学生が衝突していれば、それを見に行き、近くの喫茶店でおもしろがってその有様を話し合った。どれだけ近くまで催涙弾が飛んできたかとか、機動隊員が催涙弾を水平撃ちにしたのを見たとか、そういうことが話題の中心だった。

その仲間の中に、ぼくもいた。

今思えば、あれは、無関心派なりのせいいっぱいの関心の示し方だったように思う。

だが、そういう仲間の中にはいても、ぼくが感じていたのは、奇妙な違和感だけであった。

ぼくは麻雀ができなかったし、酒もだめだった。煙草も喫《す》わず、これといったスポーツもせず、マンガも音楽もだめだった。

ぼくにとって、誰の言葉も異質だった。

革命を叫ぶ学生の言葉も、麻雀やマンガのことを話す友人の言葉も、距離の遠さから言えば似たようなものだった。

数少ない友人のひとりは、山に登っていて、その山で遭難して死んだ。そういうもののことについて考えていた。

そういう中で、ぼくは、ぼんやりと、神だとか、宇宙だとか、そういうものについて考えるのが好きだったのだ。

最後まで読めずに投げ出してしまったものも多かったが、ややこしい哲学書や宇宙の本を、ぼくは、講義がないのにまかせ、下宿の狭《せま》い部屋で毎日読んだりしていた。

そういうぼくの周囲にまで、学園闘争という名のエネルギーは、届いてきた。

「おれたちはこの闘争に生命をかけているんだ」

ある友人は、ぼくを校舎の屋上に呼び出し、ぼくの胸ぐらをつかんで叫んだ。

だからどうだというのだろう、ぼくはそう思った。

〝生命をかける〟ということがどういうことなのか、ぼくにはその実感がなかった。

山で死んだぼくの友人のことを、ぼくは思い出しただけだった。

「山に登るのにも生命をかけてる人がいます」

ぼくは言った。

その返事は拳《こぶし》となって返ってきた。

ぼくの鼻から、生温かいぬるぬるしたものがこぼれ、唇に伝わった。

何で殴られたのか、ぼくにはわからなかった。ぼくの言葉が、彼をひどく傷つけたらしかった。

あの頃は、みんな熱にうかされていたのだ。

むろん、おそらくはこのぼくも――。

カメラを持って、野山をうろついている時だけは、ぼくは安心してぼくでいられたような気がする。

マクロレンズで、小さな虫や花を撮る。

レンズを通して覗くと、光はおそろしいほどに平等だった。

小さな砂粒や、チューリップの雌蕊《めしべ》の上、それこそ蟻の触角の先にまで、宇宙から届いたばかりの光が届いているのである。

そうやって、宇宙から届けられたばかりの光を、野山の中で、レンズで拾ってゆく作業がぼくは好きだった。

涼子と知り合ったのは、何かの講義の終った後だったように思う。講義の内容はもう思い出せないが、その日が雨だったことはまだ覚えている。

ツツジがまだ咲いていたから、五月か六月だったのだろう。

ぼくはカメラを服の下に抱えて、校舎から外へ走り出そうとしていた。傘がなかったのだ。身体が濡れるのはかまわなかったが、カメラを濡らすわけにはいかなかった。

ぼくが駆け出そうとしたその時、傘を差し出してくれたのが涼子だった。

美人、という顔だちではなかったが、ほとんどしてないと言えるほど化粧がひかえめなのが、ぼくには好ましかった。彼女は、スカートではなくジーンズをはいていた。

「カメラ、濡らしたくないんでしょう」

彼女はそう言った。

どこかおこったような顔で、ぼくを見つめていた。

それが、ぼくと涼子の最初の出会いだった。

それがきっかけで、ぼくと涼子とは時々会うようになったのだ。

最初、自分に女ができたことを、ぼくはなかなか信じられないでいた。他人から見れば、女ができたという、ただそれだけのことではあったのだが――。

涼子に誘われ、ぼくは酒をおぼえ、生まれて初めて詩集などというものを読んだりした。

涼子の影響で、タゴールというインドの詩人の詩が好きになったりした。

ある日、〝銀河鉄道〟という喫茶店で、涼子と待ち合わせをしたことがあった。

その時、コーヒーを飲みながら、涼子がぼくに手渡してくれた文庫本があった。

童話作家であり、詩人でもあった人の詩集だった。

三島草平さま　　　高村涼子

と、中のタイトルページにぼくの名前と彼女の名前が記されていた。

「わたしの大好きな人なの……」

と涼子は言った。

岩手県出身のその童話作家の詩集に、ぼくはのめり込んでいった。

言葉の過剰、言葉のリズム、その詩句は、ほとんど天鼓《てんこ》のようにぼくの魂に響いた。詩の理屈や、意味を超えた言葉の氾濫《はんらん》に、ぼくは酔ったようになった。

その詩集を、ぼくはぼろぼろになるほど読んだ。

詩集だけでなく、童話や、他の文章まで、ぼくはその人のものを読むようになった。

その人は、切ないまでに、野の人であった。

教師であり、農民であり、常に、人のために自分を生きた人であった。

天の人であった。

農学校の講義をしていた彼が、学生のために造った「農民芸術概論綱要」の中に記されている言葉にさえ、ぼくは酔った。

正しく強く生きることは銀河系を自らの中に意識してこれに応じてゆくことである。

まづもろともにかがやく宇宙の微塵《みぢん》となりて無方の空にちらばらう。

……われらに要るものは銀河を包む透明な意志　巨きな力と熱である……

「わたしは蠍《サソリ》の話が好きよ」

涼子は、その人の童話の中の好きな場所をぼくに話したりした。ぼくは、当時、童話よりもむしろ、その人の詩に強く魅かれていた。

しかし、涼子とした話は、その詩人の話ばかりではない。

この人の本を読むようになって、ぼくは、『法華経』やら『般若心経』にまで、眼を通すようになったのだった。

仏教の言葉は、それまでぼくが知っていたどんな宇宙論の本よりも、しっくりとぼくにはなじみ易かった。宇宙についてこういう表現の仕方もあったのかと思った。

『般若心経』で、ぼくが魅かれたのは、〝空《くう》〟という考え方であった。「色即是空　空即是色」という、この八文字の中に、宇宙を貫いている法があるのではないか。

物質というか、そういうものはもともと実体がないものであるらしいとは、以前からぼくも、漠然と考えてはいたのだ。

たとえば、机なら机というものは、ある機能、かたちに組み合わされた木とか鉄とかであるわけで、実体は、その材料となっている木なり鉄なりである。机という実体はない。机という本質は、つまり、実体がないものなのだ。にもかかわらず、机という本質を表現する時には、木とか鉄とか、そういう実体を離れてはあり得ないのだ。

百年、二百年のうちには、机は壊れる。それまで机を構成《こうせい》していた木なり鉄なりが、机を構成していた時と同じ量だけそこに残ったとしても、それはもはや机ではないのだ。つまり「色即是空　空即是色」を、机で言うと、「机というものの本質は実体がない。しかし、机という実体のないものの本質も、鉄とか木とかの実体を通してしか、この世には表現されない」ということになる。

結局、表現なのだ。

つまり、ものは、永久にひとつのものであることはなく、常に動き続けている。机は、いつまでも机であり続けることはない。そして、机を構成《こうせい》しているはずの、木や鉄でさえ、永久に木であり鉄であり続けることはできないのだ。その意味では、愛だとか、憎しみだとかの人間的な感情ですらも、〝色〟である。つまり、人間の意識や感情すらも、永遠に続くものではないのだ。

しかし——

もうひとつ、ぼくが興味を覚えたのは、般若《はんにゃ》——つまりサンスクリット語でいうパニャーであった。

これは知恵のことである。

「摩訶般若波羅蜜多心経《マハーパニャーパラミターチタースートラ》」これが、『般若心経』の正確なタイトルだが、それを直訳すると、

〝内在する偉大な知恵に到達する心の教え〟

ということになる。

般若《パニャー》というのは、二本足の人間がさらに、彼岸《ひがん》の真理に向かって歩いてゆくための、三本目の見えない足なのだ。

ぼくと涼子とは、よく、そういう宇宙や人間についての、他人から見れば恥ずかしいほど

真面目な話をしたりした。

「どうしてうまくいかないのかしら……」

彼女はぼくに言った。

「何が？」

ぼくは訊いた。

「人と人よ。どうして、殺し合ったり、憎しみあったりしてしまうのかしら……」

彼女は、ふいに、ぼくの知らない顔になり、ぽつりとそんなことをつぶやいたりした。

このような、初《うぶ》な会話をすることができたのも、心を許しあえたからだろう。少なくとも、ぼくはそう思っていたのだ。

ぼくが涼子の死を知ったのは、夜、アパートの部屋でテレビのニュースを見ている時だった。

都内の某所で過激派どうしの抗争があって、何人かの男女が死んだことを、アナウンサーが告げた。その死んだ人間たちの名前の中に、彼女の名前があったのだ。

ぼくには信じられなかった。

涼子が死んだことも、彼女が過激派のひとりであったということも。

何かの間違いだとぼくは思った。

そんな素振りを、涼子はこれまで一度だってぼくに見せたことはなかった。

ぼくは、彼女はただ事件に巻き込まれただけなのだと思った。

やがて、ぼくを訪ねてきた刑事によって、やはり涼子が過激派の一員であったことをぼくは知らされた。彼女は学内ではほとんど活動をせずに、外で動いていたらしい。彼女の属していたセクトも、ぼくの大学にあるセクトとはほとんど無関係に近いものであった。

涼子たちを殺したのは、ぼくらの大学のあるセクトの学生たちらしいという。

アジトであるアパートの一室で、涼子が仲間と話し込んでいるところへ、いきなり彼等が殴り込んで来たのだ。その部屋にいた四人のうち涼子を含めて三人が死んだ。鉄パイプでめった打ちにされたのだ。

涼子の頭蓋骨は、三ヵ所が陥没していた。

これまで遠くのできごとだとばかり思っていた事件の中に、いきなり放り込まれたようなものだった。

——何故、殺し合うのか。

それがぼくにはわからなかった。

辛かったのは、涼子がぼくに何も言わなかったことである。

捜査や対立するセクトの目をごまかすために、どのセクトにも入っていない一般学生のぼくに近づいたのではないか——と刑事は言った。

その真実を知るすべが、今はない。

何がなんだかわからないまま半年が過ぎ、ぼくは大学をやめていた。

身体中に、どろどろとした形のない嵐が吹き荒れていた。

不思議な怒りがあった。どこへもやり場のない暗い炎であった。炎の半分はぼく自身に、もう半分は、得体の知れない遠い暗黒の方向《ベクトル》に向けられていた。

それがどこであるのか、ぼくにはわからなかった。

何故、人が人を殺すのか。

いや、何故人は死ぬのか。

答のない問が、激しくぼくの肉を責め苛《さいな》んでいた。

ぼくのカメラは、もう、花や、水や、虫にむけられることはなくなっていた。

あちこちを転々としながら金をため、気がついた時には、ぼくはカメラを抱えて戦場にいた。

そこで、ぼくはたくさんの死体を見た。

カメラを向けてはいけないような光景ばかりだった。だがしかし、目をそらすよりも、レンズを向けてシャッターを押す方がむしろぼくには楽だった。ただそこにつっ立ったまま、目の前の死体と関わりのない他人でいるよりも、むしろ、カメラを向ける苦痛の方が、ぼくには耐え易かったのだ。

しかし、ぼくの社会的な立場は、とてもカメラマンと呼べるようなものではなかった。自費で海外へ出、写真を撮って、それを雑誌に持ち込むというやり方で、なんとか生活をしていた。むろん、写真以外の仕事もしなければ、喰べてはいけない状況だった。

そして今、ぼくはジャングルを歩いているのだ。ポケットの中には、もうぼろぼろになった一冊の詩集が入っている。

緑色の溶鉱炉――ジャングルは、まさにそう呼ぶにふさわしい熱気に満ちていた。その大気を、ぼくは喘ぎながら呼吸していた。

道はわからなかった。

自分の踏み跡が消えないうちに、もうもどる決心をした方がよさそうだった。

その決心をぼくがしようとした時、ぼくは前方の暗い緑のなかに、小さな白い裂け目を発見した。陽光の色であった。

迷宮の中から出口を見つけた思いだった。

ぼくは真っ直にそこへ向かって歩を進めた。それでもできるだけ音はたてないように、細心の注意をはらった。

そこが約束のゲリラの村であるにしろ、注意のしすぎということはなかった。

そこは広場になっていた。

木の枝を組み合わせて造った小屋が数軒あった。草葺《くさぶ》きの屋根の上にはまだ緑色の葉をつけた木の枝が重ねてあった。空からわかりにくくしてあるのだ。

人影はなかった。

どうしようかとぼくが躊躇《ちゅうちょ》していると、人声がして、一軒の家から三人の男が出てきた。

それぞれ機銃を手にした兵士だった。

ゲリラでも、この国の兵隊でもない。白人であった。

何故彼等がここにいるのか、ぼくにはわからなかった。

そこが、ぼくが目指していたゲリラの村かどうかはともかく、そのような村のひとつであることは間違いないらしかった。

三人の白人兵士は、全部の小屋の点検をすませ、今、その最後の小屋から出てきたばかりという雰囲気だった。彼等は、誰の姿も見つけられなかったようだった。

ゲリラたちは、彼等のやって来るのを察知し、村を捨てて姿を消したらしかった。

声をかけてぼくが出て行くのなら、この時であった。

だが、ぼくはその機会を逸《いっ》していた。

ぼくが声をかけるより先に、響いてきた声があった。

幼い子供の泣く声だった。その泣き声が近づいてくる。

とっさに、ぼくはカメラを構えていた。

ふいに、男たちの正面の森の中から、半ズボンをはいた幼児が飛び出してきた。女の子だった。年齢は三歳くらいだろうか。濃い褐色をした手足が枯枝のように細い。しかも素足だった。

いったい何故、彼女が泣きながら飛び出してきたのか、ぼくには見当がつかなかった。おそらくはこの村の子供であろう。大人たちと一緒に姿を隠し、そこからたったひとりで抜け出してきたのだろうか。大人たちとはぐれたか、ここに残してきたおもちゃのことを思い出したのかもしれなかった。

彼女には、この隠れん坊に似たゲームの意味が、よくわかっていなかったのであろう。銃を手にした異国人の姿を見つけ、彼女の身体がびくんとすくんだ。彼女の小さな足がもつれた。

女の子はそこに転んでさらに激しく泣き出した。

三人の男は顔を見合わせた。そのうちのひとりが手にした銃が事務的な動作で上に持ちあげられた。

銃口がその子供に向けられていた。

その時、細い叫び声があがった。

一瞬、ぼくは、その声が自分の口からもれたのかと思った。

そうではなかった。

女の子が出てきたのと同じ藪の中から、ひとりの少年が転がるように飛び出して来たのだ。

叫び声は、その少年があげたのだ。

半ズボンに、ぼろぼろの半袖シャツを着ていた。手足が気の毒なほど細い。

少年――というより、男の子と言った方がいいかもしれなかった。六歳か七歳くらいのように見えた。

少年は、転んだまま泣きじゃくっている女の子の上におおいかぶさり、怒ったような赤い顔をあげて何か高い声で叫んだ。

その言葉はぼくにはわからなかった。

だが、その意味だけは、間違えようがなかった。その男の子が叫んだその言葉の意味を取り違える人間などいるわけはなかった。

「撃たないで!!」

鋭い針のように、その言葉がぼくの全身を痛みさえともなって貫いた。

少年は、顔をあげ、三人の男たちを大きな目で睨んでいた。目の白さと、喰い縛った歯の白さが、黒い顔の中から、痛いような鮮やかさでぼくの目に襲いかかってきた。

三人の男は、ガムを噛んでいた口元を吊りあげて、笑みを浮かべた。たしかに、ぼくには彼らが笑ったように見えた。

〝仕事だからな〟

そう彼等の眼が言っていた。

さらにふたつの銃口があった。

どうしてなのだろう。

どうしてなのか。

その時ぼくは、カメラを構えていたのだ。おそらく、ぼくの頭は逆上し、混乱し、わけがわからなくなっていたに違いない。

少年の叫び声と、銃声とが、同時にぼくの耳にとどいた。

ぼくは、ファインダーの中で、目を閉じることができなかった。

弾丸のあたった場所から、大げさな映画のシーンのように、びゅっ、びゅっと血がはじけた。何かの冗談に参加しているのかとぼくは思った。倒れた子供がおきあがり、にこにこ笑いながら自分の身体についたジャムをなめるシーンがうかんだ。だが、少年はぼろくずのように動かなかった。

指に、シャッターを押した時の感触が残っていた。ぼくがわかっていたのは、もう、フィルムを使い果たしていたことだった。

歯が、小さく鳴っていた。

歯を鳴らしながら、ぼくは、夢中でフィルムを入れ換えていた。何をしているのか。自分は何をしているのか。フィルムを入れ換えながら、ぼくは混乱していた。

その時、ぼくは、何か声をあげていたらしい。

ぼくが、自分が声をあげたことに気がついたのは、三人の男が、ぼくの方を向いたからだった。

「撃つな、ぼくは日本人だ!!」

英語で叫び、ぼくは両手を挙げて目を閉じた。

銃声はしなかった。

ぼくはゆっくり目を開いた。

三人の男が、銃口をぼくに向けていた。

「手を頭の上にのせて、ゆっくりとこっちへ来い」

一番大柄な男が、身体に似合わない高い声でいった。

ぼくは、ガクガクする脚を踏みしめながら、彼等の前まで歩いて行った。

ひとりがぼくのポケットをさぐり、パスポートを取り出した。

「カメラマンか」

ぼくはうなずいた。

まだ銃を向けられたままだった。

銃口の黒い丸い穴が、これほど人に恐怖感をあたえることを、ぼくは初めて知った。

ふたりの子供の身体の下から、生き物のように血の輪が広がり、地面に黒いしみを造っていた。

「何故こんな所にいる?」

レスラーのようにでかい身体の男が言った。

銃を持った手の甲に、もじゃもじゃの茶色い毛がからみあって生えていた。

ぼくは、おそろしくへたくそな英語で説明した。

「おまえは、とんでもない間抜けか嘘つきかのどちらかだ」

レスラーの男が言った。

彼がぼくの言っていることを半分も信用していないのは明らかだった。

「今のを撮ったか」

パスポートを持った男が言った。

「いや」

ぼくは言った。

嘘をついていた。

しかし三人が信用していないのはぼくにもわかった。

「フィルムを出せ」

レスラーが、銃口をぼくの腹にねじ込みながら言った。

「何故だ」

「出すんだ」

「だからどうしてなんだ」

ぼくは、せいいっぱいの意地を込めて言った。その声はささくれて、だらしなく震えていた。

「あんたの死体からフィルムをもらったっていいんだぜ」

「その方が面倒がなくていい」

「こんな場所でカメラマンひとりが死ぬ原因はいくらでもつくることができるんだ」

ぼくのなけなしの意地は、そこまでが限界だった。

カメラからフィルムを取り出し、男たちのひとりに渡した。

その男は、パトローネからいっきにフィルムを引き出した。

「残念だな。みんな感光しちまってるじゃないか」

あまり上等でない笑い声をあげた。

パスポートを手にしていた男が、それをぼくのポケットに差し込み、ぽんとぼくの肩を叩いた。

「行けよ」

低い声で静かに言った。

「これで解放してくれるのか」

ぼくは言った。

「ああ、行け」

男がおもしろくなさそうに言った。

ぼくは、ぼくの出てきた森に向かって、彼等に背を向けて歩き出した。

もう数歩で森の中という瞬間になって、ふいに、ぼくの背から首筋に、得体の知れない恐怖が走り抜けた。

ぼくは後ろを振り返っていた。

レスラーの銃口がまっすぐぼくに向けられていた。残りのふたりが、薄笑いを口もとにへばりつかせてぼくを見ていた。

「楽に死なせてやろうと思ったのに――」

レスラーがつぶやいてガムを吐き捨てた。

腰の感覚がふっとなくなり、むず痒いような感覚がぞわっとぼくの背を疾った。

銃口から目をそらしながら、ぼくは笛のような悲鳴をあげた。走り出そうとしても膝ががくがくして、動こうとしなかった。

その瞬間、視界の隅に、まばゆい白い閃光が走り、轟音と共に、凄い衝撃がぼくの後頭部と背を叩きつけて来た。

ふわっと、ぼくの身体が宙に持ちあがった。

地面に叩きつけられる寸前、ぼくの意識は暗黒の中に霧散していた。

ぶ厚い暗黒があった。

長い間、わたしはそれを見つめていた。

わたしは、ふいに、自分が目をあけていることに気がついた。

わたしが見つめていたのは、夢の暗黒ではなく、自分の部屋の湿った闇であった。

どれだけの時間、わたしはこうしていたのだろうか。

また、あの夢を見たのだ。

忌わしい過去の悪夢。

右手の人差し指に、シャッターの金属の感触がある。

おびただしく汗をかいていた。

身体中が、ナメクジの這い回った後のようにぬるぬるしていた。ぬるい湯につかっているような気分だった。

熱湯を浴びたような汗が、冷たい汗に変わりつつあるのだ。

わたしは深く息を吸い、闇を肺いっぱいに溜めて、それをゆっくりと吐き出した。

わたしの体臭が溶け込んだ闇が、わたしを落ち着かせた。

馴じみの匂い。

馴じみのシーツの感触。

何の夢を見たのか、わたしにはわかっていた。

あの夢だった。

十年以上も昔のことを、いまだに鮮明に夢に見てしまうのだ。そして、いつも同じところで目が醒める。

わたしが爆風で宙に舞ったその瞬間にだ。

実際にも、その後のことは記憶にない。

わたしが気がついたのは、それから五日後の病院のベッドの上であった。身体中が痛み、全身に包帯が巻かれていた。

ゲリラの砲撃を受けたのだという。

三人の兵士は死に、わたしが生き残った——。

この悪夢から、自分はいつか解放される時が、あるのだろうか。

わたしは、あの時、少年も、女の子も助けることはできなかった。

助けようともしなかった。

もし、わたしが、あの時、声をあげるなり何か行動をしたとして、それであのふたりが助かったとは思わない。同じ結果があったであろうことは、はっきりしている。しかし、何度そう思い込もうとしても、わたしは、あの光景を自分の脳裡から消し去ることはできなかった。

わたしが、何もしなかったという事実は動かない。

しかも、わたしはこの人差《さ》し指《し》で……

自分は、幸福に生きる資格《かく》のない人間だった。わたしは、幸福になってはいけない人間なのだ。わたしは、自分が不幸であると感ずる時だけ、ほんの少し安心する。

それは卑怯な生きかただった。

わたしは、人の幸福のためにこそ生きねばならない人間なのだ。

しかし、わたしが興味を持っているのは、螺旋であった。人の幸福よりも、わたしは、わたしの不幸と螺旋に憑かれているのである。

わたしは悪夢を振り払うように、頭を振って上半身を起こした。

スタンドのスイッチを入れた。

時計を見ると、すでに三時をまわっていた。

夜の三時ではない。昼の三時である。

雨戸を締めきって眠る習慣があるため、外からの光の具合で時刻を判断することができないのだ。

わたしは起きあがり、窓を開けた。

まばゆい初夏の陽光が、ほとんど物質的な力をもってわたしの目を叩いた。部屋は乱雑な、おびただしい螺旋の渦であふれていた。

わたしの集めたコレクションの螺旋たち。アンモナイトの化石や旋条痕のついた弾丸。仏塔の写真、蝸牛《カタツムリ》や巻貝の殻。ルーレット。ホロスコープ。メビウス板。クラインの壺。ゴッホの『星月夜』の贋作《がんさく》。セロファンテープ。時計草の鉢植え。

雑多な螺旋がひしめいていた。

わたしはゆっくりと着替えをした。

新宿へ出るためである。

確かめねばならないことがあった。

あの螺旋が、はたしてわたしの幻覚なのかどうか——。

シャツのボタンをとめていた指に、軽い痺れがあった。すっかり慣れたはずのその痺れが、最近、少しずつ強まっているようだった。

壁の、鏡を見た。

そこに、驚くほど痩せた男の顔が映っていた。頬の肉が削げ落ちて、眼の周囲が窪《くぼ》んでいる。

病《やまい》に侵された男の顔だ。

胃のあたりに、異物感と痛みがある。この病がどういう病かわたしにはわかっている。わたしの生命は、もうどれほども持つものではないはずだった。一年は、ない。

卑怯な満足感のようなものが、わたしにあった。

鏡から、視線を横の壁に移した。

灰色の壁の中に、無数の螺旋が出現していた。歯車のように、周囲にぎざぎざを持ったくねる螺旋だった。小さいものはわたしの拳くらいで、大きいものは壁からはみ出していた。

それが、くねくねと形を変えながら回っているのだ。

これは、明らかな幻覚であった。

灰色のものや、やや暗く沈んだ色のものを見ると、その表面にわたしは螺旋を見てしまうのである。

灰色の壁や、曇り空などは、まるでそこに開いた、螺旋宇宙への窓のようなものであった。

東京の曇り空いっぱいに、巨大な螺旋がほどけ、蠢《うごめ》いているのは異様である。

異国のジャングルで、あの爆風を受けて以来、わたしは螺旋を幻視するようになってしまったのだ。極端な人間嫌いと、螺旋の幻覚、そして右手の痺れが、あの事件の後遺症なのである。

わたしが螺旋に興味を持ち、螺旋を蒐集するようになったのは、それからだった。

あの時、わたしは後頭部に強い打撃を受けた。そして、わたしの脳の中には、直径二ミリほどの石片が入り込んだままになっている。爆風で飛ばされた石片が、わたしの頭蓋骨に小さな穴をあけ、螺旋状に回転しながら脳の中に潜り込んだのだ。

石片は、小脳と後頭葉の間を通り、松果体をすりぬけるようにして、左側頭葉の内側の端に止まった。海馬《かいば》と呼ばれる、進化史的には古いレベルの脳の下あたりである。

危険すぎるというので、手術で取り出すことができなかったのだ。

人間嫌いはともかく、螺旋の幻覚と右手の痺れの原因は、その石片によるものではないかとわたしは思っている。

脳に異物を入れたまま生きているというのが、初めわたしには信じられなかったが、それにも今は慣れた。

世の人にはもっと凄い人間もいるのだ。

アメリカのフィネアス・P・ゲージという男は、爆発事故で飛ばされた直径約三センチ、長さ約一メートルの鉄の棒が自分の脳の中を通り過ぎた後も、ほとんど自力で自室にたどりつき、そこで医者の来るのを待ったという。左目から入った六キログラムの鉄の棒が、後頭部の頭蓋骨から外へ突き抜けて出ていったのである。もはや奇跡に近い。

ゲージは、生命は助かったが、すっかり性格が変わってしまったという。彼は粗暴になり、友人は彼のもとをはなれた。友を失い、過去の自分を失い、ゲージは自分の頭の傷と、その鉄の棒とを見世物にしながら、米国から南米まで流浪の旅を続けた――。

彼の頭蓋骨と、その鉄の棒は、現在ハーバード大学の医学博物館に陳列されている。

わたしには、彼が他人に思えない。

鉄の棒と頭の傷を人に見せることによって生きるよすがとしたゲージと、螺旋の幻覚にとりつかれ、その螺旋を生きるよすがとしたわたしと、どこか共通したものを感ずるのだ。

あの時、わたしよりもずっとたくさんの未来が待っていたはずの幼女と少年が死んだ。そして、ふたりを殺し、さらにわたしまでも殺そうとした、三人の兵士が死んでいる。死ぬはずだったわたしが生き残った。

何故、わたしが生きているのか。

それが不思議だった。

わたしは、あそこで死ぬべきだったのだ。

生まれ、老い、そして死んでゆくあたりまえのレールの上に、再びのっている自分は、もはや以前の自分ではないように思えた。

脳の中に閉じ込められた石片が、わたしを、この生からいつ引きさらってゆくかもわからないのだ。

それは、胃の中に育ちつつある異形《いぎょう》の細胞が、わたしに死をもたらすよりも先かもしれない。

私は、自分の胃と、自分の脳の中に死を飼っているのだ。前以上に、死は、わたしに近いものになっていた。いつかは人は死ぬ。だが、何故、我々は死なねばならないのか。

壁の螺旋に、死んだ涼子と、あのふたりの子供の姿が重なった。

目を閉じ、数を十までかぞえてから目を開けても、まだ壁の螺旋は消えなかった。

螺旋の幻覚を見る頻度も、昨年あたりからだいぶ増えていた。

着替えをすませ、軽い食事をとると、わたしは外へ出た。

わたしが向かおうとしているのは、新宿にある二荒《ニコー》ビルであった。二荒《ニコー》ビルは、最近できたばかりの、超高層ビルだった。

新宿に出るため、わたしは私鉄の駅に向かって歩き出した。

細い路地を抜け、駅に続く大通りに出た所で、わたしはふと顔をあげて空を見た。

そこに、螺旋があった。

呼吸が喉で止まっていた。

それは、蒼い虚空に伸びた、巨大な螺旋だった。

駅ビルの屋上からするすると螺旋が伸びあがり、生きた植物の蔓《つる》のように、遙か上空の雲にからみついていたのだ。

朔《さく》の果

今日《けふ》のうちに遠《とほ》くへ行つてしまふおれのいもうとよ。

みぞれがふつて、おもてはへんに明るいのだ。

おれは、きりきりと歯を噛みながら、おまへとみぞれとを、交互に見つめてゐる。

おまへが逝《ゆ》かうとするこの瞬間にさへ、おれは修羅の嵐の中で、くろぐろとエーテルを呼吸しながら、禁断のあをぐらい血の囁きに耐へてゐるのだ。

生きてゐる者が、これから死んでゆかうとする者に、いつたい何をしてやれるのか。

おまへの身体は、もう蒲団の重さにさへ、耐へられないやうになつてゐる。おまへの蒲団を天井から釣つてゐるのはそのためだ。

いもうとよ。

今日は月曜日なのだ。

いつもならばおれは学校へゆき、子供たちの前で教壇に立つてゐなければならない。そのおれが、かうしておまへのそばにゐることを、おまへはどのやうに考へてゐるのか。

このあにの目から、優しいおまへは自分の死の近いことを見つけ出してしまふだらう。ほとけではない人間が、美しくなんて死ねるものではないと、このあにの心のどこかで声がしてゐるのだ。

おれは、おまへに言ふ言葉を持つてゐない。

凝《ぢ》つとおまへの目を覗いてやることしかできないのだ。

おれは拳を膝にあて、おまへと同じ苦しみに耐へようと、唇を嚙む。

おまへは深いため息をひとつつき、外のみぞれに目を移し、そしてひつそりと目を閉ぢる。

もう何度、おまへはそれをくりかへしたことだらう。

やがて、おまへは薄い目を開けて、不思議にきれいな紅い唇をひらいたのだ。

「雨雪《あめゆじゆ》とてちてけんじや……」

かげろふが、死にぎはにあをいすきとほつたはねをふるはすやうな声で、おまへは言つた。

はじめ、おれには何のことかわからなかつた。

おまへは目を閉ぢ、また目を開けて、もう一度唇を開いた。

「あの雨雪《みぞれ》を取《と》て来《ち》て、下さい……」

それは菩薩の言葉のやうに、おれの暗い修羅をつらぬいた。

おれは大きくうなづいた。

おまへのそのことばが、おれを救つたのだ。

死にゆくものが、残されるものを救ふために、こんなに優しい言葉をはけるのか。なすすべを持たなかつたおれにとつて、それはどんなにかありがたい無量の慈悲の言葉であつたらう。おまへは、おれに、おまへのための仕事をつくつてくれたのだ。おれのために、おまへはおれに頼んだのだ。

ふたつのかけた陶碗《たうわん》をにぎりしめ、おれはまがつた鉄砲《てつぱう》だまのやうに、暗いみぞれのなかに飛び出した。

蒼鉛いろの暗い雲から、みぞれはびちよびちよ沈んでくる。

松の枝に、みぞれはさびしくたまり、雪と水とのまつしろな二相系をたもつてゐる。あんなにおそろしいみだれた空から、このうつくしい雪がきたのだ。

ああ、おれのけなげないもうとよ。

銀河や太陽、気圏《きけん》などとよばれた世界からおりてきたこの雪は、どこをえらばうにも、あんまりどこもまつしろなのだ。

あのとざされた病室の、暗いびやうぶやかやのなかに、やさしくあをじろく燃えてゐるおれのいもうとよ。

おれは、透《す》きとほるつめたい雫《しづく》にみちた、このつややかな松の枝から、天がくだされたおれのやさしいいもうとのさいごの食べものをもらつてゆかう。

いもうとよ、死ぬといふいまごろになつて、おれを一生《いつしやう》あかるくするために、こんなにさつぱりした雪のひと碗を、おまへはおれにたのんだのだ。

いもうとよ。

むさぼるやうにおまへは雪にむしやぶりつく。いつかおまへに食べさせてあげたアイスクリームのやうに、この天の食物が、おまへののどを通つてゆく。

そんなにも、おまへはこの雪を待つてゐたのか。

〝あの林の中でだらほんとに死んでもいいはんて——〟

いつか、おまへがさう言つたことを、おれはまだおぼえてゐる。

おれはもう一度外へとびだし、さつきのみぞれをとつてきた松の枝をもつてきた。

おまへは、とびつくやうにして、その青い針の先を、あつい頬にあてた。松葉の青い針が、おまへの頬を刺した。

「まるで林のながさ来たよだ」

澄んだターペンタインの香りが、おまへの胸をみどりいろにする。

どんなにかおまへは、林《あそこ》へゆきたかつたことだらう。

これまでおまへが熱や痛みと闘つてゐるあひだ、おれは陽の照るところで、たのしく働いたり、ほかのひとのことを考へたりしながら、森を歩いてゐたりしたのだ。

「うまれでくるたて、こんどはこたに吾《わりや》のごとばがりで、くるしまなあ世《よ》にうまれでくる」

おまへは、喘ぎながらちひさくちひさくつぶやいた。

ああ、自分のいのちが天へ逝かうとするそのときにあつても、自分のことばかりで苦しんですまないとおまへは言ふのか。つぎにうまれるときには、ひとのために苦しみたいとおまへは言ふのか。

「おら、おかないふうしてらべ？」

自分が醜い顔をしているのではないかと、おまへはおれに訊く。

そんなことはない。

そんなことはない。

髪だつてくろいし、おまへの頬は、いつそうしろくやさしく燃えてゐるではないか。

「それでもからだくさえがべ？」

おまへは、おれのどんなちひさな嘘も表情も逃《のが》さうとせずに訊く。

いいや。

いいや、いもうとよ。

かへつてここは夏ののはらのやうで、ちひさなしろい花のにほひでいつぱいだ。

しかし、おれは、おまへにそれを言つてやることができないのだ。

おれは今、修羅をあるいてゐるのだから。

おれのこころにはくるほしい嵐があつて、おれのこころはごうごうと鳴つてゐるのだ。おれがこんな眼をしてゐるのは、おれのふたつのこころを見つめてゐるためだ。

「おら、おらで独《しと》り逝《え》ぐも……」

ああ、いもうとよ。

そんなにかなしく眼をそらしてはいけない。

おまへの菩薩の眼には、おれの修羅が見えるのか。

おれは生涯めとらぬとちかつたのだ。

おれは立ちあがりおまへに背を向けて、逃げださうとした。

閉ぢたまぶたのしたから、なほ、おまへの菩薩のまなこがおれの背をつらぬいて、おれをひきさかうとする。

おれは、おまへのまなこのとどかない、母屋《おもや》へ逃げた。

それからの時間、どれだけおれがつらかつたか、どれだけおれがおれを責めたのか、せめておまへに言ひたかつた。

やがて、おれは、くらい母屋でたしかに聴いたのだ。

おまへのさいごのその声を。

「耳ごうど鳴つてさつぱり聞けなぐなつたんちやい」

誰かが高い声で叫んだ。

誰かが鋭くおまへの名をよんだ。

おれは狂つた黒い疾風のやうに走つた。

からだぢゆうの毛という毛を恐怖にさか立てて、鬼をまとはりつかせて走つた。

まるで羅刹《らせつ》のやうな形相《ぎやうさう》で、おれはそこに立つた。

おまへは、何かをもとめる盲《めし》ひたもののやうに、まなこを宙にさまよはせてゐた。

わかつてゐる。

おれにはわかつてゐるのだ。

おれは、おまへを抱きかかへ、その耳にくちびるをよせて、力いつぱい叫んだ。

「南無妙法蓮華経《ナモサダルマプフンダリカサスートラ》!!」

おれは叫んだ。

おれは、おれの修羅のありつたけをこめて叫んだ。

「南無妙法蓮華経《ナモサダルマプフンダリカサスートラ》!!」

いちにへんほど、うなづくやうに息をし、それきりおまへは動かなくなつた。

おれはごうごうと獅子のやうに号《な》きだし、身をよぢつて転がつた。

それでもまだ足りず、おれは部屋を颶風《ぐふう》のやうに駆けぬけ、次の間に走りこみ、押し入れに頭をつつこんだ。

そこに螺旋があつた。

蒲団の螺旋に潜りこもうとする幼児のやうに頭をまはし、おれは修羅を吠えた。

ぶ厚い闇を、わたくしは見てゐました。

長い間、わたくしはそれを見つめてゐて、わたくしはふいに、自分が目覚めてゐることに気がつきました。

わたくしは、ゆつくりと眼を醒ましたのでありました。

目蓋《まぶた》が熱を持ち、厚ぼつたくふくらんでゐました。

また、あの夢を見たのです。

夢の中で、わたくしはしきりと泣いてをりました。その余韻が、膿《うみ》のやうに目蓋に残つてゐるのです。

わたくしのいもうとが死んだ、あのみぞれの日の夢でした。

もう何年も前から、病んで寝込むたびに見るのがこの夢なのです。

今は九月。

もう十年を越える歳月がたつてゐるのでした。

あの時のあめゆきはどこにもなく、夢の中でわたくしが潜り込まうとした螺旋のぬくもりが、頬のあたりに残つてゐるばかりです。

今年はこれまででいちばんの豊作でした。

花巻の祭りは、もう数日後です。

祭りの準備のため、公民館へ向かふ瑠璃の眼をした子供たちの行列も、わたくしにはなんと楽しくうつつたことでせう。

やがて無上道へ逝《おもむ》かうとするわたくしへのなんといふめぐみであつたことか。

しかし、ほんたうのわたくしのこころは、まだ青《あを》ぐらい修羅の中を歩いてゐるのです。

人々の幸福のために生きることが、とし子のためだと思ふことは、やはりわたくしはわたくしのことを考へてゐるといふことなのです。ほんたうに人々のためのことを考へてゐるふりをして、わたくしはわたくしのいもうとのことを考へようとしてゐるのです。どうすれば、どこへゆけば、人々のためのほんたうの道を捜すことができるのでせうか。

わたくしの喘ぎは炎のやうで、関節はしくしくと痛み、熱のため、血はどろどろの溶岩のやうです。

一時間くらゐは寝てゐたのでせうか。

くらい闇のどこかで鳴る時計の音が、夜摩天《やまてん》の心臓の鼓動のやうに、わたくしを臆病なけだものにするのです。

あとどれくらゐ？

わたくしに残されてゐる時間は、あとどれくらゐあるのでせうか。

わたくしの魂を呼ぶ声が聴こえます。

二荒山《ふたらくやま》の山麓にある螺旋が、おまへの生命のあるうちに早く来いと、わたくしを呼ぶのです。

その補陀落《ふだらく》天にわたくしを呼ぶのです。

わたくしの見つけたわたくしの螺旋に、わたくしは会いにゆきたい。わたくしは、生きてゐるうちに、もう一度あの螺旋をこの目で確かめてみたいのです。

数億年――。

十数億年の刻《とき》の結晶体。

オウム貝の化石。

太古の海の底で、宇宙の真理を夢見ながら、月と刻の形に自らの身体をつむぎあげた生きもの――。

あの螺旋の奥にこそ、銀河や星雲、虫や草や花、生生流転《せいせいるてん》するわたくしたち有情《うじやう》や色界《しきかい》の秘密が隠されてゐるのかもしれません。その天の甘露《かんろ》を味はふ時にこそ、銀河を自らの内に体験し、かがやく宇宙の微塵《みぢん》となつて、無方《むはう》の空に溶けてゆくことができるのかもしれません。

産まれ、生き、そして死んでまた再生してゆく輪廻《サンサーラ》の蟠《とぐろ》。

生有《せいう》、本有《ほんう》、死有《しう》、中有《ちゆうう》の魂《たましひ》の螺旋。

そこにこそ、人々のための、ほんたうの真理、ほんたうの道があるのかもしれません。

わたくしの決心を告げるやうに、柱時計がゆつくりと鳴りはじめました。

わたくしは、ひとつづつ、呑みこむやうにその音を数へました。

音がやんでも、とほざかつてゆくその余韻を追ふやうに、わたくしは耳を澄ませてゐました。

痛いやうな、苦しいやうな、黒水晶のやうな久遠《くをん》の静寂。

魂《たましひ》のしんしんと鳴る闇の中に、萎《な》えかける足をふんばつて、わたくしは立ちあがつてゐました。

今すぐです。ここから出かけて、歩き続ければ、弱つたわたくしの足でも、明日中にはあのオウム貝の化石までたどりつけるでせう。

病床の上に立つたわたくしの足もとから、夜の底にしらしらと螺旋の道が、ほのじろくひかつてゐました。

朔《さく》の因

　わたしがその螺旋階段を見つけたのは、ちょうど五日前のことであった。

　その日は、二荒《ニコー》ビルのギャラリーで開かれた友人の写真展の最終日だった。葉書で案内状をもらってはいたが、人混みの中へ出かけていくのが億劫《おっくう》で、わたしはその日まで出かけるのをためらっていたのである。その日の朝、とうとうその友人から電話があった。おれの写真なんか見なくていいから顔を出せと友人は言った。

「久しぶりに酒でもつきあえ」

　そう言って友人は電話を切った。

　友人は、人物専門の中堅のカメラマンである。

　俗に走らず、才に溺れず、女性の裸も撮り、個性的ないい仕事をしていた。口調はがさつだが、その裏には細やかな心遣いがあって、あちこちに顔が広かった。

　螺旋ばかり撮っているわたしが、なんとか生活できているのも、彼のひきたてに負うところが大きい。

わたしが額に汗をためずに話すことのできる、数少ない友人のひとりだった。

わたしは出かけることにした。

写真展が終る夕方近い時間に、わたしは二荒《ニコー》ビルに入った。

二荒《ニコー》ビルは、二ヵ月ほど前にできたばかりの、新宿でも三指に入る超高層ビルである。ギャラリーは三階にあった。

ロビーの左側の突き当たりにあるエレベーターに乗るため、わたしは広い大理石の床の上を歩いていった。そして、エレベーターの前に立った時、わたしは右手の奥に、その螺旋階段を発見したのである。

暗い緑色の螺旋階段だった。

ところどころに、鮮やかな赤い模様がついている。

その螺旋階段が、高い天井に向かってのびている。

この建物のなかにあって、それだけが妙に違和感のある色彩をしていた。整然とした調和の中に放り込まれた異物のようであった。

心臓をわしづかみにされたような感じだった。鈍いショックをわたしは覚えていた。

普通、このような建物では、あのような場所に螺旋階段などは、まず造らない。

右手の奥は行き止まりになっていて、突き当たりの両側に、男女のトイレがあるだけであった。

カメラを持って来なかったことを、わたしは悔やんだ。

めったに見られないタイプの螺旋を蒐集できるのだ。

標準レンズで、ここからそのまま撮っても、その不思議な感じは絵になりそうだった。

おもわず螺旋階段の方に足が向きかけた時、エレベーターが止まって扉が開いた。

わたしはエレベーターに乗り込んだ。

帰りにまたここを通る時、あらためて螺旋階段を見に行くつもりだった。

会場へ行き、わたしは友人にその螺旋階段のことを話した。

「螺旋階段なんてあったっけ――」

友人は怪訝そうな顔をした。

「搬入日を入れて、今日で一週間になるけど螺旋階段なんて見なかったな」

今度はわたしが怪訝そうな顔をする番だった。

また螺旋の幻覚を見たのかと思った。

だが、さっきの螺旋階段はあまりにリアル過ぎた。わたしにも、幻覚と現実にあるものとの区別くらいはつく。少なくともこれまではそうだった。

が――

わたしは不安になった。

ついに、幻覚と現実の区別がつかなくなりつつあるのかもしれなかった。

私の不安を見てとって、友人は言った。

「どこのエレベーターを使ったんだ」

「この会場を出て右の突き当たりのやつだ」

わたしは言った。

「ふうん」

「ちょっと行って確かめてくる」

わたしが歩き出すと、友人が追ってきた。

「おれも一緒に行こう」

ふたりでエレベーターに乗り、一階まで下った。

しかし——。

わたしがエレベーターを降り、そこに立った時、そこにあったはずの螺旋階段が消えていたのである。

確認するまでもなかった。そこは、確かについ先ほど利用したエレベーターの前であった。

ロビーに入り、まっすぐ左に向かって歩いてきたのだ。

エレベーターは、右側とこちら側の二カ所だけにしかない。

間違えようがなかった。

念のため、右側のエレベーターまでゆき、同じ方向を見てみたが、やはりそこにも螺旋階段はなかった。

「すまん。また幻覚を見たらしい」

わたしは唇を噛んだ。

「そうか」

友人は低い声でうなずいた。

彼は、それ以上この話題を追及しようとしなかった。

友人は、わたしの頭に石片が入っていることも、わたしが時おり螺旋の幻覚を見ることも知っているのである。

その晩は久しぶりに飲んだ。

飲んだといっても、わたしの酒量は、わずかである。

しかし、胃の痛みをこらえて、わたしは酒を胃の中に流し込んだ。

だが、いくら飲んでも、夕方見たあの螺旋階段の色が、頭から離れなかった。

二度、トイレに入って吐いた。

アルコールの入った頭の中に、あの螺旋階段が浮かんでくる。

くすんだ暗い緑色の地に鮮やかな紅い斑――。

それが、今はひどくなつかしいもののように思われた。同時に、それは、わたしの記憶の底に刻み込まれた映像とも重なった。あの熱帯雨林のジャングルの中で見た緑色の植物群と血の色――。

わたしの頭の中で、その色と様々な螺旋とがからみあい、二匹の蛇のように回っていた。

それからの数日間、わたしの脳裡からは、あの螺旋階段のことが離れなかった。

三日後、カメラを手に、わたしは再び二荒《ニコー》ビルへと足を向けていた。

しかし、やはりその場所に螺旋階段はなかった。床は、傷もないみごとな大理石で、天井はやはりただの天井であった。

だが、わたしはあきらめなかった。

異常な執念がわたしにとりついていた。

何もない空間に、わたしはそこに螺旋があるかのようにカメラのレンズを向け、何度もシャッターを切った。

シャッターがおりる音が、重い手応えとなって、手の中に響いた。ぞくぞくするような手触りだった。

家に帰り、そこで撮ったフィルムを現像した。

得体の知れない期待感が血の中で騒いでいた。

まだ定着液で濡れたネガフィルムに目をやったわたしは、思わず声をあげていた。白黒の反転したネガの中に、あの螺旋階段がぼんやりと写っていたのである。

幽霊か何かのようであった。

螺旋階段を透かして、向こう側の光景が見えていた。

念写という現象があることはわたしも知っていた。光学的な手段を使わずに、念ずるだけで、フィルムや印画紙の乳剤に、直接絵を焼きつけてしまう方法のことである。

無いものが映っている――

そこに螺旋階段を欲するあまり、わたしは、無意識のうちにその念写をしてしまったのだろうか。

わたしにはわからなかった。

だが、わたしには、不思議な自信があった。

ただの、わたしの一方的な幻覚ではない。

わたしの幻覚であるなら、フィルムにまで映るわけはないからだ。それとも、フィルムには何も映っていないのに、そこに螺旋階段が映っているという幻覚を自分は見ているのだろうか。

そうではないことがわかった。

そのフィルムを持って外へ出、歩いている通行人にそのネガフィルムを見せ、そこに螺旋階段らしきものが映っていることを、わたしは確認したのである。

そのことまでも幻覚であったら、もはやわたしには為すすべはない。

翌日、わたしは二荒《ニコー》ビルを設計した男の事務所を調べ、そこに電話を入れた。

わたしは自分の本名と、自分が螺旋ばかりを撮っている写真家であることを相手に告げた。

二荒《ニコー》ビルで見た螺旋階段の幻のことには、触れずに、これまで彼が設計した建物に螺旋階段などを入れたことがあるかどうかを尋ねた。

「もちろんありますよ」

と彼は言った。

自分は螺旋階段が好きで、設計する時にもつい螺旋階段を入れてしまうのだと、彼は笑った。

「二荒《ニコー》ビルにはどこにも螺旋階段はないようですね」

わたしは興奮を抑えながら言った。

「スポンサーのOKが出ませんでしたのでね」

「たとえば、今の二荒《ニコー》ビルに螺旋階段を造るとすると、どのあたりになるんでしょうか」

わたしは、それとなくあの場所のことを口にした。

「偶然ですね」

彼は受話器の向こうで驚いたような声をあげた。

「偶然？」

「いえね、設計を終えてみましたらね、ちょうどその場所が、天井と床で上下にしきられているだけで、一階から上までみごとに何もないんですよ。もっとも、それは初めからそのように設計をしたんですが、仕事が終わった時についいたずらをやってしまったんです」

「どういう――」

「一枚余分に図面のコピーをとって、天井や床を無視して、そこに螺旋階段を入れたんです。一階から上までね。遊び心ですよ。こいつを実際に造ったら、世界一の螺旋階段になってたでしょうね――」

「そいつはぜひ写真に撮ってみたかったですね」

わたしは必死で声の震えを押し殺しながらあいづちをうった。

電話を切った時、わたしは自分の身体がおそろしい興奮で、がくがくと震えていることを知った。

おそらく、わたしは、冗談で図面のコピーには描かれたが、そこに造られる予定のない、まさに幻の螺旋階段を見てしまったのだ。

しかし、あの螺旋を見た時に、わたしの胸に騒いだ、くるおしい想いはなんであったのか。

わたしの脳裡に、あの螺旋の色が蘇った。

熱いものがこみあげた。

——早く来い。

と、その螺旋がわたしを呼んでいるような気さえした。

わたしは私鉄の電車にのっていた。

わたしのまわりには螺旋が溢れていた。

握っていた吊り革が、いつのまにか螺旋にかわっていた。他の人間には、普通の輪として見えている握りの部分が、わたしには螺旋として映るのだ。

わたしは眼を閉じ、握った吊り革をゆっくりと指でさぐった。一本であるはずの握りの輪が、二重に巻いた螺旋の輪になっていた。

わたしの触感までもが、螺旋を見始めているのだった。

わたしは、手にじっとりと粘液質の汗をかいていた。

窓の外にも、螺旋が見えていた。

巨大な樹のように、螺旋が地面から伸びあがり、雲にからみついてゆく。雲もまた白い渦を巻き、蒼い空いっぱいに星雲に似た光芒が回転していた。空間さえもがねじれているようだった。

灰色の空にではなく、青空にまで螺旋の幻覚を見るのは、今日が初めてであった。

新宿駅から外へ出ると、無数の螺旋が、あちこちの路地やビルの屋上から、蒼い虚空に向かって伸びていた。まるで螺旋の森であった。それが動いている。まるで、蔓植物が眼に見えない巨大樹にまきついていく様を、超微速度撮影で見ているようである。螺旋からさらに螺旋の枝が生じ、午後の光の微粒子を浴びながら遙か虚空でからみあっている。

見ている間にも、ふいに出現した螺旋が、きりきりと高層ビルのひとつに巻きつき、上空の螺旋の群の中へと伸びてゆく――。

それが幻覚だとはわかっている。

しかし、これほど異様な光景は初めてだった。

他の人間たちは、アスファルトから生えた螺旋の中を、平気で通り過ぎてゆく。彼等の目にはその螺旋が見えていないのだ。

わたしは、狂おうとしているらしかった。

わたしは、狂気と死を思った。

わたしは、死ぬべき人間であった。わたしは、眼の前で子供が殺されようとしている時、その光景に向けてカメラのレンズを向けた人間だった。

それが、いつも、わたしを責《せ》め苛《さいな》んでいるのだ。

〃わたしは蠍《さそり》の話が好きよ……〃

涼子の言葉が、何かの祈りの言葉のように、ふと、螺旋のなかに混じる。

わたしはまず二荒《ニコー》ビルに入り、その場所へ足を運んだ。

やはり、螺旋階段はなかった。

しかし、わたしは失望したわけではない。予想した通りのことだったのだから。

わたしは外へ出、螺旋形の手をした売店の娘からパンと牛乳を買い込み、再び二荒《ニコー》ビルのロビーに入った。隅の椅子に腰をおろし、夜になるのを待った。ここからだと、例の螺旋階段のあった場所がよく見えるのだ。

二荒《ニコー》ビルは、夜の七時になると、ロビーの中央からシャッターが降り、左半分を封鎖してしまうのである。左側のエレベーターも止まり、左側の階段にもシャッターが降りる。出入口が、右側のエレベーターに近い方のひとつだけになってしまうのだ。

上階のレストランをのぞいて、他の階に出入りするには許可が必要になる。

夜の十時を過ぎれば、レストランも閉まり、真夜半には二荒《ニコー》ビルはほぼ無人の状態になる。

わたしは、トイレに潜み、その時間まで待つつもりだった。

真夜半まで五時間。

おそらく、何度かガードマンが巡回してくるだろうが、まず大用を足す個室の中までは見まい。もし発見されたら、その時はその時のことだ。悪くても、新聞ざたになって、仕事の注文がなくなるくらいであろう。

やがて、わたしは気づかれぬようにトイレに潜んだ。

それからの時間が、おそろしく長いものにわたしには感じられた。時計の針はのろのろと進んだ。

わたしは、自分が馬鹿なまねをしているのだとは思わなかった。昨日や今日、螺旋にとりつかれたわけではないのだ。こうしなければ自分の気がすまなかったのだ。すでに、わたしの精神は狂いはじめているのかもしれなかった。それでもよかった。自分の狂気と螺旋に、とことんつきあう覚悟だった。

むしろ、わたしは螺旋に呼ばれてここまでやって来たのだ。やっとたどりついたと言ってもいい。これまでの螺旋にかけた情熱の全てはこの時のためにこそあったような気さえしていた。

あの涼子が、わたしに残してくれた唯一のものが、この螺旋であるとも言えた。

涼子の死がきっかけとなって、わたしは異国のジャングルにまで足を運び、頭の中に石片を入れて帰ってきたのだから――。

その石片が、わたしに螺旋を見させるのである。

水洗パイプの金属の螺旋に、いびつに歪んだわたしの老《ふ》け込んだ顔が映っていた。やっと三十代の半ばを越えたという歳であるのに、もう四十代後半の顔をしていた。

わたしの顔が老けて見えるのは、病のためばかりではない。

あのジャングルでふたりの子供は殺され、あれからわたしは彼等ふたりの歳を合わせた以上の年月をすでに生きていた。

――何故、人は死ぬのか？

青臭いその問を、肉の奥にくすぶらせたまま、知らぬ間に歳だけとってしまった男の顔だった。

午前〇時になっていた。

わたしは、腰をかけていた便座からゆっくりと立ちあがった。

トイレのドアを細めに開け、外をうかがった。常夜灯の暗い光が、ぼんやりと天井から差していた。

人の気配はなかった。

心臓の音が耳の奥で鳴っていた。

誰もいない時に、あの場所を見たら――わたしがたった独りの時なら、あの螺旋は姿を現わしてくれるのではないか。

ドアをさらに大きく開き、わたしは外に滑り出た。

一瞬、目を閉じ、息を止め、そしてわたしは目を開いた。

そこに、螺旋があった。

あの螺旋階段が、五日前に見たのと同じように、そこにあった。

それが、ひどくあたりまえのことのようにわたしには思われた。

わたしは螺旋に歩み寄った。

手すりも階段も、暗いグリーンであった。そこに真紅の斑模様が入っている。

上を見ると、天井にぼうっと黒い穴が開き、螺旋はその中へと伸びていた。穴のむこうは漆黒の闇であった。水晶越しに宇宙の暗黒淵《やみわだ》を覗き込むような、おそろしく透明な闇だった。

その闇の遙か上方まで、螺旋は続いていた。もはや眼で追えない彼方で、螺旋は闇に溶けていた。

その暗黒の彼方から、わずかな風がさやさやと吹き降ろしていた。不思議な香りを含んだ風だった。

植物の匂い、花の匂い、鉱物の匂い、血の匂い、水の匂い、獣の匂い、乳の匂い、土の匂い……。

それ等のどれでもありそれ等のどれでもない匂いであった。

なつかしい匂いであった。

どこかで嗅いだことのある匂い――。

それはわかるのだが、それがいつどこで嗅いだものなのかが思い出せないのだ。

その答に、すでにわたしの身体の方が気がついているのだ。肉の中に痺れるような甘い感覚が生じていた。もどかしいような、むず痒いような感覚が、わたしの肉にささくれのように満ちてくる。

その答が、わたしの喉もとでつかえていた。

遠い昔の、羊水の記憶。

わたしは、螺旋階段の金属の手すりに触れた。はっきりとした感触があった。

――さあ、来なさい。

わたしの手を通し、螺旋が呼んでいた。

運命そのものの上に足を踏み出すように、わたしは螺旋の一段目に片足を乗せた。

――と。

その一段目の端に、何ものかの気配が生じていた。

それまで眠っていた眼に見えない生き物が、ふいに眼を醒ましたとでもいうように。

もう一歩。

わたしは次の足を、二段目に踏み出した。

眼に見えない生き物が、猫のようにわたしの足もとにすり寄ってくる気配があった。

わたしは、ゆっくりと螺旋を登り始めた。

すると、その透明な生き物は、ぴったりとわたしに寄り添うように、同じ速度でついて来るのだ。

その生き物が、わたしを誘うようにわたしの足元をゆく。

――そうか。

わたしの脳裡に蘇ってくるものがあった。

それは『EL LIBRO DE LOS SERES IMAGINARIOS』と呼ばれる奇書の、最初の一項目に出てくる次のような一文であった。

勝利の塔の階段には、時のはじまり以来、人間の影に敏感なア・バオ・ア・クゥーという生き物が棲んでいる。これはたいてい最初の段で眠っているのだが、人が近づくと、なにか内に秘められた生命がそれに触発され、この生き物の内部ふかくで内なる光が照り輝きはじめる。同時に、そのからだと半透明にちかい皮膚が動き出す。だがア・バオ・ア・クゥーが目をさますのは誰かが螺旋階段を登りはじめてからだ。それからそれは訪問者の踵にぴったりとくっついて、螺旋階段の外側を登っていく。外側は幾世代にもわたる巡礼者たちのためにとくに擦り切れているのだ。一段ごとにこの生き物の色合いが強烈になり、その形が完全なものとなっていき、それが放つ青味を帯びた光が輝きを増す。しかしそれが究極の姿になるのは最上段においてのみであり、そこへ登りついた者は涅槃に達した人間となり、その行為はいかなる影も投じない――

「勝利の塔」というのは、インドのラジャスターン州にあるジャイナ教の螺旋塔である。わたしの螺旋コレクションのファイルの中に、その写真がある。

「ア・バオ・ア・クゥーか――」

わたしはつぶやいた。
その生き物は答えなかった。
私は上を見、そして下に目をやった。
二荒《ニコー》ビルの床が消えていた。
わたしは、暗黒の中にいた。
わたしの上と下に、果てしない無限の螺旋が続いているばかりであった。

朔《さく》の果

わたくしが、そのオウム貝の化石を見つけたのは、十二年前、わたくしがまだ二十四歳の六月のことでありました。

その頃のわたくしは、時間ができるたびに、自分の身体をいぢめぬくやうにして、山に登つてゐました。

岩手山。

毒ケ森。

七つ森。

天狗森。

種山。

早池峰山《はやちねさん》。

葡萄森。

毛無森《けなしもり》。

沼森。

狼森。

鞍掛山《くらかけやま》。

いいものが憑くといふのでせうか、何度も何十度も、気に入つた山には百度以上も足をはこびました。

鉱物や化石の標本を採るといふ目的もありましたが、それ以上に、わたくしはわたくしの修羅と闘つてゐたのでありました。山を彷徨《さまよ》ふことは、わたくしの修羅を彷徨《さまよ》ふことでありました。

危険な野宿や、むちやな山歩きをくりかへしながら、血を吐くやうにハンマーで石を叩き、わたくしはわたくしの魂《たましひ》の中に、無上道へゆく道をさがしてゐたのです。

北上高地は、化石の宝庫でした。

山麓のあちこちの谷に、何億年も前の地層が顔を出してゐるのです。

その日、わたくしは、苦しいほどの新緑を肺に呼吸しながら、たつたひとりで二荒山《ふたらくやま》のせまい谷をさかのぼつてゐました。

二荒山は、早池峰山をのぞむ薬師岳から遠野郷よりに下つたところにある、千五百メートル余りの山です。

二荒山には何度か登つたことはありましたが、このちひさな谷に入るのは初めてでした。

高い山のふところの日陰には、まだ冬の顔をして雪が残つてをり、さうした雪の上を踏んだり、芽ぶいたばかりのオニシダを踏んだりして、わたくしはこの谷まで野宿をしながらやつてきたのでした。雪の匂《にほ》ひや新緑の香《かを》りに、わたくしのからだはうすみどりの水晶いろに染まつてゆくやうでした。

細い杣道《そまみち》やけもの道をたどりながら、わたくしは、わたくしの肉の奥に目醒めていくものを見つめてをりました。

わたくしの肉が、汗といつしよに山に溶けてゆき、肉の奥に眠つてゐるけだものが、むきだしになつてゆくのです。

そのけだものが、紅い舌の先で、わたくしの内側から、肋骨や心臓をちろちろとなめてゐるのです。

怖いやうな、愛《いと》しいやうな、子供のやうにこの山の中で泣き出してしまひたくなるやうな。そのけだものの前に身を投げだしてからだをみんな喰はれてしまひたいやうな、不思議な気もちでありました。

わたくしは立ち止まり、大きく息をつきました。

その時、わたくしは新緑越しに見たのでした。

向かひ側の谷の斜面のなかほどに、巨大な螺旋があつたのです。

めだまをいきなり叩かれたやうな驚きがありました。電気に似た不思議な戦慄がわたくしの背を走りました。

わたくしはカモシカのやうに谷へ下り、そして反対の斜面をその螺旋のところまでのぼってゆきました。

日本でもいちばん古い層に属する古生代のシルリア紀のものと思はれる地層が、そこにむきだしになつてゐました。

そのまんなかに、大きな灰色の岩の螺旋があつたのです。

オウム貝の化石でした。

直径は、五メートルもあるでせうか。

アンモナイトの仲間のなかには、二・五メートルもある化石があることは知つてゐましたが、それはアンモナイトではありませんでした。どこから見てもオウム貝の螺旋でした。

頭上に高くかぶさつてゐるモミの梢から、みどり色に染まつた陽光が、わたくしの上にまだらの模様をおとしてゐました。

わたくしの身体は、聖地にたたずんだ清教徒《ピュリタン》のやうに、螺旋の灰色の肌に両手で触れながら、ちひさく震へてゐました。

わたくしのからだが震へてゐたのは、それが凄い発見であるためばかりではありませんでした。もつと違ふ心の底からわきあがつてくる、なつかしいやうな息苦しいほどの、熱い思ひがあつたのです。

〝この螺旋は、ずつとわたくしを待つてゐたのだ〟

わたくしはさう思ひました。

遙か四億五千万年もの昔から、このオウム貝は、わたくしがここへやってくるのを待つてゐたのだと——。

それは、おろかな魂の錯覚であつたかもしれません。けれど、それは神聖な錯覚でありました。

山を降り、わたくしは、その年の長い梅雨が始まる前に、もういちどその場所へ出かけてゆきました。

こんどは、盛岡高等農林学校研究生時代の友人といつしよでした。

その時、わたくしは奇妙な驚きを味はひました。

わたくしがオウム貝の化石を見つけたのと同じ場所に友人を立たせ、わたくしが向かふの斜面をゆびさした時です。

「あれだよ」

わたくしは言ひました。

すると、友人はいぶかしげに眉をひそめ、

「どれだい？」

まじめな顔でわたくしを見るのです。

「あそこに灰色の螺旋が見えるだらう？」

「どこに」

友人はきよろきよろと視線を動かしてゐます。

「ほら、あそこ」

「わからないなあ」

わたくしは、初め、友人がふざけてゐるのだと思ひました。これだけ私によく見えるのに、友人に見えないわけがありません。

でも、やがて、冗談ではなく、その友人がほんたうにその螺旋を眼にしてないのだといふことに、わたくしは気がつきました。

「君が言つてゐるのは、あの灰色の玄武岩のことらしいね」

友人が言ひました。

「あれは玄武岩なんかぢやない――」

「それにしてもオウム貝の化石には見えないよ。岩の形は似てなくはないけどね」

友人は、本当《ほんたう》にとまどつてゐるやうでした。

何故でせう？

何故、彼にはあの螺旋が見えないのでせうか。わたくしにはそれがわかりませんでした。オウム貝のすぐそばまでゆき、それを触らせてみても同じでした。

まるで、何かの力が、わたくしか友人の眼に作用して、岩をオウム貝に、またはオウム貝を岩に見せてゐるやうでありました。

それいらい、わたくしは、ただのひとりにもそのオウム貝のことを口にしないやうになつたのです。

わたくしは、ただひとりで、オウム貝を見にかよふやうになりました。これまでに何度、かよつたことでせう。いもうとが死んだ時にも、わたくしはここにやつてきました。ある冬には、どうしてもオウム貝を見たくて、深い雪をわけ、雪の中で野宿までして出かけてきたこともあつたのです。

その螺旋の前《まへ》に立つと、不思議な魂《たましひ》の安らぎをおぼえるのでした。わたくしの魂《たましひ》の苦しくてたまらない時、この億年の岩の螺旋に対峙するのです。螺旋と向きあつてゐると、いつかわたくしはおなじ螺旋の一部となり、銀河の悠久の流れの速度までを、このからだに感ずることができるのでした。

夜、しんしんと降る星空の下で、この螺旋のもとに眠つてゐると、星の時間を旅するやうでありました。

この螺旋のそばにゐるときだけは、蓮《はちす》の法《ほう》の教へを唱へるときよりも、わたくしはわたくしの修羅をなぐさめることができたのでありました。

そして、わたくしは、いま、その螺旋への路の最後の一歩づつを踏んでゐるのでした。

午前三時には家を出、歩いてゐるうちに夜があけ、昼のあひだ中を歩きつづけ、また夜になつてゐました。

持つてきたにぎりめしはもうなくなり、腰の水筒にわづかの水が残つてゐるだけでした。

足を踏み出すたびに、水がちやぷちやぷと音をたてます。

気にかかつてゐるのは、誰にも何も言はずに家を出てきてしまつたことです。わたくしは、ほんたうにそのことはすまないと思つてゐるのです。けれど、もし、誰かにこのことを話したら、きつとわたくしはとめられてゐたでせう。

わたくしの身体は、熱く火照《ほて》つて、熾火《おきび》のやうでした。

わたくしが想ひ出すのは、いもうとのことです。

あのくらい病室のなかで、いもうとはどんなにか林のなかへゆきたかつたことでせう。いもうとと同じやうに、わたくしは、わたくしの最後の生命をふりしぼつて、わたくしの大好きな林を通り、青葉や枯葉の匂ひを呼吸しながら、見慣れた木の根や岩の角を踏んで、螺旋の眠るあの谷へゆきたかつたのです。

今夜は新月でありました。

山道は細くあやふく続き、そのあやふささへも、もうさだかではありません。けれど、わたくしは迷ひませんでした。

白い螺旋の道が、ぼうつと光るやうに、しらしらと森の無明《むみよう》の闇の底につづいてゐたからです。わたくしは、その道の上を、ただ踏んでゆけばよいのでした。

頭上の闇のなかで、風が、ざわざわと橅《ブナ》の梢をゆすつてゐます。

わたくしは、傷つき、死にかけたけもののやうに、ただ一心に歩いてゆきました。

どうして、病人のわたくしがこれほど歩けるのか、自分にもわかりませんでした。消えかけたらふそくが、最後にあかるく燃えあがるその現象であるのかもしれません。

わたくしは、いつか、二荒山のあの谷に入つてゐました。

谷におり、水を渡つて上をあふぐと、あのオウム貝のあたりが、ぼうつと燐光を帯びた光で満たされてゐました。

南無妙法蓮華経《ナモサダルマプフンダリカサスートラ》！

わたくしは、蓮の経を唱へ、登つてゆきました。

オウム貝の螺旋が、うつくしいパールの微光で包まれてゐました。

南無妙法蓮華経《ナモサダルマプフンダリカサスートラ》！

わたくしはあやかしを見てゐるのでせうか。

その螺旋は、無明の闇のなかに咲いた、光の蓮華《れんげ》のやうでありました。

螺旋の肌に触れると、それはもはや岩の感触ではなく、まぎれもなく生きた生物のそれでした。

ふと横に眼をやると、岩と化していたはづのオウム貝のくちから、無数のももいろの触手が伸びてゐました。巨大な蛸《たこ》が、螺旋の入口に頭を突つ込んで脚をゆらめかせてゐるやうでした。いや、それは、蛸の脚といふよりは、もつと繊細でもつとうつくしい飛天《ひてん》の絹の羽衣のやうでありました。

そのももいろの触手のひとつが、わたくしのからだに触れました。

南無妙法蓮華経《ナモサダルマプフンダリカサスートラ》！

その時、わたくしのからだにこの世のものではない快感が走りぬけたのです。わたくしの肉の底から、ぞわぞわとたちあがってくるものの気配がありました。くらいけものの遠吠えが耳に聴こえてくるやうでした。

——おいでなさい。

さうその螺旋は言つてゐるやうでした。

もう耐へなくていいのだと、修羅から身をもちあげてくるものに、肉をまかせてしまっていいのだと——。

肉いろの無数の触手の中心に、やはらかな入口がくちを開けてゐました。

——さあ。

と、螺旋が言ひました。

わたくしは、そこに跪《ひざまづ》きました。

触手が伸びてきて、わたくしのからだをぬめぬめとからめとつてゆきます。そのたびにわたくしの魂《たましひ》をとろかすやうな法悦が肉の奥からひき出されてくるのです。

わたくしは、ひきこまれるやうに、肉色の触手の中心に頭から入つてゆきました。

あたたかな感触がわたくしの肉体をゆつくりとつつんでゆきます。

——ああ。

わたくしの口から、胎児になつたやうな甘やかな呻き声がもれました。

有情《うじやう》としてこの世に生まれてくるのと、まつたく逆の路を通つて母へ帰つてゆく、そんな気がいたしました。

わたくしはすつかりと螺旋の中に潜りこんでゐました。

わたくしの目には、もうなにも見えません。

胎児のやうに手足を縮こめて、螺旋のいつそう深い奥へとひきこまれてゆくのです。それにしたがつて、わたくしの肉は螺旋の肉に溶けていくやうでした。

わたくしの手をにぎつてゐるものがゐました。柔らかであたたかい力が、わたくしの手をつつんでゐるのです。

その力が、わたくしをみちびいてゆくやうでした。

螺旋の内部は、複雑な迷宮のやうにわたくしには想はれました。その迷路の中を、わたくしは、その力によつて、間違はずに真理に向かつて進んでゐるのだといふことがわかりました。

「リタ？」

わたくしは細い声でつぶやいてゐました。

螺旋の迷宮に入りこんだ者をみちびいてゆく、不思議な力を、天則《リタ》といふ原理の名で呼んでゐる異国の本を眼にしたことがありました。

その力は答へませんでした。

わたくしは、螺旋の奥へと、ただひきこまれてゆくばかりでありました。

螺《ら》旋《せん》問《もん》答《どう》

問　極微《ごくみ》とは何か？
答　極微とは、在るものの最小である。切れず、壊せず、長くもなく、短くもない。四角でもなく、三角でもなく、形なく、見えず、聴こえず、触われず、一切の何ものでもなく、一切の何ものでもあることのそれである。
問　微塵《みじん》とは何か？　また、色《しき》とは何か？
答　微塵とは、見えるものの最小である。色とは、微塵に因《よ》りて生じたものの全てである。色の総量は識《しき》の総量に他ならず、識の総量は色の総量に他ならない。色《しき》心不二《しんふじ》とはこのことである。

問　識とは何か？

答　識──想いは螺旋である。想えば即《すなわ》ち想いに因《よ》って極微《ごくみ》は寄《よ》り、微塵《みじん》を生ず、微塵は縁《えん》に因《よ》りて結び、業《ごう》に因《よ》りてめぐり、即ち螺旋を生ず。螺旋は有情《うじょう》（生命）である。有情は輪廻《りんね》に従い、輪廻は有情に従う。螺旋に因りて輪廻は生じ、輪廻に因りてさらに螺旋は生ず。色界の実相《じっそう》は螺旋である。刻《とき》もまた螺旋である。刻《とき》に従う螺旋を進化という。

問　では仏とは何か？

答　色、識、有情、螺旋、輪廻、進化、これ等は全てひとつものの別称《べっしょう》である。

問　問う。仏とは何か？

答　なお問う。仏とは何か？

『螺旋教典《らせんきょうてん》』巻ノ二　問答篇《もんどうへん》より

二の螺旋

蝕《しょく》の一

わたしは、どこまでも螺旋を登っていった。

わたくしは、どこまでも螺旋を潜つてゆきました。

螺旋は、果てしがなかった。とうに、二荒《ニコー》ビルの高さは過ぎている。わたしの鼻にとどいてくる匂いだけがわずかに強まっていた。いや、それもわたしの錯覚であったかもしれない。

わたしの肉の奥に、甘やかなうずきが満ち始めていた。

螺旋は、どこまで潜つても果てしがありませんでした。わたくしの肉は、潜つてゆく一瞬づつに、ひきはがされ、わたくしは絶えまなく生まれかはつてゆくやうでした。無限の脱皮をくりかへしながら、温かな母体の中へと潜つてゆく蛇のやうでありました。

一段ごとに、わたしの身体は至福で満たされていった。

わたくしの身体は、螺旋の甘みのうちに溶けていくやうでありました。

わたしの足もとについてくる生き物の透明な光が、その輝きをゆっくりと増していた。

わたくしをみちびいてゆく力は、いよいよ確かなものになつてゆきました。わたしのわたくしの肉体から手足から上下の感覚が前後《まへうし》ろの感覚が失せて消へていくようでゐるやうであったありました。わたしはわたくしは、温かい暗黒の螺旋のなかに、自分の肉が溶けてゆくのを感じていたゐました。

ゆかねば、と、わたしはわたくしは思った思ひました。ほんとうに人々が幸福になる道をわたしは捜し、真理へたどりつく道を、わたくしは捜さねばなりません。

狂おしい衝動がわたしを貫き、激しい思ひがわたくしを散り散りにしてゆくやうでした。わたしがわたしでなくなってゆき、わたくしがわたくしでなくなつてゆくやうでありました。

わたしは溶け、同時にわたくしは重なつていくやうでありました。わたくしは重なり、同時にわたしは溶けてゆくようだった。

大きな螺旋の海。
温かな螺旋の肉。
混沌の血。
混沌の海。
想えば、それはたちまちかたちになり、かたちはそのまま想いとなってわたしのわたくしの心に入り込んでくるのでありました。

わたしはわたくしになりわたくしはわたしになり——

さうして、わたしとわたくしは、私になり、哀しみを喪失したのでした。


ゆったりとした羊水の大海が私を包んでいた。

私はとろけた胎児の肉塊となってあたたかな温度を感じていた。

長い、長い時間を、私はその羊水の中ですごしたようであった。

私は、透明な力に優しく包まれているようであった。

私の内部で月は輪廻《めぐ》ってゆく。

不思議な力が私の肉の内にあった。

それは問であり、その問はまた答を内在していた。

それは、答であり、その答はまた問を内在していた。

問と答、答と問のあやなす螺旋模様が、そのまま不思議な螺旋力《ベクトル》となって、なお、螺旋の高みへと深みへと私を押し上げ引き込もうとしていた。

私は螺旋だった。

私は、月の夢を見ていた。

蝕《しょく》の二

どこかで波の音が鳴っていた。
近くのようでもあり、遥か遠くのものが、風に乗ってとどいてくるようにも思えた。
いつからその音が聴こえていたのだろうか。
私は、半覚醒のまま、ぼんやりとそんなことを考えていた。
音は腹を伝い、内臓を伝って、甘い振動となって私の耳にとどいてくる。
胎児が羊水の中で聴く心音というのは、こういうものであるのかもしれなかった。
右頬に、軽いざらつきがあった。
そのざらつきの感触が、だんだんと鮮明なものにかわってゆく。
そして潮の香り。
砂。
海。

私は、長い夢から醒めるように、ゆっくりと蘇生していた。

眼を開ける。

砂に、視界の下半分を塞がれて、暗い海が見えていた。

暗い海面にちらちらと躍る光が眼に入った。

私は、右頬を下にして、砂の上に俯《うつぶ》せに倒れていたのである。

手を突いて、上半身を起こした。

闇が私を包んでいた。

真の闇ではない。

空に月が出ていた。

みごとな上弦の月であった。

海の上に、きらきらと青い燐《りん》の月光がゆれていた。蘇生した時に私の眼に入ってきたのはこの光だったのだ。

どことも知れない海岸であった。

私の眼の前に、黒々と暗い海が広がり、左右に海岸線が続いている。

私は立ちあがった。

風が吹いていた。

おそろしく広い天と地との間に、私の肉体だけが、風にさらされていた。その天地の広さが寒さとなって私の肌に張りつき、私は小さく身体を震わせた。

身体についた砂をはらおうとして、私は、自分が全裸であることにようやく気がついていた。

――何故自分が裸なのか。

私は、あたりを見回した。

無意識のうちに、自分の衣服を眼で捜していたのである。

砂の上には何もなかった。

――行かなくては。

と、私は思った。

ふいの衝動が、私を襲った。

身体を動かしかけて、私はそこに立ち止まった。

――だが、どこへ？

自分がどこへ行こうとしたのか、私にはわからなかった。

どうして、いきなりそんな衝動が湧いたのか。

――ここはどこなのか？

と、私は思った。

――何故私はここにいるのか？

私は自問した。

そうして、私は、身体中の毛穴が開いていくような、恐ろしい事実に気がついたのであった。

——私は誰なのか。

私は、眩暈《めまい》にも似た、自分の肉体の喪失感を味わっていた。

私には、自分が誰であるのか、自分の名前が何であるのか、それすらもわからなかったのである。

自分がふたつに裂かれて、一方の自分を私は永久に失ってしまったのではないか——

厚い帳帷《とばり》が記憶を包んでいた。

幾重にも複雑に重なりあい、からみあった記憶が、その帳帷の中で羽化しそこねた虫のように蠢《うごめ》いていた。しかし、その虫がどのような色や形をしているのか——

その朧《おぼろ》な輪郭《りんかく》が、いまにも見えそうで、見えなかった。意識すればするほど、その輪郭は遠のき、霧のように私の意識の指の間からすり抜けてゆくのだった。

私は途方に暮れてそこに佇《たたず》んだ。

暗緑色の波がうねり、絶え間なく砂浜に寄せていた。

不思議な色をした波だった。

砕けてゆく寸前、めくれあがった波の内側が、血の色に似た暗赤色の光を帯びるのである。

暗く、不気味なイメージが私の内に広がった。

深海の底で鼓動する大陸ほどもある巨大な心臓——

その呼吸《リズム》が波のうねりとなって、砂浜に寄せているようであった。

その時、私は正面の波の中に、不思議なものを見つけていた。

暗い波の中に、奇妙なものの姿が見えた。

大きな猫ほどの大きさの生き物――

それは、動いていた。

波の間にその一部が見えるだけなのだが、どこか歪《いびつ》なもの。

暗いうねりにのって、それが岸に近づいてくる。それは、ゆっくりと、海から陸へ這いあがろうとしていた。

魚？

それは確かに魚に似ていた。

しかし、それは魚ではなかった。

鎧《よろい》に似た鱗。

背鰭《せびれ》。

カサゴに似た大きな顎。

そして歯――

その眼は、頭部の側面にではなく、前面についていた。しかも、それは、四本の脚で這っていたのである。

脚のある魚――

波の中から、それが、月光の中に、ぬめぬめと光る全身を現わした。

それは引いてゆく波にもどされまいとするように足を踏んばり、寄せてくる波に合わせて脚を動かしていた。

奇妙な光景であった。

私は、思わず後退《あとず》さりしていた。

それの動きがふいに止まった。私の姿に気づいたらしかった。

前に突き出たふたつの眼で、それが、私を見つめていた。

距離は四歩の長さもあるまい。

ぎろんとしたその瞳の中に、不可解な光が溜っていた。怯えと、そして、私を何者かと値踏みするような色がその眼にあった。

それと私とは、数秒の間、お互いの眼を見つめあった。

ふいに、それは口を半開きにし、巨大な眼球を微かにすぼめた。

私には、それが笑ったように見えた。

それは、軽く首を傾け、口を閉じて、その口をもう一度開いた。

げっ……

と、それが鳴いた。

私に何か語りかけようとし、それが言葉にならずに口からもれた——そんな風でもあった。

——その時。

「アーガタ！」

私の背後でいきなり叫んだ者があった。

砂を蹴る足音がして、人の影が飛び出してきた。手に、長い棒のようなものを持っていた。

私と向き合っていた奇妙な生き物は、驚くほどの素早さで身を翻《ひるがえ》し、ひいていく波の中に飛沫《しぶき》をあげて飛び込んでいた。

人影の手から、奇妙な生き物が潜り込んだ波をめがけて棒が飛んだ。棒は波に突き立ち、次に寄せてきた波にもまれて砂の上に打ちあげられた。

ちっ、と舌を鳴らして人影が棒を拾いあげた。棒と見えたのは銛《もり》であった。

人影が私に向きなおった。

女であった。

肩から胸、腰までを布で包んだ女が、私の前に立っていた。肉付きの豊かな女だった。

長い髪を、後ろで束ねて紐で結んでいる。

驚きを含んだ黒い瞳がいぶかし気に私を見つめていた。

大柄ではあったが、十七〜八歳に見えた。まだ少女であるらしい。

その少女が私に向かって何か言った。

私には意味のわからない言葉だった。

私が首をふると、少女はもう一度口を開き、あの不気味な生き物の消えたあたりを指さした。

問と、軽い非難とが、その口調に含まれていた。

「私の言葉がわかるか」

私は言った。

少女は眉をひそめて後方に退がり、銛の先を私の方に向けた。

私の言葉がまるでわかってはいないらしかった。

海を背にして立っている少女の視線が、左へ動いた。少女と向きあっている私にとっては右の方向である。

私は、少女の視線の先に眼をやった。

ひとつの人影が、波打ち際を歩きながら、こちらへ向かってやって来るのが見えた。

やはり、手に銛らしいものを持っている。

「ダモン」

少女が、その人影に声をかけた。

「シェラ！」

人影が答え、歩調が速くなった。

男のようであった。

その男は、やって来ると、ぬうっと少女の傍《かたわら》に並んだ。

大きな男だった。

私よりも、ふたまわりは身体が大きい。胸の厚さが、肩幅近くあった。岩を削ったようなごつい顔の造りをしていた。

縮れた黒い髪が、乱れたまま額にかかっている。

腰に布を巻いており、右手に銛、左手に輪になった縄を握っていた。その縄に、今私が見たばかりの、脚のある魚が二匹ぶら下がっていた。口から鰓《エラ》に通された縄に、血が付いている。脚のある魚から流れ出たものであった。

二匹のそれの頭は、いずれもみごとにひしゃげていた。

男の腰に棍棒が下がっており、その先にも血が付いていた。その棍棒で、それの頭を叩いたのであろう。

男は、わたしを見、驚いたようにそこに立ちすくんだ。

長い沈黙があった。

やがて、男は、強い黄色い光を宿した巨大な眼球を私から少女に向けた。

少女が、早口で男に何事か告げた。

その言葉の中に、先ほど女が口にした〝アーガタ〟という言葉が何度か出てきた。

男は女の言葉に、あからさまに不満そうな顔をした。太い唇から獰猛な歯がのぞいた。銛を持った手を軽く引いて、何か短く私に言った。

どうやら、ついて来い、と言っているらしかった。

蝕《しょく》の三

海を左側に見ながら、私の右横を男が歩き、背後を少女が歩いていた。

男がやってきた方へと、砂の上をひきかえしているのだった。

私たちは無言だった。

やがて、河が海に流れ込んでいる場所に出た。

夜であるため、よく見えなかったが、たっぷりとした水量を持った河だった。月明りに、青黒い水の面が、重くうねっている。

河に沿って、道があった。

その道をしばらく歩いていくと、足の下に踏んでいた砂が、いつの間にか土にかわっていた。

足元には草も生えており、時おり、私の脛《すね》や踝《くるぶし》に、さらさらと触れるものがあった。

男が、ふいに立ち止まった。

少女が、道の脇にかがみ込んだ。土の上から太い棒に似たものを拾いあげた。棒を膝にはさみ、懐から何かを取り出した。女の指の先で、小さな赤い点が光っていた。

少女が取り出したのは火種であった。

少女が膝にはさんでいた棒の先が、ほどなく闇に橙々色《だいだい》の炎をあげた。

少女が拾いあげたのは松明だったのだ。

炎の色が、暗さに慣れた眼に眩しかった。

私たちは再び歩き始めた。

こんどは少女が先頭だった。

炎の明りがあるため、歩くのは前よりも楽になった。

道が、河からそれていた。歩くのに従い、水音が次第に小さくなってゆく。

脚に触れる草の量が多くなった。丈《たけ》も膝より高くなっている。炎の明りで見ると、それは何か羊歯《シダ》の一種らしかった。

鬱蒼《うっそう》とした羊歯の中をしばらく歩いた頃、前方に灯りが見えた。

男と女が、何事か小さな声で話しはじめた。

近づくにつれて、灯りの正体がわかった。

羊歯に埋もれるようにして、一軒の小屋が建っていた。灯りは、その小屋からもれてくるのである。

小屋の背後に、黒い傘のように大きく枝を広げた樹が生えていた。奇妙な樹であった。

私が初めて眼にした樹であった。

小屋の周囲の羊歯が、きれいに刈られていた。

その小さな広場に足を踏み入れると、周囲《まわり》の羊歯が、ざわざわとざわめき始めた。腰近くまである羊歯の叢の中に、いくつもの黒い塊りが蠢いていた。

カサカサという、鳥肌の立つような乾いた音――。

羊歯の叢から、それが這い出てきた。

巨大な蝸牛《カタツムリ》に似たものであった。

しかし、それは蝸牛ではなかった。膝までもある黒いアンモナイトの螺旋。その殻のなかから出ているのは、毛むくじゃらの蜘蛛の触手だった。

私は脚をすくませて声を飲み込んだ。

近づいてくる悪夢のような螺旋を、男と女はうるさそうに眺めただけだった。

ぎゅ
ぎゅ
と、螺旋たちは鳴きながら男のまわりに群がってきた。螺旋は、いくらでも後から後から這い出てきた。どれほどの数の螺旋がいるのか見当がつかなかった。

螺旋の目的は、どうやら男の腰に下がった、あの脚のある魚にあるらしかった。

男は、まとわりつく螺旋の一匹を、銛の柄で転がした。

螺旋は、ごろんと転がり、蜘蛛の触手を一旦殻の内部へ引っ込め、いくらもしないうちにその獣毛の生えた触手をまたぞわぞわと伸ばし、地を掻いて起きあがった。

その螺旋が起きあがるまでに私は見ていた。

触手の根元に囲まれた中心に赤い肉に包まれた女陰のような口らしきものがみえた。肉の奥には、牙のようなものさえあった。

私は、その触手が、蜘蛛というよりは蛸《たこ》のそれに近いことに気がついた。表面に獣毛こそ生えているが、その触手には関節がなかった。しかも、触手の根元の裏側には、吸盤さえ付いていたのである。

男が螺旋を転がしているうちに、少女が小屋の中に声をかけていた。

小屋の戸が開き、老人の顔が覗いた。

白髪《はくはつ》の老人であった。長い髯を生やしていたが、やはりその髯も白い。皺の浮いた顔に赤く炎の色が映っていたが、顔色はよくなかった。左眼の下から頬にかけて、傷がある。

老人が私に気づき、驚きの声をあげた。

拳を握り、見えないものを叩くような動作をしてから、老人は少女に向かって何ごとかつぶやいた。

少女がそれに答えた。

老人の顔が小屋の内部に消え、少女が小屋の中に入っていった。

男と私がその後に続いた。

小屋の内部には、木のテーブルがあり、その上の灯り皿に小さな炎が燃えていた。

奥の壁に石造りのかまどがあり、炎が火の粉のはぜる音をたてていた。

そこには、ふたりの人間がいた。

今、顔を見たばかりの老人と、老女であった。

やはりふたりとも身体に布を巻いており、さらにその上から厚地の上着を着ていた。上着には、赤と青で螺旋模様が織り込まれていた。

老女は、筋の浮いた細い手首に腕輪をはめ、耳飾りを付けていた。

少女が、老人と老女に何事かしゃべっていた。私のことを説明しているらしい。

入口の戸を、何か爪のようなもので掻く音がしていた。

あの螺旋が、中へ入ろうと騒いでいるらしい。

老人が、片脚をひきずりながら、男のそばに歩み寄った。

男が、老人に棍棒を渡した。

棍棒を握った老人の眼に、異様な光が宿っていた。その眼はじっと土の床の上に転がされた脚のある魚の上にそそがれていた。老人は、いきなり棍棒をふりあげ、すでに死んでいる、魚の頭を狂ったように叩きはじめた。眼が血走っていた。

やがて、老人は叩くのをやめ、大きく喘いで棍棒を下に置いた。

魚の頭はぐしゃぐしゃになっていた。

残りの三人が、平然とそれを見ていた。三人にとってはいつもの光景らしかった。

男がかまどの横から〝く〟の字型の鉈《なた》のようなものを取り出した。さらにテーブルの下から、膝ほどの高さの、小さな木の台を取り出した。頑丈そうな造りで、台の表面に黒いものが染みついていた。血の跡であった。

男は、腰に下げていた二匹の脚のある魚をその台の上に投げ出した。どうやら、その台が調理台らしかった。

老人と老女とが並んで立ち、少女が何事かふたりに説明しはじめた。私のことをしゃべっているらしかった。

男は、手に持った鉈を、無造作に脚のある魚の上にふり下ろした。

魚の頭部が落ちた。

血が驚くほど大量に出た。

血の匂いが部屋に満ちた。

一匹の脚のある魚を、男はたちまちぶつ切りにし、十あまりの肉片に変えた。

戸の横にある窓を開け、男は、肉片をひとつずつ外の闇に向かって投げ捨てた。

たちまち外の闇に、あわただしい気配が満ちた。

触手が地を掻く音。

殼と殼とがぶつかりあい、こすれあう音。

禍々しい飢えた獣の群がたてるざわめき——。

ぎゅ
ぎゅ

ぎゅ
という螺旋の哭く声。

体毛のそそけ立つような、肉を嚙むあからさまな湿った音。

それに、牙が骨を砕く、こつん、こつん、という不気味な音が混じる。

螺旋が、外へ投げ捨てられた肉片をがつがつと貪っているのだ。

テーブルの向こうでは、老人の声がいくらか険しくなっていた。女と老女がそれをなだめようとしているようだった。

老人が私を睨んだ。深い皺の奥に刻まれた眼に、私は憎悪の色を見た。

ふいに老人が額に手をあててよろめいた。

老女が慌てて老人の身体をささえる。

老人は両手をテーブルに突き、大きく肩を上下させて喘いだ。

少女と老女が、奥にある寝台らしいもののそばまで老人を抱えてゆき、その上に老人の身体を横たえた。少女も老女も、あまり慌ててはいない。

いつものことなのだろう。

老人は病気らしかった。

老女は、蓋《ふた》をした土鍋《どなべ》をかまどの火にかけ、男に向かって何か言った。

男は、すでにもう一匹の脚のある魚を、きれいにいくつかの肉片にわけていた。取り出した臓物が素焼きの皿の上に盛ってあった。その横のもうひとつの皿には、赤黒いどろりとした液体が溜っていた。脚のある魚からしぼった血であった。

灯り皿の炎が、皿の表面に小さく踊っている。

男は、ふたつの皿を持って寝台に歩み寄った。

老女が、血の溜った皿を受け取り、それを眼を閉じた老人の口にあてた。数度にわけて、老人はその血を飲み下した。

筋ばった喉で、突き出た喉仏が生き物のように上下した。

老人の白い髯に滴った血を、少女がぬぐった。

老人が薄く眼を開けた。

右手を持ちあげた。

その右手の平に、ひきつれたような傷痕があるのが、ちらりと見えた。

老人は、何かをねだるように、その右手を動かした。

老女はうなずいて、もうひとつの皿から、取り出したばかりの臓物を指先につまみ、老人の口の中に入れた。長い間顎を動かし、老人はそれを飲み込んだ。

老人は、それをひと皿食べ終えると、ほどなく眠りに落ちた。その頃には、かまどの火にかけた土鍋から湯気があがっていた。

老女は、その鍋から木杓《きじゃく》で、四つの椀に汁をついだ。

少女が、その椀をテーブルの上に置く。

薄くあぶらの浮いたスープであった。

食欲をそそる匂いがあがっていた。

女と男がテーブルについていた。私にもテーブルにつくようにと老女が身ぶりでうながした。

私は、おずおずと木の椅子に腰を下ろした。

男のごつい顔には、明らかに不満そうな表情があった。

老女が、椀を手に取ってスープをすすった。女と男がそれにならい、私もその熱い液体をすすった。何かの肉の味が汁に溶けている。こくのある私好みの味だった。

私がそれを飲み干すと、老女が立ちあがり土鍋を抱えてテーブルに持ってきた。こんどは鍋の中から、だしの元となった肉を椀に盛り始めた。

その肉を見た時、思わずえずきがこみあげかけた。

胃がすぼまり、縮みあがっていた。胃の中身が外へせりあがってきそうだった。

そのえずきを、私は喉で殺した。

もしたったひとりであったなら、私は吐いていたに違いない。

その肉は、ついさっき、外で見たばかりのアンモナイトに似た螺旋の触手だったのである。

輪切りになったその肉には、毛こそ抜かれていたが、見覚えのあるあの吸盤がついていたのだ。

老女は、ふたつの椀を少女の前に持って行った。

すると、それまで黙っていた男が、怒ったような声をあげた。

老女は、男をたしなめるように首を振った。

しかし、男は、かえって声を大きくした。立ちあがり、私を指差して、大きな声で老女に向かって何か言った。

老女は、眠っている老人の方を見、小さく首を振った。

老女が、これから何かをしようとしているのだが、それが気に入らないと、男は言っているらしかった。

老女が、高い声をあげて、男を叱った。男が、堅く押し黙って、こわい眼で私を睨んだ。

どうやら、老女と少女は、老人が眠っている間に何か内緒のことをしてしまおうと考えているらしかった。

男が静かになるのを待って、少女が、肉と汁のたっぷり入ったふたつの椀に、唾液を吐いた。そのふたつの椀を手に持って、老女は、私の前にやってきた。

私の眼の前のテーブルに、ふたつの椀が置かれた。

老女が、私に唾を吐く仕種をしてみせた。

少女と同じように、そのふたつの椀に唾を吐けと言っているらしかった。

私が老女の真似をして唾を吐く仕種をすると、老女がうなずいた。

何度も身ぶりで念をおし、私は椀の中に唾を吐いた。

老女は、私の前にひとつだけ椀を残し、もうひとつを少女の方に持って行った。

老女は、自分の席につき、眼を閉じて口の中で何かを唱え始めた。ゆるい韻律を持った呪文のようであった。
私は、知らぬ間に何かの儀式に参加させられているらしかった。
呪文を唱え終えた老女が、女と私とを見、小さく叫んだ。
少女が、椀の中に手を伸ばし、指先に湯気をあげている肉片をつまんで口に運んだ。
私は、その肉を喰べることもできずに、三人の顔を見ていた。
老女も男も、肉を喰べていなかった。
喰べているのは少女だけである。
老女の鋭い眼が、私を睨んでいた。
鋭い声で、さっきと同じ言葉を叫んだ。椀を指さし、その手を自分の口に運ぶ。
私に、肉を喰べろと言っているのだった。
私は曖昧な微笑をしてみせたが、老女の表情は変らなかった。
男の眼が、だいぶ険しくなっていた。
刺すような眼で、私を見ていた。
憎悪の眼だ。
男が、老女にむかって何か言った。
〝いやがっているのにむりに喰わせることはない〟
そう言ったような気がした。
老女が、男に向かってひとこと言うと、男は静かになった。

老女が、また小さく叫んだ。
きびしい眼が私を睨んでいた。
私はおそるおそる肉片に手を伸ばし、一番小さなやつを指につまんだ。
それを口に入れて、ほとんど嚙まずに飲み込んだ。
少女が立ちあがっていた。
瞳を輝かせて私を見ていた。
女は、私の横まで歩いてくると、腕を取って私を立ちあがらせた。
立ちあがった私の股間に、少女の手が伸びた。
驚くひまさえなかった。
私は、少女の手に、自分の性器を握られていたのである。
私の眼の前で、少女の顔が笑っていた。
初めて見る笑顔だった。
――この女は美しかったのだな。
と、私はその時ようやく気がついた。

蝕《しょく》の四

ふせた目蓋の隙間から、強引に光が入り込もうとしていた。

それが眩しくて、私はいやいやをするように首をふった。

顎が、何か堅いものにぶつかり、私は眼を醒ました。

窓から入り込んだ陽光が、私の顔にあたっていた。深く息を吸い込むと、汗を含んだ女の髪の匂いが私の鼻をついた。

私の左肩に、女の頭が載っていた。私の顎がぶつかったのは、彼女の頭だったのである。

私は、左腕で彼女の頭を抱えながら、眠っていたのだった。

女は、まだ寝息をたてていた。

左肩が重く痺れていた。横腹に、ゆるく上下する女の乳房があたっている。

女も私も全裸だった。

女の左腕が、私の裸の胸の上に回されたままになっている。

昨夜の記憶が蘇った。

ほとんどこの少女に犯されたようなものだった。しかし、それほどいやな気はしていなかった。それは、あからさまではあったが、少女の欲望が少しも陰湿なものではなかったからだ。さわやかささえあったといっていい。言葉が通じないことが、むしろ幸いしたのかもしれない。

それよりも、昨夜、少女が初めて見せたあの笑顔に、すっかり私が心を奪われていたからだろう。

互いの唾液を混ぜ合わせた食事をする――昨夜のあれは、結婚か、もしくはそれに準ずる儀式であったらしい。

昨夜、私は、あのまま奥の間のこの寝台へと少女に連れ込まれ、――そして今朝をむかえたのだった。

はたしてこれでよかったのかという不安は、むろん私の中にわだかまってはいたが、不思議に満ち足りた気分も、また同時に味わっていた。

遠い昔に、やはり、こうした朝をむかえたことがあるような気がした。

裸の女の肩を抱き、女の髪の匂いを嗅いでいる朝――。

それはいつだったのか。

狭《せま》いアパート。

薄暗い土蔵。

なつかしいような、苦しいような、奇妙な傷みが、その記憶と重なっていた。

森。

たくさんの人間。

高層ビル。

畑。

風。

車。

今いるこの場所とは遙かにかけ離れた映像が脳裡に浮かんでいた。

それが、夢の映像であるのか、実際に私が体験したものであるのか、その辺がひどく曖昧であった。その世界で使っていた言葉も覚えているのに、その記憶の距離が遠いのである。

机の上でほこりをかぶった雑多な螺旋たち。

しかし、私自身が誰なのか、どうやってあの浜辺にやってきたのかとなると、見当さえつかなかった。

私の心の中に浮かんでいた映像が、ふいに一変していた。

どこかの雪をかぶった山が、蒼い空にそびえていた。一度も見たことがないような気がするかわりに、その山が自分にとってとても身近であったような気もした。

そして雨雪《みぞれ》の庭。

ふたつの欠けた陶碗に溜まった白い雪――。

その碗のイメージが、昨夜の儀式の椀のイメージと重なった。

自分にとって、かけがえのないひとを失ってしまったという記憶。

女性の姿が浮かんだ。

その女性はジーンズをはいていたり、また和服を着ていたりした。私の頭の中でその絵が交互に入れ代わる。しかし、その顔だけがぼやけている。

その女性の肉体の感触を、私はまだ記憶《おぼ》えていた。甘い喘ぎと柔らかな白い肉体。いや、そんなはずはなかった。私はその女性を抱いたことなどなかったはずなのに——。

魂のねじ切られるような修羅の記憶。

肉の記憶は、その女性の神聖を冒瀆《ぼうとく》するものだ。

だが——

狂おしいまでの欲望が、私の肉に満ちた。

この螺旋に潜り、この螺旋を登るのだ。

さあ。

私の股間のものが、堅く勃起していた。

頭を持ち上げていた私のそれが、ふいに柔らかな力で握り締められていた。

私は幻想から醒めていた。

少女が、堅くなった私のものを握っていたのである。

少女の黒い瞳が、笑いながら私を見ていた。

少女は、私を握った手を軽く動かし、白い歯を見せて笑った。

私は女の乳房に手を伸ばし、その重さを確かめるように掌に包んだ。掌の中で、少女の乳首が堅く尖った。私のどんな幻想よりも確かな感触が、それにはあった。

私たちは、唇を合わせ、唇を離し、また唇を合わせた。たっぷりと舌を吸い合った。

少女の舌は、生き物のように私の舌をからめとり、よく動いた。

少女のしなやかな肉体が、ゆっくりと私にかぶさってきた。

彼女の、発達した重い腰が、私の上に降りてきた。

そして数刻――。

私と少女とはようやく寝台から抜け出した。

みごとな肢体が、私の眼の前にあった。乳房は大きく前に突き出していた。

私の視線を受けて、照れたように、少女は尻を私に向けた。豊かな尻だった。

寝台の下に、私のための布が用意してあった。私が、それをどうやって身体に巻きつけたらいいのかわからないでいると、少女が、器用にその布を私の腰に巻きつけてくれた。

そして、少女は、昨夜脱ぎ捨てた自分の布を、きれいに身体に巻きつけた。右肩に布の一端をのせ、そこから布を順に脇をくぐらせ乳房をおおい、腰に巻きつける。一見無造作にみえるがあざやかなものであった。一度や二度見ただけではとても覚えられない。

それがすむと、女は私に向きなおり、自分を指さして、

「シェラ」

と言った。
それが彼女の名前らしかった。
昨夜、海岸で男が言っていた名前である。
ようやく自己紹介をすることになったのだ。
「シェラ」
私は、そう言ってうなずきながら彼女を指さした。
彼女――シェラは嬉しそうに細い顎を上下させてうなずいた。
次に、シェラは私を指さした。私に名前を言えと言っているのだ。
私は首をふった。
自分の名前を思い出せないのである。
それが彼女にも伝わったらしい。
シェラは、私を指さして、
「アシュヴィン」
囁くように言った。
シェラは、私に名前をつけるつもりらしかった。
「アシュヴィン？」
私は、自分を指さして言った。
すると、シェラは、笑みを浮かべて何度も何度もうなずいた。

シェラと私は、入口にかかっている布をくぐり、寝室から居間に出た。昨夜、〝儀式〟の食事をとらされた部屋である。

老人が、昨夜寝たままの姿で、寝台に横たわっていた。その傍の椅子に、老女が腰をかけている。

男の姿はそこになかった。

老女は、私たちの姿を見つけ、小さく微笑した。視線にこもっていた鋭い光が、今は消えていた。

私はそこで、今したばかりの名前のゲームをもう一度くりかえすことになった。

老人の名前はアルハマード。

老女の名前はウルヴァシー。

ここにいないもうひとりの人間——あの身体のがっしりした男の名前がダモンであった。

私とシェラは、外へ出た。

眼の前になだらかな草原の起伏が広がっていた。濃い羊歯の緑が風にうねり、そのうねりが幾重にも重なりながら波状に広がってゆく。

そのむこうに海があった。

それを眼にした時、私は奇妙なことに気がついた。

水平線が見えなかったのである。

水平線は、遥か彼方で空と溶け合い、その境が朧に霞んでいるのだ。

水平線――もしくは地平線と呼ばれているものは、地球の持っている丸み、丸みの縁どり、のことである。それが見えないのであった。

海は本来水平線となって向こう側の丸み、へと見えなくなっていくはずの場所よりも、なお遙か先へと続き、空へ溶けていた。

海が消えているのではなく、大気の層の厚さのため、遙か遠方においては、空との境の区別がつかないのだ。

私の前に立っていたシェラがふりかえり、私の背後の天を仰いで眼を細めた。

私はシェラの視線を追うように、後方の天を仰いだ。

私の視線がそこに凍りついていた。

小屋の背後の空のほとんどを、おそろしく巨大なものが塞いでいた。

――山⁉

いや、山というよりは、それは空に向かって開いた大地であった。大地そのものが、蒼い虚空にむかってせりあがり、広がっているのである。

天空に地平線があるのだ。

一瞬、私のスケール感覚が麻痺していた。

それがどれほどの大きさなのか、思考能力が停止して、その見当すらつかなかった。

頂上が見えなかった。

地平線のさらにむこう側で、遙かな虚空に頂上《いただき》は溶けてしまっているのかもしれなかった。

私は、声もたてられずに、その山を見つめていた。
狂おしい思いが私の中に満ちた。
骨を軋ませ、肉を焼き焦がす熱いものがこみあげた。
まだ旅の途上なのだということに、私は気がついていた。

螺《ら》旋《せん》論《ろん》考《こう》

あらゆる生物のうちで、オウムガイは、自らの身体を、宇宙の真理に最も近く刻みあげた生物である。

数億年前、古生代のほぼ同じ時期に出現したアンモナイトがすでに絶滅した化石種であるのに比べ、オウムガイは、現在でも、当時とほぼ同じ体形を保ちながら、太平洋熱帯部に生存している。

時間にして約五億年――

アンモナイトが滅び、オウムガイが生き残った。

――それは何故か。

シオドア・クック(一八六七―一九二八)は、オウムガイの螺旋が「数学的に理想の螺旋を描いている」からだという。

オウムガイの螺旋には、その弧に接する直線をひくと、その直線と弧とが常に、六〇度角になる性質がある。黄金分割の比率を曲線に展開したものが、対数螺旋と呼ばれるこのオウムガイの螺旋なのである。アンモナイトの螺旋は円に近い。オウムガイの広がりのある螺旋に比べ、その螺旋は、同心円で同じ太さの縄を巻いたような形をしているのだ。

オウムガイ——

〝ガイ〟の名がついているが、実は、オウムガイは貝の仲間ではなく、軟体動物門頭足綱オウムガイ科に属する海産動物で、貝よりはイカやタコの類である二鰓類《にさいるい》に近い。

五億年以上も昔、古生代カンブリア紀の海に発生した生物である。最盛期には三千五百種を数えたが、現在は、南太平洋の海に、四種が生き残っているのみである。

太古の海に生まれた螺旋の生き物は、他にもいる。

オウムガイに遅れること、一億数千万年、およそ四億年前のシルリア紀の前期に、アンモナイトが、オウムガイから枝分かれするかたちで発生した。

このアンモナイトは、発生するやいなやあっという間に種の数を増やし、わずか一億年足らずという猛スピードで、その種の数を一万五千種余りにもしてしまうのである。オウムガイの約四倍という数字だ。

しかも、そのアンモナイトは、その絶頂期であった中生代の白亜紀に、ふいに滅んでしまうのだ。

一万五千種のうち、ただの一種も生き残らない完璧な滅びである。

こうなってくると、爆発的にアンモナイトが種の数を増やしたのは、なんとか生き残るための螺旋を生み出そうとしたあがきのように思えてくる。事実、滅び直前のアンモナイトは、様々な奇怪な形状の螺旋を生み出している。

ハミテスという種はステッキのようだし、ニッポニテスという種などは、尻からひり出したばかりのうんこと見まごうばかりの形状をしているのである。

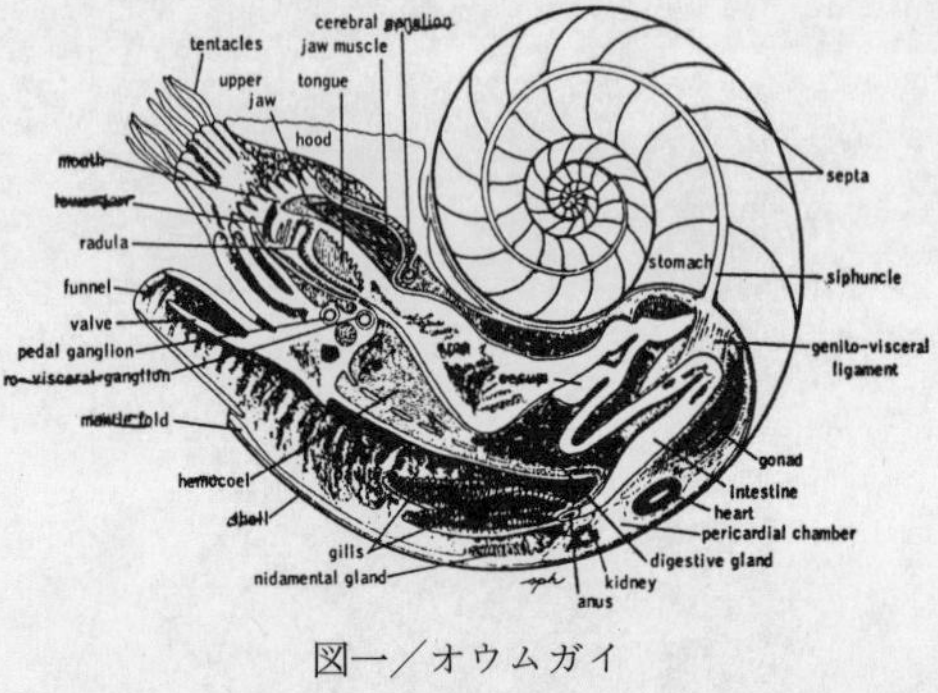

図一／オウムガイ

ここまでくると、デモーニッシュなおどろおどろしさえある。

しかし、結局、アンモナイトは生き残れなかった。発生から、その滅びまで、およそ一億六千万年のあがきである。

アンモナイトは滅び、生き残ったのはオウムガイ四種のみである。

何故か？

太古の海に発生した似たような生物の一方が生き残り、どうしてもう一方が滅んだのか。

前記のクックの説をとれば、まさに、それはオウムガイとアンモナイトの螺旋の数学的な美しさに原因があることになる。

美しい螺旋が生き残り、そうでない螺旋が滅びたのだ。

つまり、完全な螺旋を有したものには、神の力が宿るのである。その神の力――螺旋力によって、オウムガイは未来を見ることができたのではないか。太古の海の中で、オウムガイは、未来を見、それによって、滅びの要素を持った螺旋を、アンモナイトというかたちで、自らの種から枝分かれさせて捨てたのではないか。そうなら、アンモナイトは、始めから滅びの運命を持っていた種ということになる。

アンモナイトの螺旋は、生命にとっては閉じた螺旋なのである。

オウムガイの螺旋には、もうひとつの興味深い事実がある。

進化論で知られるC・ダーウィンの息子、G・H・ダーウィンの〝潮汐進化論《ちょうせきしんかろん》〟によると、地球ができた頃、月はかなり地球に近く、両者はひとつの運動系として、五時間足らずの時間で自転しあっていたらしい。ある英国の物理学者の計算では、現在でも、月は、年間三センチずつ、この地上から遠ざかりつつあるという。

月が、地球におよぼす一番大きな力は、潮汐作用である。月によって、地球に潮の満ち干きが生ずるのである。その潮汐作用による、海水と、地殻との摩擦により、地球の回転周期はブレーキをかけられ、その際に消失する地球の回転エネルギーの一部が、月を地球から遠ざけているというのである。

つまり、過去に遡れば、地球の回転周期は今よりもずっと速く、月は、地球にずっと近かったことになる。これを、理論的に追究してゆくと、極限の場合として、月と地球間の距離は約一万五千キロメートル、地球の自転周期、つまり一日の長さは五時間足らずで、月の公転周期は五時間強という結果が、算出されている。

ジェフリーズによると、それは、およそ、四〇億年前のことだというのである。

オウムガイは、種の誕生以来数億年にわたるその月と地球とのかけひきや距離までも、その螺旋のうちに記憶し、刻み込んでいるのである。

オウムガイは、成長しながら、自分の螺旋の気房に、毎日ひとつずつの筋を年輪のように刻んでゆく。そして、ひとつの気房に造る刻み目は通常で二十九。現在の月の朔望《さくぼう》――つまり満ち欠けの周期と一致する。さらに、化石のオウムガイについては、古い地層から発見されるものほど、一気房に刻まれた筋の数が少ない。数億年前の地層から発見されたオウムガイについては、その数がわずかに九つであったとの調査記録がある。これは、月が、かつて地球に近く、公転の周期が今よりもずっと速かったことのひとつの証明である。オウムガイは、月そのものの運動を、螺旋のうちに巻き込んでいるのである。

つまり、オウムガイは、月の時間を自分の身体に閉じ込めながら成長してゆく生物なのだ。

『螺旋教典』巻ノ六　論考篇より

三の螺旋

凝滑《カララン》の一

私たちは、毎日螺旋を採り、螺旋を喰べて暮らした。

ほぼひと月近くの日々を、私は、螺旋と少女と共に過ごした。

その日々の間、私が考え続けていたのは、私は誰なのか、私はどこから来たのか、ということであった。

私は誰か？

私はどこから来て、どこへゆくのか？

私は、二本の足を持った問であった。

私にわかっていたのは、その答を捜すための旅の途上に、今、自分はいるのだということだけであった。

私と、私の妻となった少女――シェラとは、淡い緑色の螺旋の中にいた。

私の膝の上で、螺旋が揺れている。

螺旋の葉が、さらさらと私の肌をくすぐる。生え出てきたばかりの羊歯《シダ》の芽は、ゼンマイ状の螺旋形をしているのだ。

風が吹く度に、螺旋の草原がうねる。

そのうねりが、波のように、波紋《はもん》を広げながら、次々に草原の彼方に走り抜けてゆく。走り抜けてゆくその先は、蒼い天であった。

風は、甘い、潮の香りを包んでいた。

不思議なざわめきを、私の肉の内に呼び覚ます香りであった。それは、微かに血の匂いを含んでいた。

小屋は、羊歯の草原の中に建っていた。

なだらかな草原の起伏のむこうに、小さくその小屋の屋根が見えていた。

私は、シェラと歩く、螺旋採集のこの時間が好きであった。

この時間はまた、私が、シェラからこの土地の言葉を学ぶための時間でもあった。

——蘇迷楼《スメール》。

それが、この世界の名前であった。

私は、この土地へきて三日目に、その名前をシェラから教えられた。

これまでの間に覚えた言葉は、それだけではない。滑らかな会話は無理であったが、簡単な日常の会話くらいは、もうこなせるくらいになっている。意志の疎通がある程度までできるようになると、言葉の上達は早かった。

健康な肉体を持ったシェラが、閨《ねや》の中までつきっきりで教えてくれるのだ。上達しない方がおかしかった。

この土地の名前だけではなく、小屋に住んでいる四人の人間の家族関係も、すでにわたしにはわかっていた。

老人がシェラの父のアルハマード。

老女が、アルハマードの妻でありシェラの母であるウルヴァシー。

身体の大きな若い男が、シェラの兄のダモンである。

彼等は、たった四人だけで、この土地に住んでいた。

これまでに、私が見た人間は、彼等四人のみであった。

腰に籠《かご》を下げ、私とシェラは、明るい陽光の下で、羊歯《シダ》の若芽の螺旋を摘んでいた。

日中は、どこへ姿を隠してしまうのか、あの螺旋虫の姿はなかった。

時々、草の中に、大きな穴が開いているのが見つかるが、シェラの話では、螺旋虫は、日中はどうやらその穴の中に入っているらしい。

籠は、すでに半分以上が螺旋で埋まっていた。

すぐ小屋の周囲でも、このくらいは採ることができるのだが、籠がいっぱいになると、私とシェラとの楽しい時間が待っているため、つい遠出になってしまうのである。

螺旋の中に身を沈ませると、蒼い天と、螺旋と私たちだけの世界になる。

風に揺れて触れ合う螺旋の音が、静かに我々の耳をくすぐるだけだ。

「あなたは、どこから来たのかしら？」

私が、腰近くまで羊歯に埋もれて螺旋を摘んでいると、背後から、ふいにシェラが声をかけてきた。

シェラからだけでなく、これまでにも何度かされた質問である。

私は、その質問に答えることができなかった。

「さあ？」

私は身を起こして、シェラに向きなおった。

シェラが、そう声をかけてくるのは、そろそろ楽しい時間を始めようという合図のようになっていた。

「上から来たの？」

シェラが言った。

「上？」

私が答える。

「蘇迷楼《スメール》の上――」

シェラは、鳶《とび》色の瞳を、遙かな蒼穹に引かれた天の地平線に向けた。

草原が、信じられないほど広大な斜面いっぱいに続いている。そのスロープを草原が這いあがり、それが、途中から森にかわっていた。

森は、山の裾から山麓へ駆けあがり、その上で、青い山の色に溶けていた。その森が、山のスケールが大き過ぎるため、蘚苔類《せんたい》のようにしか見えない。

森は、途中から青い色に溶け、もはや、森であるのか山の斜面であるのか、その識別《しきべつ》すらわからない。

その森の色が溶けている場所ですら、まだどれほども山の斜面を登った場所ではない。

その山を見あげているシェラの髪が、潮を含んだ風に揺れて、額にさらさらと触れている。

シェラの瞳には、強い憧れの光があった。

「アルハマードもウルヴァシーも――」

シェラは、私に視線をもどしてつぶやいた。

「――ずっと昔に、あの山の上から来たの」

山の上には、たくさんの人間が住んでいるのだという。ダモンもシェラも、この土地で生まれ、これまで家族以外の人間を見たことがないのである。

私は、羊歯の芽を摘む手を休め、手に持っていた籠を下ろした。螺旋状をした羊歯の芽が、小ぶりの籠にほぼいっぱいになっていた。この螺旋が今夜の食料になるのだ。

「山に登ろうとしたことがあるんだろう」

私は言った。

「あるわ――」

シェラは答えてうつむいた。

「でも、アルハマードに連れもどされて、ひどくおこられたわ――」

シェラは、右足を持ちあげて、爪先を私に見せた。五本の指全部の爪が、醜くよじれて変形していた。

「そのとき、アルハマードにやられたの。鉗で爪をほじりとられたのよ――」

淡々とシェラは言った。

「父親がそんなことをしたのか――」

「そうよ」

「ひどいことをする」

「アルハマードは、上のことを憎んでるみたい」

「――」

「上で何があったのか、あまり話してはくれないけれど、そのくらいはわかるわ。上のことを話すのを、とてもいやがるから――」

私はうなずいた。

思いあたるふしがあった。

会った時から、アルハマードの私に対する態度が妙によそよそしいのだ。〝儀式〟の前にも、私のことでもめていたのはまだ覚えている。〝儀式〟のあったその翌朝にも、そのことではまたひと悶着あったのだ。

しかし、それは、父親として当然であった。

どこから来たかわからない、突然の侵入者にその晩のうちに娘を嫁《とつ》がせてしまおうとする考え方のほうが異様である。しかし、ウルヴァシーも、本人のシェラも、そのことについては特別におかしいと考えてはいないらしかった。シェラはむしろ、喜んでいるように見える。男女の行為にしてもあけすけであった。

どうして、私と一緒になったのかと、以前、シェラに訊いたことがあった。

「子種をもらうためよ」

その時、シェラは、あっさりとそう答えた。

「子種？」

「同じ血の種をもらうのはよくないことだって、アルハマードもウルヴァシーも言ってるわ」

シェラがそう答え、その時の会話はそれで終ったのだが、アルハマードが上のことを憎んでいるとなると、彼が私に対してよそよそしいのは、私が単に他所者《よそ》だからというわけばかりではなさそうだった。

「アルハマードは、私が上から来たのだと思ってるんだろうな」

「彼だけじゃないわ。ウルヴァシーもダモンも、わたしもそう思ってるわ」

「しかし——」

「なら、どこから来たっていうの」

私に答えられるわけはなかった。その記憶が私にはないのである。

「あなたが、嘘をついてるとは思ってないわ。あなたは上からやってきたのよ。アシュヴィン。でも、それを思い出せないだけ。何かがあったのね。それが何かはわからないけど、あなたは記憶を失っているだけなのよ——」

違うのだ、と私は本能的に思った。

だが、私には曖昧にうなずくより他に、方法はなかった。

「あなたが上から来たのだとしても、わたしもウルヴァシーも気にしてないわ。少し意味は違うけれども、ダモンもね——」

「ダモンは私のことを嫌っているらしいが」

「そうね。でも、ダモンが気にしているのは、あなたが来たことであって、あなたが上から来たってことじゃないわ」

「どういうことだ」

「ここにはわたしたちの他に誰も人間はいないの。あなたが来なければ、私はダモンの子種をもらうことになったかもしれないわ。今はそうではなくても、いずれはね。ダモンは女を欲しがってるわ——」

「——」

私はどう言っていいのかわからなかった。

ここでのモラルやタブーについての知識がほとんどなかったからである。

しかし私は、

〝妹が兄から子種をもらう〟

という言葉の響きに、ぞくりとうぶ毛の逆立つような暗い血の騒ぎを覚えていた。

「今までは、私が手でしてあげていたのだけれど、あなたが来てからは一度もしてあげてないの」

「君のお母さんは知ってるのかい」

「ウルヴァシー？　ウルヴァシーはわたしがダモンに手でしてあげていたことを知っていたみたい。でも、アルハマードは知らなかったと思うわ。ウルヴァシーもダモンのことが気になって、〝儀式〟をいそいだのね――」

これまでに、シェラとふたりで会っている時、何度か何者かの険しい視線を背に感じたことがある。誰かと思ってふりかえると、必ずダモンの憎悪に満ちた視線とぶつかるのだった。

その理由がようやく呑み込めた。

「ね、アシュヴィン」

シェラが話題を変えて言った。

「あなたの名前のアシュヴィンの意味を知ってる？」

「いや」

私は首をふった。

「教えてあげる。アシュヴィンていうのは、双《ふたつ》っていう意味なの」

「双《ふたつ》？」

「名前をつけてあげた時のこと、まだ覚えてる？」

「覚えてるよ。最初の朝だ」

「そうね。でも、あの朝あなたの顔を、私がしばらく見つめていたことまで覚えているかしら——」

　私はうなずいた。

　あの朝、私が先に眼醒め、とりとめなく記憶をさぐっていると、いつの間にか後から眼を醒ましたシェラが上から私の顔を覗き込んでいたのだ。

「あの時のあなたの顔、それから眼もね、まるでふたりの人がかわりばんこに入れかわってるような表情をしていたの。あなたの身体の中に、ふたりの人が住んでるみたいにね——」

　その言葉を耳にした時、私は軽い眩暈《めまい》に似た感覚を味わっていた。

凝滑《カララン》の二

天にひかれた青い地平線。

その彼方にある蘇迷楼《スメール》の頂《いただき》——。

私は、その見えない頂に、胸を締めつけられるような憧れを抱いている自分に気がついていた。いや、憧れという以上の、一匹の鬼《デーモン》が私の心に住みついていたのである。

小屋の前で螺旋虫を解体しながら、私は空へ何度も視線を向けては、重い息を吐いた。

シェラは、螺旋の殻を割りながら、どこか落ちつかない眼つきで時おり私を見た。

耳には、さっきからアルハマードとダモンの声が聞こえていた。小屋の中で、ふたりが何か言い争っているのだ。病人とは思えぬほど、アルハマードの声は大きかった。ダモンよりも父親のアルハマードの方が興奮している。

シェラは、そちらの方が気になっているのだ。

「様子を見てこようか」

どうにかなるものではないが、私はシェラに声をかけた。

「ほっとけばいいのよ」

突っけんどんにシェラが言った。

「気になるんだろう」

私は山刀《ククリ》をそこに置いて、小屋に向かった。

シェラは止めなかった。

戸を開けて中へ入った。ダモンとアルハマードが、互いに手を伸ばせば届く距離で向かいあっていた。アルハマードは、寝台から降りて立ちあがっていた。

老人のアルハマードは、右手に、くすんだ茶色の紙に似たものを握っていた。獣の皮のようであった。その表面に、何か、絵のようなものと、文字が記されているのが見えている。

どうやら、アルハマードが、それを眺めていた時に、ダモンと口論が始まったらしい。

ウルヴァシーは、うんざりした顔で寝台に腰を下ろしていた。

「何故いけないんだ」

ダモンが顔を紅潮させて言った。

「おまえに言ってもわかることじゃない」

アルハマードは、頬の傷を歪めながら吐き捨てた。

「そればっかりじゃないか。上へ行くのが駄目だと言うなら、おれに女をくれ。何故おれにだけ女がいないんだ」

「今に見つけてやる」

「今にだと？　どうやって見つけるんだ。待ってたって女は来やしない。これまでに、ひとりだって来なかった――」

「アシュヴィンは来たぞ」

アルハマードが言った時、岩のようなダモンの筋肉の束が、ぎしっと音をたててしぼりあげられた。

「あいつが来たから、こうなったんじゃないか」

「シェラのことか？」

アルハマードが刺すような眼で言った。

ダモンは答えなかった。

燃えるような視線を、老いた父親に注いでいた。

「おれは上へ行く。おれは自分の手で女を見つけてやる」

「上へ行くことは許さん」

かたくなに老人が言った。

乾いた唇が切れ、血が滲んでいた。

私は声もかけられずに、戸口に立ってふたりのやりとりを聴いていた。

「行く」

低く重い声でダモンが言った時、アルハマードの唇から獣が呻くような叫び声がもれた。

素焼きの皿の割れる音と、ウルヴァシーの高い悲鳴とが同時に部屋に響いた。

アルハマードが、テーブルの上にあった皿を握り、ダモンの顔面にぶつけたのである。

ダモンは、その皿をよけようとしなかった。皿は、音をたててダモンの額に当って砕け散った。ダモンは声もあげなかった。

ダモンの額が裂け、血が流れ出した。血は数本の赤い糸となってダモンの額を下り、眼のまわりを赤く縁どった。

「そんなものばかり、眺めてたって、どうにもなりはしない――」

ダモンは、視線を床に走らせて、堅い声で言った。

太い唇を逞しい歯で嚙み、唇の片端を吊りあげた。

アルハマードの手から、床に、文字と絵を記した獣の皮が落ちていた。

眼から伝ってきた血がダモンの唇から口に流れ込んだ。白い歯に血の色がからんだ。

痛いほどの沈黙があった。

顎から滴り始めた血を、ダモンは太い腕でぬぐい、赤い唾を床に吐いた。

アルハマードに背を向けて、戸口の方に向きなおった。

歩きかけたダモンと私の顔が向きあった。

凄まじい顔であった。

感情を押し殺そうとしている分だけ、その肉体に今にもはじけそうな内圧がふくれあがっていた。

　ダモンの全身から、憎悪が陽炎《かげろう》のように立ち昇っていた。ダモンは私を睨んだまま、もう一度赤い唾を吐いた。

　ダモンの顔面から、憎しみの風圧が、ほとんど物質的な力をもって私に叩きつけてきた。私を睨んでいたダモンの瞳が、ふいに苦渋に満ちたものに変わった。

　シェラが私の背後に立っていた。

　ダモンは、無言のまま私を押しのけ、シェラの脇をすりぬけて外へ出て行った。

「ダモン――」

　シェラが声をかけた。

　ダモンはふり返ろうとしなかった。

　その彼の背を見た時、私の中にふいに熱いものがこみあげた。

　私の胸に、言いようのない苦い痛みがあった。私には、彼の肉を焦す暗い炎が、不思議なほど理解できたのである。

　兄と妹――

　私の肉の中にも、ダモンと似た修羅の炎が、青白くちろちろと燻《くすぶ》っているのだ。言葉にこそならなかったが、その炎の正体を、私の肉がおぼえているのだ。

　アルハマードが、皺の浮いた手でテーブルをつかみ、激しく喘いでいた。テーブルが震えて小刻みに音をたてていた。

　アルハマードの額に汗が光り、そこに乱れた白髪が張りついていた。ウルヴァシーが、後方から老人の肩をささえた。

　私は、床に落ちていたものに眼をやった。

　茶色い獣の皮。

　そこに、絵と文字が記されていたが、私には文字は読めなかった。絵だけが見えた。

　獅子の顔を持った人間の身体に、蛇が巻きついている絵であった。

　私の視線に気づき、アルハマードは、私の眼からそれを隠すように、その獣の皮を拾いあげた。

　その時、私は見ていた。

　アルハマードの右の手の平に、何かの絵が描かれているのを。

　その右掌で獣皮を拾いあげようとした時に、そこに描かれていた絵が見えたのだ。何かの絵と、その絵の上にできた、ひきつれたような跡。私とシェラとの儀式が行なわれる前、アルハマードが食事をしている時に見た傷。それが、今、はっきりと見えた。どうするとそういう傷ができるかを、私は知っていた。やけどの跡であった。

　私の視線に気づいたのか、アルハマードは、獣皮を腕の中に抱え込み、右手に拳を握った。獣皮の絵と、掌の絵とやけどの跡を私に見せまいとする動きであった。

　老人が顔をあげた。ぎらぎらした眼が、異様な光を帯びていた。その眼は、まっすぐ私に向けられていた。

「もし、儂《わし》が――」

老人は荒い息を吐きながら言った。

「――儂が最初にあんたを見つけていたら、銛で突き殺して螺旋虫に喰わせていたろうよ」

枯れた喉から泥をしぼり出すような声だった。

凝滑《カララン》の三

満月に近い歪《いびつ》な月が、暗い海の上に昇っていた。

シェラと私は、銛を手にして、砂の上に腰を下ろしていた。

満月が近くなると、来魚《アーガタ》が海からあがってくるのである。

来魚《アーガタ》というのは、ひと月余り前、私が丁度この場所で眼醒めた時に見た、あの四本の脚を持った魚のことである。アーガタとは、この世界の言葉で、〟来るもの〟〟来たるもの〟という意味である。

〟海から来たる魚〟ということで、来魚《アーガタ》と呼ばれているのであった。

海からあがってきた来魚《アーガタ》を銛で刺し、棍棒で叩いて撲殺するのが、毎日の日課と言ってよかった。陸にあがって羊歯《シダ》の中に潜り込んでしまうと、来魚《アーガタ》を見つけるのは難しい。海岸で、あがってきたところを捕えるのが一番楽なのだ。

すでに、三匹の来魚《アーガタ》を仕留めていた。

私は、この仕事がいやで、ほとんど手を貸さなかった。三匹の来魚《アーガタ》は、シェラがひとりで捕ったものである。

捕えた来魚《アーガタ》は、一～二匹を食用のために残し、あとは全部螺旋虫に喰わせてしまう。食用と言っても、喰べるのはほとんどアルハマードだけである。

病気の身体に薬になるのかと思っていたが、老人の来魚《アーガタ》に対する執着には、それだけではない異常なものがあった。老人は、来魚《アーガタ》を憎んでさえいるようであった。憎んでいるからこそ、それを貪り喰うようであった。

海から這いあがってくるのは、来魚《アーガタ》だけではなく、様々なものがいた。虫のようなもの。ナマコのようなもの。実に多様であった。来魚《アーガタ》のうちでさえ、微妙な差がある。それらは、みんなアーガタ、〝来たるもの〟であった。だが、銛で捕えるのは〝来魚《アーガタ》〟だけなのだ。

私とシェラとは、ほとんど言葉をかわさなかった。

昼間の事件が気になっているのだった。

ダモンは、私たちが小屋を出る時にも、まだ帰ってはこなかった。私という余計者が現われたばかりにこうなったのである。私は苦い思いを感じていた。

「彼は上に行ったのかな」

私は、それまで心に思っていたことを、ようやく口にした。

「ダモンのこと?」

シェラは、海に顔を向けたまま言った。

暗い海と同じ色をした瞳に、月が映っていた。

「ああ」

「行ってないとわたしは思う」

少し考えてからシェラが言った。

「どうして」

「ダモンは……」

シェラは一度口ごもり、そして言った。

「ダモンは私を残しては行かないわ」

「――」

「きっと――」

シェラのその言葉の響きの中には、微かに願望がこもっていた。

――自分をここに残して、女を捜しに独りで上に行ってほしくない。

本人がその気持に気づいているかどうかはともかく、私は、シェラの言葉に、そういった響きを感じとっていた。

「ダモンを好きなのかい」

私は言った。

その言葉に、わずかではあったが、隠しようのない嫉妬の響きがこもっていることに、私は口にしてから気がついた。

シェラが私をふり向いた。

「好きなんだね」

シェラの瞳を覗きながら、私は言った。

視線を海にそらせたシェラが立ちあがった。

「来魚《アーガタ》よ」

銛を手にして、腰を落とした。

青白い燐光を放つ波の泡の中から、一匹の来魚《アーガタ》が這い出ようとしていた。

来魚《アーガタ》は、四つの脚を交互に動かし、濡れた尾で砂を叩きながらよたよたと這いあがってきた。幼児のように、自分の手足にまだ慣れていない動きだった。来魚《アーガタ》の背後で、うねうねとした青黒い波がめくれあがると、そこが一瞬暗赤色の血の光沢を放つ。

来魚《アーガタ》が充分に砂の上にあがったところで、シェラのしなやかな足が砂を蹴った。疾風のように走りながら銛を投げた。

来魚《アーガタ》の背に銛が刺さり、来魚《アーガタ》がげいっと啼いた。苦しそうに身をよじり、のたうった。

シェラが棍棒で来魚《アーガタ》の頭を数度叩くと、来魚《アーガタ》は動かなくなった。

来魚《アーガタ》を刺したまま、銛をもってシェラがもどってきた。砂の上に置いた来魚《アーガタ》に素足を乗せ、シェラは銛をひきぬいた。銛に、来魚《アーガタ》の血がついていた。

シェラが私を見おろしていた。

先ほどの私の質問が宙に浮いたかたちになっていた。その話題をむしかえすつもりは私にはなくなっていた。

「どうして来魚《アーガタ》ばかりを殺すんだ」

前から心にかかっていた疑問を私は口にした。

「来魚《アーガタ》を捕ることより、殺すことが目的みたいにぼくには思える」

「その通りよ」

言いながらシェラは腰をおろした。

「わたしたちがアーガタを捕るのは、喰べるためじゃなくて殺すため――」

「何故？」

「アルハマードがそうしろって言ったからよ。わたしもダモンも、銛を持てるようになった時から、これぱかりやってきたわ」

「アルハマードが？」

シェラは、形のよい顎をこくんとさせてうなずいた。

シェラが海に向かって伸ばした足の先に眼をやった。そこに、海から這いあがってきたばかりに見える、カブトガニに似た生き物がいた。

シェラが、手を伸ばしてそれを捕まえた。

それは、カブトの内側を月光にさらされ、節のある無数の脚をぎちぎちと蠢《うごめ》かせていた。

「これもアーガタよ」

シェラが言った。

「それは前に君から聴いた」

「ね、このたくさんのアーガタが、海からやってきて、どこへ行くのか知ってる？」

シェラが、不思議な眼で私を見ていた。

「さあ――」

「い、い、上へ行くのよ」

「上？」

「そうアルハマードが教えてくれたわ」

「なんのために？」

「この蘇迷楼《スメール》の極頂《いただき》に行くためなんだって」

「それと来魚《アーガタ》を殺すこととどういう関係があるんだ」

「アーガタのどれかが極頂に立つと、この世界は滅びるんだって、アルハマードは言ってたわ」

「ならば、何で全てのアーガタでなく、来魚《アーガタ》だけを殺そうとするんだ」

「そこまでは私にはわからないわ」

「アルハマードは教えてくれなかったのか」

シェラはうなずいた。

うなずいたとたんにシェラの眼に輝くものがあった。

シェラの瞳が、濡れたように光っていた。

明らかに何かに興奮している眼だった。

「わかったわ。あなたもアーガタなのね」

シェラは、ゆっくりと、噛みしめるようにいった。

「そうよ。あなたもアーガタ、〝来たるもの〟なのよ。アシュヴィン、あなたは上からではなく海からやって来たのよ！」

たて続けに言った。

私は呆然として、シェラの眼を見ていた。

言葉のとぎれた中で、波の音だけが騒いでいた。

あなたは海から来たアーガタなのだ——そう言ったシェラの言葉が、私の頭を叩きつけたのだ。それは、私が上から来たという考え方よりも、私にとっては遙かに納得しやすかった。

——本当にそうなのか。

私は自問した。

何かの答が私の喉もとにつかえていた。しかし、それが言葉にはならなかった。

その答は——

螺旋を登って行くことなのだ。

そう私に囁くものがあった。

「上へ行きたいんでしょう？」

思わずぞくりとするような声で、シェラが囁いた。

「あなたの眼を見ればわかるわ。あなたは、最初会った時からずっと上へ行きたがっていた
……」

私の背に、すっと鳥肌がたっていた。

そうなのだ。

と、私は心の中でつぶやいた。

狂おしくこみあげてくるものがあった。

そうなのだ。

私は、この身がひきちぎられるほどに、上にゆきたいのだ。

「ね、私も一緒に上へ連れてって――」

シェラの声がかすれていた。

「わたしはもういや。アルハマードにも、ダモンにも縛られるのはもういや。お願い。私も一緒に上へ連れていって！」

シェラが私にしがみついてきた。

私はシェラの肩を抱いた。

シェラの肩が、細かく震えていた。

凝滑《カララン》の四

海からもどってくると、小屋に灯りが点いていなかった。

これまでになかったことであった。

いつもなら、来魚《アーガタ》の血の匂いを嗅ぎ、姿を現わすはずの螺旋虫が、ほとんど姿を見せなかった。いつもの半数もいない。

松明を握り締め、私はシェラを後に従えて広場に出た。

青い月光の底に、小屋の影が、黒ぐろと静まりかえっていた。

いや、微かに音がしていた。

生き物がひしひしと群がりあう音だ。

その音は小屋の内部から聴こえていた。

小さいけれども、吐き気がこみあげるような音だった。

私の全身の体毛が、薄く静電気を帯びたようになっていた。

夜気に、血の匂いが混じっている。

入口の戸が開いていた。

私とシェラとは、不気味な予感に身体を緊張させて入口に立った。

かさかさという聴き覚えのある音。

「ウルヴァシー……」

シェラが小さく言った。

その時、私とシェラとは同時に気がついていた。小屋の床一面に、もこもこと黒い塊りが動いていたのである。

私は松明の炎を前に突き出しながら、ゆっくりと小屋の内部を覗き込んだ。

私の首筋の毛が、逆立っていた。

小屋の床一面を、あの螺旋虫が埋めつくしていたのである。

湿ったあの音——。

螺旋虫が、闇の中で来魚《アーガタ》を啖《く》らう時にたてるあの音だ。

アルハマードが寝ているはずの寝台が空になっていた。その寝台の下に、螺旋虫が小山のようになって群れていた。

私の身体がすくみあがっていた。

私を押しのけるようにして、シェラが小屋の中へ足を踏み入れていた。銛の柄で螺旋虫を転がしながら、寝台を目がけて歩いてゆく。

悲壮な覚悟で、私はシェラに続いた。

寝台の下に群れている螺旋虫を、肛門を縮みあがらせながら私とシェラはひきはがした。その下から、かろうじて原型をとどめている人間の死体が現われた。髪の毛だけを残し、顔の肉が全て喰われ、頭蓋骨がむき出しになっていた。眼球も失くなり、そこは丸いふたつの血溜りになっていた。わずかに開いた歯の向こうに、舌だけが残っていた。服の下の肉がそっくり残っているところを見ると、こうなったのはそれほど前ではなさそうだった。

「ウルヴァシー――」

シェラが声をつまらせてつぶやいた。

残った髪と、着ているものから判断して、それはウルヴァシーであった。

螺旋虫は、のけてものけても、餓鬼のようにウルヴァシーの上に群がってくる。

「アルハマードはどうした」

私は松明の炎で、小屋の中を捜した。

どこにもアルハマードの姿はなかった。

立ち止まった私の脚に、鈍い痛みが跳ねた。螺旋虫が、嚙んだのである。生きた人間を襲ったことのない螺旋虫が、人の血の味を知って凶暴になっていた。

「外へ出るんだ、シェラ!」

私は叫んだ。

シェラの手をつかみ、私は夢中で小屋の外へ逃げ出た。螺旋虫の殻で造った傷や、嚙まれた傷が、無数に脚についていた。外へ出ても、素足に触れてくる螺旋虫の触手の感触が、まだとれなかった。

私は大きく喘いだ。

そのとき、背後に羊歯を踏む微かな音がした。

私はふり返った。

脛まで羊歯に埋め、そこに、ぬうっと巨大な人の影が立っていた。

ダモンであった。

ごつい筋肉を包んだ肌が、ぬめぬめと黒っぽいもので濡れていた。血であった。それが、月光で見るため、重油をかぶったような色に見えるのだ。すごい量の血だった。

「ダモン――」

シェラは、兄の名を呼んで言葉を切った。

ダモンの全身を濡らしている血に気がついたのだ。

「ウルヴァシーが小屋の中で……」

言いかけて、私も口をつぐんでいた。

「知ってるさ」

ぼそりとダモンが言った。

低く内にこもった声だった。

ダモンの右手に、来魚《アーガタ》を叩く棍棒が握られていた。その棍棒がぬれぬれとした黒い光沢のもので、濡れて光っていた。その先に何か付いていた。血にまみれた人の頭髪であった。

「あんたがやったのか？」

私の声は震えていた。

ダモンは答えなかった。

松明の炎が、てらてらとダモンの顔に映っていた。

「行くのか、ふたりで――」

ダモンが言った。

私が黙っていると、ダモンはもう一度ゆっくりと教えるように言った。

「行くんだろう、上へ――。おれを置いて、ふたりで上へ行くつもりなんだろう？」

おそろしい興奮を、無理に押し殺している声だった。

修羅の顔であった。

「そうはいかないよ」

のっそりと、羊歯《シダ》の中からダモンが出てきた。

「シェラは、おれと一緒に上へ行くんだ」

「ダモン、あなたがウルヴァシーを殺したの？」

シェラが、私の腕にしがみついて言った。

「そうだ」

「どうして！」

シェラが叫んだ。

「邪魔をしたからだ」

「何の」

「アルハマードをぶち殺そうとしたら、邪魔をしやがったんだ」

「ひどい」

「アルハマードは、おまえの足の爪をそんなにしやがったんだぞ」

「ウルヴァシーがしたんじゃないわ」

「おなじことだ」

ダモンは、ぺっと唾を吐き捨てた。

「みんなでよってたかって、おまえとその男をくっつけやがった」

ダモンはきりきりと唇を噛んだ。

「アルハマードはどうしたんだ」

私は訊いた。

「ウルヴァシーをやってる間に逃げ出したんでな、捜しだして、今、やってきた……」

「――」

「おれも、おまえも、これでやっと自由になったんだ」

ダモンの肉体が、ぶるぶると震えていた。

「ウルヴァシーも、アルハマードもやった。こんどはおまえの番だ」

血走った眼で私をねめあげた。

私はあとずさった。

ずいとダモンが前に出る。

私は、恐怖の余り、声も出せなかった。ダモンは私を殺すつもりなのだ。

私の全身を冷たい汗が濡らしていた。

戦って、彼に勝てるわけはなかった。ダモンの持った棍棒に、私の頭が叩き割られて、あたりに脳漿をまきちらす光景が浮かんだ。肉と骨のひしゃげる鈍い音を、私は聴いたようにさえ思った。

ダモンが、棍棒をふりかぶり、私に飛びかかってきた。

シェラの悲鳴が夜気を裂いた。

私は、身をかわしながら、手に持った松明で、かろうじて棍棒の一撃を受けた。松明は私の手を離れ、宙にはじき飛ばされていた。叩かれた瞬間に炎が消え、火の点が、くるくると闇に赤い円を描いて舞った。

私は、仰向けに倒れていた。

一撃で殺されなかったのが不思議なくらいだった。

ダモンが、両手に棍棒を握って、私の傍に立った。ダモンの肩越しの夜空に、月が見えていた。美しかった。恐怖とはもうひとつ別のところで、私は、祈るような憧れをもって、その月を見た。

　ダモンが、棍棒をふりあげた。

　そのダモンの巨体が、大きく私の上にのしかかり、そのままどっとおおいかぶさってきた。

私は目を閉じていた。重い衝撃が私の身体を叩きつけた。

　その重さと衝撃に、私は苦痛の呻き声をあげていた。

　私の上で、ダモンの重い肉体が動かなくなっていた。

　不思議なことに私は、どこも殴られてはいなかった。

「アシュヴィン」

　シェラの声がとどいた。

　私は、ダモンの身体の下から、だらしない格好で這い出た。

　シェラが、自分の棍棒を両手に握って、そこに立っていた。

　シェラは、私に襲いかかろうとしたダモンの頭を、その棍棒で殴ったのだ。

がくがくとする足を踏みしめ、私は立ちあがろうとして、よろめいた。腰の位置が定まっていなかった。

　シェラは、ダモンの上にかがみ込んでいた。

「気絶しただけよ」

　シェラは立ちあがり、松明を拾ってきた。

　それに火を点ける。炎の中に、私たち三人の姿が浮かびあがった。俯《うつぶ》せに倒れたダモンの背が、ゆるく上下していた。

「アルハマードを捜さないと――」

私は、やっとそう言った。

冷たい汗が、湯のように温かいものに変わっていた。

私とシェラは、羊歯《シダ》の上につけられたダモンの踏み痕をたどっていった。

しばらく歩くと、前方の羊歯が、もぞもぞと動いていた。螺旋虫であった。

「あそこだ」

私とシェラは駆け寄った。

アルハマードは、頭を割られ、大量の血を流して羊歯の中に埋もれていた。早くも数匹の螺旋虫がたかっていた。

「アルハマード！」

螺旋虫をはらい落として、アルハマードの上にかがみ込んだ。

アルハマードが、薄く片目を開けた。

片方の眼球は、すでに螺旋虫に喰われていた。頬肉をかじられ、白い骨が覗いていた。

だが、奇跡のようにアルハマードはまだ生きていたのだ。しかし、その顔には死相が濃く浮いていた。

私はアルハマードの頭を抱えあげようとしたが、それをやめた。アルハマードが、血にまみれた唇を動かそうとしたからだ。頭を動かすのは、危険だった。

「上へ行くな……」

アルハマードは、焦点の定まらない視線を、空にさまよわせて、つぶやいた。

喉の奥に溜った血が、その低い声にからんでいた。

そばにかがみ込んでいるのが、私とシェラだということに気づいているかどうかもあやしかった。

「アルハマード」

シェラが言った。

「上へ行ってはならん」

アルハマードは、ぶつぶつと同じ言葉を繰り返した。

「どうしてですか。上には何があるんです！」

私は、アルハマードの耳に口を近づけて叫んだ。

「真実と……」

アルハマードはかすれた声でやっと言った。

「絶望が……」

後を続けようとして、アルハマードは、激しく咳込んだ。

「真実と絶望？」

「そして、大いなる混沌が……」

その時、私は、アルハマードがその右手に握っているものに気がついた。

丸めた、あの、茶色い獣の皮――。

文字と、身体に蛇を巻きつけた獅子の顔を持った人間とが描かれていたものであった。

アルハマードが、ゆっくりと、その右手を持ちあげた。

「何なのですか、これは？」

私は、アルハマードの耳に唇を寄せて叫んだ。

(南無妙法蓮華経《ナモサダルマプフンダリカサスートラ》)

「問と……」

と、アルハマードが、宙を睨みながらつぶやいた。

底のない、絶望が、その眼の中にあった。

「答が……」

アルハマードは言った。

(南無妙法蓮華経《ナモサダルマプフンダリカサスートラ》!!)

「螺旋師《らせんし》アルハマードは、問と答とが同じであるこの問には答えられたが、ついにもうひとつの問には答えられなんだ……」

言ってから、またアルハマードは咳込んだ。

そしてふいに動かなくなった。

アルハマードの呼吸が止まっていた。

「アルハマード!?」

シェラがアルハマードにしがみついた。

もはや、アルハマードは動こうとはしなかった。

シェラの泣く声を耳にしながら、アルハマードの手から、私は、獣の皮を拾いあげた。

私はそれをひろげた。

「それ――」

私が手にしたものに気がついて、シェラが声をかけてきた。

「何と書いてあるんだ？」

私は言った。

シェラは、その獣の皮に描かれたものを覗き込み、そして私を見た。

「〝汝は何者であるか？〟そう書いてあるのよ――」

シェラが、瞳に涙を溜めたまま、低い声で言った。

螺《ら》旋《せん》問《もん》答《どう》

問　ただひとつのものでありながら、五蘊《ごうん》であるところの色《しき》、受《じゅう》、想《そう》、行《ぎょう》、識《しき》、それらのあらゆるものを、また、それらでないあらゆるものを含むことのできるものはあるか。

答　それはある。

問　それは何か？

答　ただひとつのものでありながら、色、受、想、行、識、それらのあらゆるものを、また、それらでないあらゆるものを含むことのできるものは、空《くう》である。

問　空《くう》とは何か？

答　有《う》でもなく、無《む》でもなく、非有《ひう》でもなく、非無《ひむ》でもない。

問　なお問う。空とは何か？

答　有《う》とは、在《あ》ることが在《あ》ることである。無とは、在ることが失いことである。空とは、失《な》いことも無《な》い状態であり、であるが故に全てのものであることも可能なものなのである。有も、無も、非有も、非無も、全て空《くう》の裡《うち》での現象である。つまり、空の裡《うち》にはおよそあらゆるものが存在することができ、およそあらゆるものが存在しないことができる。

問　空の形状について問う。

答　空は、あらゆる形《かたち》のものを含むことができるが故に、どのような形状もしていない。あらゆる大きさのものを含むことができるが故に、どのような大きさでもない。

問　空は螺旋であるか？

答　空の裡に存在する一切のものは螺旋である。

問　なお、問う。空は螺旋であるか？

答　あらゆる螺旋は空の裡にありながら、なお、空は空である。これは、空が螺旋であるという意味ではない。また、空が螺旋でないという意味でもない。空こそが、空であることのできる唯一無二のものだからである。それ故に、あらゆる比喩《たとえ》の外に空はある。私が答えられるのは、何が空ではないかということであり、何が空の裡にはあるかということのみである。

空はただ空であるだけである。

問　空の裡にあるものについて答えよ。

答　空の裡には虚空《こくう》がある。

問　虚空とは何か？

答　空の中心であり、空の端であり、空の裡《うち》のあらゆる場所であるものの総体が虚空である。在《あ》ることの最大がこの虚空である。また、無《な》いことの最大がこの虚空である。

問　虚空の裡には何があるか？

答　虚空には風輪《ふうりん》が浮かんでいる。風輪の裡《うち》には水輪《すいりん》があり、水輪《すいりん》の裡《うち》には金輪《こんりん》がある。有情《うじょう》と呼ばれる一切の螺旋は、その金輪《こんりん》上に生じたものである。

図二／仏教宇宙図

金輪《こんりん》の中心にある螺旋を、須弥山《しゅみせん》という。

『螺旋教典』巻ノ二　問答篇より

四の螺旋

如雲《アブド》の一

巨大な森であった。

高さ数十メートルの大樹が、びっしりと地表に生えていた。

——鱗木《リンボク》。

濃い緑色の樹肌には、菱形の葉枕が鱗のように並んでいた。空に向かって生えた青いおどろの蛇のようであった。

何かが腐りかけたような臭いが、濃く大気に溶け込んでいた。布で漉《こ》しとれそうな、ねばっこい臭いだった。だが、決して不快なものではない。人でも獣でも、嗅ぐものの肉を溶ろかし、甘美な眠りに誘う臭いであった。

私とシェラとは、これまで下から眺めていた、あの森の中にいた。

すでに、二十日以上も昇り続けていた。

昇りはじめて十日目にこの森に入り、それからさらに十日以上がたっていた。森は果てしがなかった。

道に迷うとか、どう行けばよいのかという心配はしなかった。上へ昇るという、それだけが私たちの目的なのだ。どう昇ろうとも、終着は同じ山の極なのである。

森の底は、厚い苔でおおわれていた。

素足の裏に苔が柔らかい。

森の肉を、踏んでゆくような、ぞくぞくする不思議な感覚があった。

その苔が、私たちの足音を吸収してしまう。樹間をひそひそと渡ってゆく、風の音だけがある。耳が聴こえなくなったような無音の世界だった。

大樹が朽ち、倒れ、その上に苔が生え、またその上に大樹が倒れ、さらにその上に、苔が生え——。無数の刻《とき》が、足の下に重なりあっているのだった。その刻が、私たちの足音を吸いとってしまうのだ。

森の時間は、下とは違う流れ方をしているようであった。

初めは河に沿って昇っていたのだが、森に入ってまもなく、河が失くなった。その河は、今は、我々の足の下に潜っている。河の源流は、洞窟になっていたのである。巨大な鱗木《リンボク》の根の下に、洞窟が大きく口をあけており、水はその奥から流れていたのだ。

しかし、水については、心配はなかった。ぶ厚い苔をひきはがし、しぼると濁ってはいるが水をとることができた。それを、来魚《アーガタ》の皮で造った袋に入れておけば、一日分は充分にあった。

森に入ってからは、海はもちろん、天にひかれた地平線さえも見えなくなっていた。鱗木のはり出した枝越しに見る蒼い空だけが変りない。

私とシェラとは、無言で歩いた。

やがて、夜になった。

倒れた鱗木《リンボク》から乾いたものを捜し出し、山刀《ククリ》でそれを手頃な大きさに割り、それを薪にして私たちは火を焚いた。

日が暮れる前に捕えておいた螺旋虫を逆さにして、その焚火の上に乗せた。

螺旋虫はどこにでもいた。

森の中の所々に羊歯《シダ》が群生しており、その中を捜すと、穴があり、そこを捜せばたいてい螺旋虫が見つかるのだ。

火の中に転がして、しばらくすると、ふいに、殻の中から、ぞわぞわと毛むくじゃらの触手が伸びてきた。

炎にあぶられ、螺旋虫が、その熱さから逃がれようとしているのである。外へ向かって触手を懸命に伸ばそうとする螺旋虫を、殻の中に銛で突きもどす。何度かそれを繰り返すと、螺旋虫は動かなくなった。

やがて、口を開けた殻の中で、肉がぐつぐつと煮え始めた。

肉の煮える匂いが、夜の大気に溶けていく。

黒い殻の底を、赤い炎がなぶっていた。

炎に向いた腹は温かかったが、背中だけは冷めていた。その背中で、私は考えていた。

アルハマードとウルヴァシーの死の顔が、まだ頭から離れなかった。

肉の失くなったウルヴァシーの顔は、泣いているように見えた。眼球の失くなったふたつの丸い穴に、血の涙が溜っていた。必要なこと以外には、あまり口をきかなかったが、私に対しては、優しい、と言ってもいい態度で接してくれた。

彼女が、どうして、アルハマードと一緒に上からやって来ることになったのか——。

それは、私にも、シェラにもわからない。

蘇迷楼《スメール》の上に、その答があるのだ。

気を失ったダモンをその場所に残したまま、私とシェラとは小屋を後にした。

それから二十日余り——。

正確な日数はもう覚えてはいない。

旅を続けるうちに、あの家族の中では、一番性格の明るかったシェラが、無口になっていた。それは当然と言えば当然であった。シェラは、一度に自分の両親を失くしたのだ。しかも、その両親を殺したのは自分の兄なのである——。

私の頭の中に、絵が浮かんでいた。

あの、獣の皮に描かれていた絵であった。

古い絵であった。彩色されてはいたが、その色は褪《あ》せて、くすんでいた。

画面の左に、人が立っている。正確には人ではないかもしれない。何故なら、その人間は、獅子の顔をしていたからである。身体が人で、頭が獅子なのだ。その身体には、足元から二四の蛇がからみついて、左右の肩口から鎌首《かま》を持ちあげている。

　その獅子の顔をした人間の前に、もうひとりの人間が座っている。右膝を立て、左膝をつ
いて、獅子の顔を見あげている。

　そのふたりの頭上に、文字が書かれていた。

　私の知らない文字であった。

〝汝は何者であるか？〟

　そういう意味の文字だとシェラは言った。

　それを耳にした時の、私の肉の内にわきあがったおののきを、どう説明したらよいだろう。

　それは、まさしく、私が、私自身に対して抱いている思いであったからだ。

〝私は誰か？〟

　――何故、私は上へゆこうとしているのか。

　その答の秘密も何もかもが、上にあるのだと思った。上にゆくことが、その答に出会うことなのだ。

　その獣の皮は、小さくたたまれて、今は、私の腰布の中にある。

　香ばしい匂いが、私の鼻孔にとどいてきていた。

　螺旋虫の肉が、ほどよく煮えていた。

　私は立ちあがった。銛の先で、肉を引きずり出す。内臓《はらわた》を包んだ螺旋状の螺旋虫の尻が、

つやつやと炎の灯りを受けながら、殻の中から出てきた。腕ほどの太さの、青黒い蟠《とぐろ》である。

そこが一番味がいいのだ。

大量の湯気があがった。

山刀《ククリ》で、螺旋虫の肉を小さく切る。

昇り始めてからは、いつの間にか私がこの旅のリーダーシップをとるようになっていた。

切った肉を、手でつかんでシェラに渡した。

尻の先の一番美味《うま》いところだ。

「よく煮えている」

「ありがとう」

シェラは素手でそれを受け取り、熱さのため左右の手に何度か持ちかえながら、それを口に運んだ。

シェラがそれを喰べはじめた。

「上か——」

私も肉を嚙みながら、独り言のように言った。

シェラに、聴かせようとした言葉ではない。

私の中から、溜息のように、その言葉が吐き出されてきたのだ。

しばらくの沈黙があった。

火のはぜる音が、静かに響いていた。

「何があったのかしら」

先ほどの私の言葉を思い出したように、シェラが小さくつぶやいた。

アルハマードとウルヴァシーのことらしかった。

「真実と絶望、とアルハマードは言っていた」

「そんなもの――」

とシェラは囁いて言葉を切った。

どうでもいいと言おうとしたのかどうか、私にはわからなかった。

やがて、またシェラが口を開いた。

「わたしはずっと前から上に行ってみたかったわ。そこに、どんな人間が住んでいるのか、どんな格好をしているのか、何を喰べているのか、小さい頃から憧れていたわ――」

シェラは、軽く首をふって眼を閉じた。

「でも、今は、だんだん恐くなっているの」

「どうして？」

「わからないわ」

シェラが眼を開いて私を見た。

「あなたはどうなの、アシュヴィン？」

「おれは恐くはない」

私は、おれという言葉に、力を込めて言った。

「違うわ。恐いかどうかを訊いてるんじゃないの。何故、あなたは上に行こうとしているのか、わたしはそれを訊いてるのよ」

シェラの眼は真剣だった。

――何故、上に行くのか。

それは、私にとって〝何故生きるのか〟そう問われたのと同じものであった。

これまでの間に、何度、私はその同じ問を自分に繰り返したろうか。

私は、シェラの言葉を、何度も自分の中で繰り返し反芻《はんすう》した。私の中には、やはりその答となる言葉が見つからなかった。

暗黒の虚空に伸びる螺旋の影像が浮かんだ。

上へ、上へと、さらに伸びてゆこうとする螺旋――。

「その答を見つけるためにだ――」

私は言った。

「あなたの言うことは、わたしにはよくわからないわ。わかるのは、あなたが嘘をつこうとしてはいないってことだけ――」

シェラは、うるおいのある瞳を、まっすぐに私に向けていた。苔の上に胡座《あぐら》をかいた素脚に、赤く炎の陰影がゆれていた。布から見えている乳房の切れこみの深い陰影。炎はそこにもゆれていた。大柄な身体のシェラが、顔通りのいたいけな少女に見えた。

「シェラ――」

私は小さく少女の名を呼んだ。

こんどは私が尋ねる番であった。

「さっき、恐くなっていると君は言っていたが、もう、上へ行くつもりはないのか」

「そんなことはないわ――」

シェラは、私に、というよりは自分に言いきかせるように、うつむきながら言った。

「気になってるんだろう」

私は言った。

「気になってる?」

シェラが顔をあげて私を見た。

「ああ」

「何のことを言ってるの?」

シェラはそう言ったが、その瞳は私の質問の意味を理解していることを告げていた。

「ダモンのことだ」

私はその名前を口にした。

「――」

「気になってるんだろう」

彼女が、ダモンのことを気にしているのはわかっていた。私は、それを無理に彼女の口から言わせてみたくなっていた。それは、思いがけず私の心にわいた、暗い粘液質な欲望であった。

シェラは、すがるような眼で私を見ていた。

「正直に言っていいんだ」

なおも私は言った。

シェラが顔を伏せた。

「あなたの言う通りよ」

シェラが、言った。

「気になってるんだね」

「ええ、気になってるわ」

「ダモンのことが？」

「ダモンのことがよ」

私の心に快感とも、嫉妬ともつかない、暗く青白い炎が走り抜けた。

シェラは唇を噛んだ。

眼に涙をあふれさせていた。

それを眼にした途端、私の中にあった粘液質な欲望が急に勢いを失っていた。代わりに、ゆっくりと、後悔が私の中に湧きあがってきた。

私とシェラとは、黙ったまま互いの眼を見つめあった。

火のはぜる音だけが、わずかに響いていた。

「すまなかった」

低い声で私は言った。

シェラが、喉の奥で小さく呻き、ふいに私にしがみついてきた。

温かな肉を、私は、おもいきり抱き締めていた。シェラの心臓の鼓動が、私の腕の中にあった。

シェラの手が、私の腰布の下に伸びていた。

「これが欲しいの」

私は、シェラの柔らかな手に強く握られていた。

「これを私にちょうだい」

返事をするかわりに、私は布の上から荒々しくシェラの乳房をつかんでいた。

私は、シェラの布をはぎとった。しなやかな肢体が露わになった。肌が熱く火照っていた。

柔らかな肉を包む肌の表面の全てを、一度に味わい尽くしたかった。

厚い苔の褥《しとね》に、シェラの肉体を押し倒した。

あにと、いい、いもうとのかなえられぬ恋——。

青暗い修羅の炎が私の肉の内にともった。

シェラの背に、青い苔の汁をおもいきりこびりつかせてやりたかった。

如雲《アブド》の二

物音がしていた。

爪が何か堅いものを掻く音だ。

そして、いくらか湿った音。犬が、鍋の中に顔を突っ込んで、残飯を貪る時にたてる音だ。

私は薄眼を開けた。

その音が私を目醒めさせたのだ。腕の中に、シェラの肉体が丸くなって眠っていた。

数十メートル頭上の鱗木《リンボク》の枝先に、朝の陽があたっていた。森の底には、まだ夜の余韻が残っている。

夢の中で聴こえていた音が、まだ聴こえていた。私の足元の方からである。

私は頭を起こした。

奇怪な獣がそこにいた。

これまでに見たこともない獣であった。中型の犬ほどの大きさの蛙《カエル》——いや、その獣には蛙にはないはずの尾があった。全身が、緑色の鱗におおわれ、黒い網目の模様が背に走っていた。

その獣が巨大な後肢で立ちあがり、小さめの前肢を螺旋虫の殻にかけ、私たちの喰べ残した肉を喰べているのである。頭半分は、殻の中に没しており、その奥から、あの音が聴こえていたのだ。

尾蛙が頭を持ちあげた。三角の扁平《へんぺい》な頭部の両脇に、大きな眼が突き出ていた。口のまわりには、細かく鋭い歯が、びっしり並んでいる。

驚くほど長い舌が、口の中からほどけ、真紅の肉の棒になって殻の中に入り込んだ。湿った音がした。それがくるくると巻きあがり、口中に消える。顎の下から垂れ下がったひからびた皮が、不気味に動いた。そいつは、殻に溜った螺旋虫の汁を呑んでいるのだ。

シェラが小さく呻いて目を醒ました。私が起きあがっているのに気づき、私の視線の方向に眼をやった。

シェラは驚いたようであったが、声はあげなかった。やはりシェラにとっても初めて見る生き物だったのであろう。

それが、私とシェラの気配に気がついた。

野生の獣としてはよほど鈍感なのであろう。

左右の眼を交互に動かして、赤い口を開けた。

RE……

と、それが啼いた。

裂けた口の端から、螺旋虫の汁が滴っていた。

REG……

それはゆるく首をふった。

RENG！

いきなり、それが鋭く啼きあげた。

螺旋虫の殻がどっと倒れた。

汁が灰の上にこぼれ出た。

一瞬、襲われるのかと私は山刀《ククリ》に手を伸ばした。

そうではなかった。それは身を翻《ひるがえ》し、驚くほどの高さに跳びはねた。

RENG！

RENG！

RENG！

それは、二本の後肢だけを使い、苔の上を跳ねながら森の奥に消えていった。

「何だ、今のは――」

止めていた息を吐きながら私は言った。

「わからないわ。初めてだわ、あんなの――」

シェラは、倒れた殻を見つめていた。白い灰の上に、殻からこぼれた汁がゆっくり染み込んでいた。

冷たくなった螺旋虫の肉で朝食をとり、私たちは、また森の中を昇り始めた。

歩いてゆくうちに、どこからか水音が聴こえ始めていた。どこかに川があるらしかった。

水音は、近づきも遠ざかりもせずに、私たちの後をついてきた。はじめは、その音がどこから聴こえてくるのかわからなかったが、やがて、私たちの足元から聴こえていることに気がついた。どうやら、あの河の上流らしかった。足の下に空洞があり、水がその地の底を流れているのである。

気づかないうちに、植物の層が、わずかに変わり始めていた。

苔の下から、様々な種類のキノコが頭を持ちあげていた。ベニテングダケに似た紅いカサを開いたものもあれば、青白いだけのひょろりと細いキノコもある。

羊歯《シダ》に混じり、別の種類の草の群落が目立つようになった。葉脈が平行になった草もあれば、きれいな輪生の葉を付けているものもある。羊歯《シダ》ばかりを見慣れていたせいか、新鮮な驚きがあった。

朝見たあの尾のある蛙《カエル》に似たやつも、何匹か見た。

奇妙な、なつかしさに似た感覚を、私は味わっていた。断片的に残っている記憶の中では、このようなものをいつも見ていたような気がした。いくつかの草については、記憶の中のそれに似た草の名前まで言うことができた。トクサやヒカゲノカズラとほとんど同じものまである。

私は、シェラに、ひとつずつその草の名前を教えてやった。

「何故知っているの？」

その度に、シェラは、不思議そうな顔で私を見た。

「やっぱり、あなたは上から来たのかしら――」

私は、否定も肯定もできなかった。

歩いているうちに、ふいにシェラが声をあげた。

「見て」

指をさした。

そこに、土がわずかに露出していた。

「あれはなに？」

シェラが言った。

その土の上にあるもの。

それを、私は知っていた。

「花だ」

私は言った。

「ハナ？」

「ああ」

私は花のそばまで歩いてゆき、そこにしゃがみ込んだ。

それは、全体がぬけるような白い色をしていた。茎も白、葉はなく、茎の頂にやはり白い花が下向きかげんに咲いている。その白は、不透明な蠟の白さだった。

幽霊茸――ギンリョウソウと呼ばれるものに似た小さな草花であった。

その時、私の背後でシェラの叫び声があがった。

私はふり向いた。

シェラを背後から抱くようにして、そこにダモンが立っていた。

「見つけたぞ、アシュヴィン――」

喜びを押し殺しているような震えを帯びた声でダモンが言った。

分厚い唇が、ひきつれたようにめくれあがり、白い歯がのぞいていた。

「ダモンか」

私は無意識のうちに銛を持って構えていた。

ダモンの右手が、銛を握ったシェラの右手首を背後からつかんでいた。シェラの手から銛が落ちた。シェラの身体を押しのけ、ダモンがゆっくりと落ちた銛を拾いあげた。

「何度やった？」

低い声でダモンが言った。

眼のまわりに、やつれた隈ができていた。彼がどれほど狂おしく凄まじい夜をすごしてきたか、それが何よりも雄弁に語っていた。

獣に似た眼光が、私を圧していた。

「何度？」

私の声がかすれていた。

「シェラのあそこに、おまえのそれを何度突っ込んだのかって訊いてるんだ」

低いけれども、暗い力のこもった声であった。

私は言葉を口から出せずに、銛を握った手に力を込めた。掌に汗をかいていた。

「数えられないか。数えられないほどやったのか」

何かが、顔の奥から這いあがってくるように、ダモンの顔に凶暴な相がふくれあがる。ダモンの顔が、別人のように変貌してゆくようであった。ダモンの内側に潜んでいた獣が、ダモンの表皮を喰い破って姿を現わしたようであった。

ダモンもまた、己れの裡《うち》に修羅の鬼を飼っているのだ。

「おまえの頭を棍棒でぐしゃぐしゃにして、腹わたを引きずり出し、螺旋虫に喰わせてやる夢を毎晩見ていた――」

ダモンの全身の筋肉が瘤《こぶ》のようにふくれあがった。

「ダモン、やめて！」

シェラが叫んだ途端、咆吼をあげて、ダモンが襲いかかってきた。

私の口から、みっともないほどひきつった叫び声がもれた。

後方へ退《さ》がった私の踵が、ギンリョウソウを踏み、そのまま鱗木《リンボク》の根にぶつかって、私は仰むけに倒れていた。

それが私の生命を救った。

突き出してきたダモンの銛先が、鱗木の幹に突き刺さっていた。その時、下から突けばあるいはダモンの心臓を刺すことはできたかもしれないが、私にはそれだけの余裕はなかった。

私は転げるように逃げ、立ちあがった。

ダモンも瞬時に立ちなおり、銛をふりあげて私の方を向いた。

私の喉がからからに渇いていた。

ダモンは動かなかった。

私に襲いかかろうとしたダモンの顔が、大きく歪んでいた。憎しみによるものではなく、驚きによるものであった。ダモンの眼は、私の背後に向けられていた。

SEEEEEEE！

私の頭上で、おそろしい叫び声がもれた。

ふり向いた私は、もう一度苔の上に転がっていた。

私のすぐ背後に、奇怪な巨獣が後脚で立っていた。ダモンの三倍はありそうな獣であった。

今朝見たあの蛙に似たやつを、ずっと大きくしたやつだった。

緑色の鱗、鋭い爪。

GERU！

GERU！

と、それが啼いた。

裂けた大口のまわりにびっしり並んだ白い歯が見えていた。

それが、私に向かって下りてくる。

私は叫んだ。

その途端、私の肉体から、ふっと重さが失くなっていた。私の肉体を、苔がこすりあげ、次に岩の肌が私をこすっていた。すぐ頭上に苔にふさがれた明るい丸い穴が見えたかと思うと、それがくるっと回って視界の彼方に消えた。

私の身体は、回転しながら暗黒の中を落ちていた。苔の底がぬけたのだ。

次の瞬間、私の身体を激しく水が叩いた。私の身体を、冷たい水が包んでいた。水は、すごい速さで動いていた。

水中に沈んだ私の身体は、水に運ばれながら、浮力で浮きあがった。頭が水面に出た。水と一緒に大きく息を吸い込み、私は喘いだ。手足を動かして、懸命に身体のバランスをとる。

私の右手が、ほとんど奇跡のようにまだ銛を握っていた。

轟々という水音が、私の耳を叩いていた。

如雲《アブド》の三

冷たい水に膝までつかりながら、私は歩いていた。膝から下が、痺れて感覚が失くなっている。流れてくる水にさからいながらの一歩ずつは、おそろしく体力を消耗した。水が、いつ深くなるかわからず、踏み出す足と踵で前をさぐりながら歩いているのだ。それに滑り易い。

水中は平坦ではなく、岩や、割れ目がいたる所にあった。連続した精神の緊張が、疲労を倍にしていた。場所によってはむろん水の深さが違う。背の立たない所もあれば、踝《くるぶし》ほどの浅い所もあった。広い場所では、水中ではなく、流れの岸の岩場や砂地を歩くこともできた。

ここへ落ちてからどれだけの時間が過ぎたのか、私にはわからなかった。三日か四日かも知れず、十日以上になるのかも知れなかった。時の経過を知る手掛かりがないのだ。

わずかに光があるのが救いだった。

水面から出た岩や、両側の岩壁を、螢色の薄い微光を放つ苔がおおっているのである。あつい雲のむこうからやっととどいてくる朧な月明りほどの光だ。その光によって、かろうじて近くのものの形を見てとることができた。

ここへ落ちた時のことを思い出すと、痺れかけた両脚の内側から尻にかけて、蜘蛛が這うようなおぞけが走り抜ける。

あの時、水に運ばれていた私は、手に触れた岩に夢中でしがみつき、その上に這いあがった。そして、立ちあがった私は、全身の毛を逆立ててもう一度岩にしがみついたのだ。

岩のすぐ下流が滝になっており、大きく口を開けた暗黒に向かって、水が轟々と音をたてて落ち込んでいた。どのくらい深いのか見当もつかなかった。落ち込み口の轟音に混じり、遙か下方の暗黒から、遠い地鳴りに似たどよもしが低く聴こえていた。それが、岩壁に反響して、何かの獣の唸り声のようにも聴こえた。

あの時、その岩にしがみつかなかったら、間違いなく私は死んでいたろう。

自分に何がおこったのか考えることができたのは、しばらくしてからであった。

どこから落ちたのかも、またどれほど流されたのかも、まるでわからなかった。上方のどこにも、私の落ちたらしい穴の入口が見えなかった。わずかながら光があることに気がついたのは、岩の上に座り、落ちる時に岩でこすった傷を確認しようとした時であった。まわりの事物がぼんやり確認できるのだから、すぐにそれに気がついてもよかったのだが、傷を見ようとするまで私は気がつかなかった。

私のいた岩からすぐ先に、もうひとつの岩が水面から顔を出しており、そのすぐ向こうに河の一方の岸が見えていた。手前の岩までは私の跳躍力の、ほぼ限界近い距離であった。だいぶ迷ったあげくではあったが、その時やった助走なしの幅跳びの恐怖が、いまだに私の肛門のあたりに、むずがゆいしこりとなって残っているのである。それが、その時のことを思い出す度に、蜘蛛の触手のおぞけとなって、私の脚の内側を走るのだった。

滝を下ることはできなかった。いや、たとえ下る方法があったとしても、上へ行ける限りは地の底であっても上へ向かうつもりだった。

私は、流れに沿って昇り始めたのである。

私が歩きながら昇っているのは、洞窟というよりは、谷に近い。巨大な岩の裂け目なのである。その裂け目の底を、水が流れているのだ。本来なら、上方に細長い空が見えなくてはならないのだが、上は、あつい苔がおおっているらしかった。

遙かな過去、朽ちた鱗木《リンボク》が裂け目に橋《ブリッジ》を造り、その上を苔がおおい、さらに鱗木が倒れ、永い刻に助けられいつか裂け目の上を完全にふさいでしまったのであろう。

私は、その天井の薄い部分を突き抜いてしまったのである。

あの後、上でどんなことがおこったのか。シェラとダモンはまだ生きているのか、それとも――。

その思いが何度も私の脳裡をよぎる。しかしそれを知るすべはなかった。

自分の生命さえ、これからどうなるかわからないのだ。

喰べ物はなんとかなった。

ここには、何種類かの生物が生きていた。山椒魚《サンショウウオ》に似た生き物、蟹に似た種類の節足動物。魚。虫たち——。

だが、それらのうちのほとんどは、色を失い、ぬめりとした白い体表をしていた。

蟹や山椒魚を時々捕えては、私はそれを生のまま喰べ、これまで生命をつないできたのである。

しかし、暗い流れは果てがなかった。

私の心を、しだいに不安が蝕んでいた。

いずれ、行く手を岩の壁によって遮られるのではないかという恐怖があった。

この流れの天井をおおっているのは、鱗木や苔の堆積ではなくて、厚い岩盤ではないのだろうか。私が落ちたのは、たまたま岩盤にあいていた穴であって、今、私が歩いているのは洞窟なのではないか——。

私はそんなことを思っていた。

すくなくとも、この上流に出口があるとは思えなかった。この闇の中で捕えた生物たちのほとんどが白い体表をしているということは、この流れがその水源まで岩盤によって封鎖され、閉じていることを意味しているように思えたのだ。

その想いが私から離れなかった。

やがて、私は支流にぶつかった。

二方向からの流れが、合わさってひとつになっている場所に出たのだ。私は迷い、左へ進んだ。

それからどのくらい進んだであろうか。

三日——いや、おそらくは五日くらいは昇ったかもしれない。私は、怖れていたものにぶつかった。

大きな岩の壁が、行手をふさいでいたのである。

水は、その岩の下から流れ出ていた。水の出てくるトンネルの入口は、完全に水面下にあった。その場所の水深は、私の背丈以上はある。それ以上はどのくらい深いのか見当がつかない。確かめる方法がないのである。

私は、うんざりするような行程を繰り返して、ようやくあの左右からの流れがひとつになっている元の位置にもどった。

身体だけではなく、精神そのものが疲れ果てていた。気力は萎え、もう一歩も動きたくなくなっていた。

それでも、私の足は、自然に右の水流に向かって一歩を踏み出していた。肉体そのものが、今は何かの執念に憑《とりつ》かれたように、同じ動作を繰り返すのである。

いつか、それほど遠くない昔、いや、もしかすると遙か過去であったかも知れないが、私はこうして同じ一歩を踏み出しながら何かを登ったことがあるような気がした。

果てしのない登攀《とうはん》の記憶――

螺旋の模様がふいに頭に浮かんだ。

透明な闇の中に、細い螺旋がどこまでも伸びている。私の一歩ずつに、暗黒の宇宙の中で、螺旋のリボンがほどけてゆく……。

右側の水流は、いくらか温かみがあった。

昇れば昇るほど、その温かみは増していくようだった。こんな螺旋も私は知っていたのではなかったか。螺旋の内部を、温かい方へ温かい方へと潜ってゆく甘い肉の記憶。ももいろの襞《ひだ》。乳と血の匂い――。

この幻想は、疲労した私の肉体が見せているのだろうか――。

私の肉体は、水の流れに溶けていくようであった。現実の肉の感覚が失せ、頭の内部の記憶そのものを、甘露のように私の肉体が味わっているのだ。私は私の内部へ潜り、昇ってゆくのだ。

いったいどれほどの日が過ぎたのだろうか。

何度も水を飲み、腹が減れば、白い蟹や虫を捕えて口に運んだ。その回数すらも曖昧になっていた。

私は、気管に入り込んだ水に、激しく咳込んで、頭をあげた。

膝ほどの水の中に、私は知らぬ間に倒れていたのである。倒れて頭を水に突っ込んで、水を吸い込んでしまったのだ。それまで、這って進んでいたのだろう。

むせて咳をする度に肺がねじれたように痛み、苦痛で眼から涙がこぼれた。息を吸うことさえできなかった。

咳がおさまり、ようやく私は立ちあがった。

右手に、まだ銛を持っていることが奇跡のように思えた。

苦しい想いをしたかわりに、これが私を覚醒させていた。

眼の前に、暗い、穏やかな水面が広がっていた。水流の幅が大きく広がり、流れもひどくゆっくりとなっていた。遠くまでは見えなかった。

全身の細胞から全ての力が流出し尽くしたように、身体がだるかった。だるい身体をひきずり、私は水の流れてくる方へと進んだ。

ゆっくりと水嵩《みずかさ》が増してゆく。

水深が深くなり、膝から腰、腹、胸へと水面の位置が移ってゆく。

足は、水底のぬるぬるした泥を踏んでいた。

爪先立った私の顎の下に、水面が触れるようになった時、私は身体を水に投げ出した。

私の身体が水に浮いた。

私は、左手に銛を握ったまま泳ぎはじめた。先は鉄製であったが、銛の柄は木でできていた。わずかに水より軽い。

体力のあるうちに足の立つ所に出なければ、私は死ぬだろうとそんなことをぼんやり考えていた。

力が尽きれば水に押しもどされるだけだった。二度目はない。一度押しもどされ、同じことをもう一度繰り返すだけの体力はないだろうと思った。

いつか、私は海の上を泳いでいるような錯覚におちいっていた。四方を見渡しても、今は何も見えなかった。左右の岩壁が遠くなり、苔の微光はもはやとどいてこないのであろう。

どのくらい泳いだろうか。

ふいに、私の足に何かが触れた。

ぬめりとした、おそろしく不気味な感触のものだった。土や、泥ではない。それは動いていた。

一旦離れたそれが、今度は両脚に一度に触れてきた。それが水中で広げた私の脚の間に入ってきた。

水面下を流れていたひと抱えもありそうな丸太にまたがったようであった。しかし、それは断じて丸太などではなかった。不気味なぬめりが、私の太股の内側の皮膚を前方へとこすってゆく。巨大な蛇が、私の脚の間をすりぬけながら、前方へと泳いでいくようであった。

しかし、これは蛇の感触とも違っていた。もっと柔らかい、ぬめぬめしたもの——。

おそろしく巨大な蛭《ヒル》。

それが、私の頭の中で描いた絵であった。

暗黒の水中に潜む大蛭が、私の股《また》をくぐってゆくのだ。それでもなければ、想像を超えた不気味な何かだ。

私は、水中で全身に鳥肌を立てていた。

いまにも、そのぬめりが私の身体に巻きついてきて、私を水中にひき込んでゆくのではないか。

私は、大声をあげて、銛でそれの背を突きまくりたい衝動を、必死で抑えていた。

やがて、その巨大な蛭は、現われた時と同じようにゆっくりと水の深部へと去っていった。

私は、水の中で湯のような汗を全身から吐き出した。

気がつくと、水深は肩ほどになっていた。

そして、私は、これまで自分が眼をつぶっていたことに気がついた。

目蓋をあけると、何かを反射したきらきらした水の光が、私の眼に入ってきた。

私の顔に、ひろびろとしたさわやかな風が吹いていた。

風には、湿った植物の香りが甘く溶けていた。

私は顔をあげた。

真上の夜空に、青い上弦の月が光っていた。

「外へ出ていたのか――」

私は声に出してつぶやいた。

久しぶりに聴く自分の声は、他人の声のようだった。

如雲《アブド》の四

前方に、黒々と森がそびえていた。

これまでに見慣れた鱗木《リンボク》の影とは違うかたちが、森の影をふちどっていた。鱗木も混ざってはいるらしいが、その数は全体の半分ほどのようである。

月明りでは、細部まではわからない。

私は、踝《くるぶし》ほどの深さの水の上を、その森に向かって歩いていた。濡れていない土を、早くこの足で踏みたかったのだ。

やがて、私の足は、冷たい草を踏んでいた。

足の裏がくすぐったいような、なつかしい感触だった。

足の裏から、力の抜け切った身体に、新たな力が染み込んでくるようだった。

数歩あるき、私は草の上に倒れ込んだ。

身体が地面に沈み込んでいくようだった。疲労が、手足や腹の肉の中で、重い固形物のようになって、私の肉体を地面に押しつけて起きあがらせまいとする。私は、それにさからうつもりはなかった。筋肉がじんじんと痺れていた。

俯《うつぶ》せのまま顔を横に向けた私の眼に、白いものが見えた。

すぐ先の草の中である。

土が低く盛りあがっており、その上に草が生えている。その草の中に、土からわずかにのぞいた白いものが見えているのだ。

私は、膝と肘で這いながら、そこに近づいた。

私は膝をつき、その白いものを土の中から掘り出した。

それは卵だった。

私の拳《こぶし》が二十個は入りそうな大きさがあった。ずっしりと重い。

私はそれを草の上に置き、そこに胡座《あぐら》をかいた。火種石が湿っていなければ、すぐにでも火をおこして、それを焼いて喰べたかった。だが、枯れ枝を集める体力も、火種石を乾かす気力も、私にはなかった。

生でもよかった。

私は、銛でその卵の殻を突いた。

卵は割れなかった。わずかにひびが入った程度だった。

――と。

卵の中から、小さな音が響いた。

何かが、内側から卵の殻を叩いたのだ。

私の心臓がすくみあがった。

私は胡座を解き、中腰になって銛を両手に握った。

草の上に、青い月光を浴びて、ほの白く卵が転がっている。その卵のひび割れの中で、何かが蠢《うごめ》いていた。

めりっ、と音をたて、卵の殻が持ちあがった。卵の中から、ぐねぐねと動く黒いものが這い出てきた。

それは、私の見たことのある姿をしていた。

ダモンが私に襲いかかろうとしたあの時、私の背後から姿を現わした、あの蛙《カエル》に似た生き物がそこにいた。

GIE……

と、それが啼いた。

銛を握った私の手に汗が浮いていた。

化獣の巣に、私はまぎれ込んでいたのだ。親が姿を現わす前に、ここを立ち去らねばならなかった。

親が卵をここに生み捨て、子供は勝手に生まれて育っていくのかもしれなかったが、親も一緒にここにいる可能性も充分に考えられた。鰐《ワニ》などはそうである。

数歩後退《あとず》さり、私はそこに背を向けて、森へ走った。その途端、私の脚が何かにぶつかり、私は前方の草の中へつんのめっていた。

ＳＹＡＧ……

ぞっとするような声が、右手後方の草の中からあがった。そこだけ、小山のように黒いものが盛りあがっていた。それが身じろぎをした。

ＳＥＥＥＥ！

それが立ちあがって喉を激しく鳴らした。

あの蛙に似た生き物であった。だが、あの時私が見たものよりひとまわりは身体が大きく、後肢がさらに発達していた。額には角状のものが突き出ていた。

私は、それを正確に確認したわけではなかった。その姿を見るなり、私は走り出していたのである。

森の中へ逃げこめば、なんとかなると思ったのだ。だが、動いたために、私の姿は巨獣に発見されていた。

ＧＹＥＧ！

重い脚が草を踏む音がした。

その音がたちまち、私の背後に迫ってくる。

地面がぬかるみに変わっていた。

濡れた泥に脚をとられながら、私は必死で走った。ぬかるみがどんどん深くなってゆく。

気がついた時には、膝まで泥に埋まっていた。動けなくなっていた。しかし、身体はなおも沈んでいく。巨大な蛭《ヒル》にくわえられ、足の先からじわじわ喰われていくような気がした。

私は手を伸ばして、まわりの草の中を夢中でさぐった。堅いものが手に触れた。

私は夢中でそれにしがみついた。

私の身体が沈むのが止まった。

私がつかまったのは、手首ほどの太さの枯れ枝であった。ある程度の長さがあるため、それが抵抗となって、私を支えられたのだろう。しかし、体重の全部をかければ、たやすく折れてしまいそうだった。

巨獣は、ぬかるみに半分入りかけたところで止まっていた。それ以上前へ進めば、動けなくなってしまうのを知っているのであろう。重い巨軀を持つものほど、不利なのだ。

私を見る突き出た眼球が、月光に光っていた。

しばらくそこでうろうろとし、私の方を見やっていた巨獣は、唐突に私のことを失念してしまったように背を向け、去って行った。

ひとつのことを、ある時間持続して考えるようには、脳ができていないらしかった。

月明りに巨獣が去り、あたりはふいに静かになった。

しかし、私は動くことができなかった。

動けばそれだけ身体が沈んでゆくのである。脇の下に抱えた枯れ枝に体重をかけてゆくと、みしりという細い音が響く。とても全部の体重をかける勇気はなかった。

どれだけそうしていたのだろうか。

私の眼は、すぐ先の草の中を動く黒いものを捉えていた。

私の心臓がすくみあがった。

草が左右に分けられ、そこから奇妙な生き物が鼻先を突き出した。

それは、蛙と蜥蜴《トカゲ》のあいのこのような生きものだった。大きさは、大きめの猫ぐらいであろうか。それは、平べったい口をわずかに半開きにし、首を傾けて私を見ていた。頭の両脇にある突き出た眼が、そろって私の方を向いている。口の中には、細かい歯がきれいに並んでいた。

身体の動きが自由であれば、私は逃げ出していたかもしれなかった。

私の顔と、そいつの顔は、ほぼ同じ高さで向き合っていた。

不気味、というよりは、どことなく愛敬さえ感じさせる顔だった。

何か言いたげに私を見ているその眼には、どこか知的なものさえ感じさせた。

私の中には、恐怖と、奇妙ななつかしさとがあった。どこかで、これと同じような顔を見たことがあるような気がした。

ふいに、それが口を開いた。

歯のむこうで、赤黒い舌が蠢《うごめ》き、そいつの口からしゅうしゅうという息がもれた。

その息の音が、まぎれもない言葉となって私の耳にとどいてきた。

「やっと会えたな……」

たどたどしくはあったが、それはまさしく人の言葉であった。たどたどしいと言っても、それは幼児のそれとは違っていた。遙かに知的な響きがあるのだ。口や舌の構造が人間とは違うため、そう聴こえてしまうのだ。

それは、にっ、と微笑した。

それはたしかに笑みであった。

「おまえは、おれの縁《エン》だ」

と、それは低く言った。

「なに――」

私は頭を混乱させて、呻いた。

「おれは、業《カルマ》だ」

それは、そう言ってもう一度微笑んだ。

その微笑の上に、上弦の月が出ていた。

螺《ら》旋《せん》論《ろん》考《こう》

「蛇」
「女」
「進化」

この三者に共通する最もふさわしい象徴《シンボル》を選ぶとしたら、いったい何が適当であろうか。

様々な民族の古代の神話や宗教、科学を含む神秘思想の系譜をたどってみれば、いくつかの単語が脳裡に浮かんでくるはずだ。前記の三者に、「不老不死」という単語を加えると、答はさらにしぼられてくるだろう。

螺旋――そう答えても、むろん間違いではない。蛇にも女にも進化にも、そして不老不死にも、螺旋の要素が濃く含まれている。だが、螺旋というのでは、あまりにその本質を捉えすぎている。

では、何が適当であるのか。

それは〝月〟である。

蛇は螺旋である。

多くの宗教が、そして神秘思想家が、蛇の蟠《とぐろ》の螺旋を、神聖な、そして時には魔的《デモーニッシュ》なものの象徴として描いている。二匹の蛇が生命の樹にからんでいる二重の螺旋は、宗教書や神秘思想書のあちこちに見られる。

ホルバインの絵の中では、両手に握られた一本の杖に、自然界を代表するふたつのエネルギーである水銀と硫黄の象徴である二匹の蛇がからんでいる。

このふたつの力について、錬金術士のニコラ・フラメルは『象徴図形について』の中で次のように述べている。

　これらふたつの力は、二匹の蛇となって、メルクリウスの杖カドゥケウスに巻きついている。この二

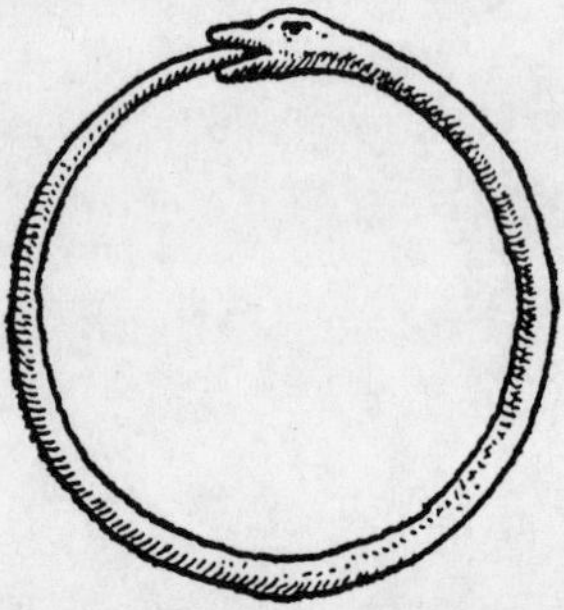

図三／ウロボロス

匹の蛇のエネルギーによって、メルクリウスはその大いなる力を発揮し、望むがままに変身することができるのだ。……自然を統御できぬ限り、このふたつの力の対立は破壊的で有毒な状態において現われる。

蛇は自然に内在する力の象徴であり、蛇の描く螺旋は〝刻〟に他ならない。蛇の螺旋は永遠の象徴なのである。錬金術士たちが、永遠の循環時間の象徴《シンボル》としていたのは、ウロボロスという、己れの尾の先を口にくわえた蛇であった。

そしてまた蛇と月とは、不老不死の象徴でもある。天にあって満ち欠けを繰り返す月と、地にあって脱皮を繰り返す蛇とを、古代の人々は不死と再生という永久運動体としてとらえていた。

ネフスキーは、自著『月と不死』の中で、蛇と月とを再生と不老不死の象徴として書いている。

ネフスキーは、その著書の中で、宮古島に伝わる『アカリヤザガマ』という次のような伝説を書き記している。

月と太陽とは、人間に永遠の美しさと生命とをあたえようと思い、地上にアカリヤザガマを遣わした。アカリヤザガマは、ふたつの桶をかついで天から地上に下った。ふたつの桶には、月と太陽からわたされた二種類の水が入っている。ひとつの桶に入っている水は変若水《おちみず》、もうひとつの桶に入っている水は死水である。変若水をかければ人間は長命を得、死水をかければ人間は死すべき存在となる。

変若水を人間に、死水を蛇にかけるようにと、アカリヤザガマは命じられていた。が、地上に下りたアカリヤザガマが、天からの長旅で疲れて休んでいる隙に、蛇が現われて人間にかけるはずの変若水を浴びてしまったのである。

困ったアカリヤザガマは、しかたなく、人間に残った死水をかけた。

アカリヤザガマは、言いつけにそむいた罰として、月の上で永久に桶をかついで立つことになった。

　こうして、人間は死すべき存在となり、蛇は脱皮を繰り返して永遠に生きるようになった――。

　――という話である。


　女は螺旋である。

　たとえば、人類というものを、時間軸の中で連続したものとしてとらえると、袋状をした♀性の連続体と見ることができる。

　子宮という機能として女をとらえた場合、女とは子を生む袋である。袋が袋を生み、その袋がさらにまた袋を生む――。

　男は、連続体ではなく、その袋の付属物である。

　つまり、人間を時間軸にそって眺めた場合、女という無数の肉の袋でつながった螺旋として見ることができるのだ。一種のウロボロスである。

　その女――つまり女の本質であり袋である子宮は、月によって支配されている。女は、月によって経血を流し、種を宿し、子を生んでゆく。

月に支配された螺旋が女である。

ちなみに、一七世紀におけるベーメの弟子のJ・G・ギヒテルは、『実践的神智学』の中で、〝自然車輪〟の宇宙的渦巻を、人体の各部に置きかえている。宇宙的渦巻を象徴する七つの天体を、やはり七つの人体のエネルギーであるチャクラのひとつずつにあてはめているのだ。図版によると、月は下腹部の位置――つまり、男ならば生殖器の上、女ならば子宮位にあたる部所に描かれている。

蛇足としてつけ加えれば、宇宙の構造を人間の肉体にシンボライズさせて描かれた、宇宙神ローカプルシャの絵がインドに残っている。その宇宙の中心、子宮位に胎蔵されているのは須弥山《スメール》と呼ばれる宇宙山である。

イェーナ大学の動物学の教授であった、E・ヘッケル博士（一八三四―一九一九）は、一八七四年に〝law of recapitulation〟という説――ひとつの法則を発表した。

それは、

〝個体発生は系統発生を繰り返す〞

という説である。

たとえば、人間でいうなら、人間の胎児は、母の子宮の内部で、胚の状態からそれまで人間がたどってきた進化の歴史をたどり、その後に生まれてくる、というものである。

人が、母の子宮内で成長してゆく過程において、魚のように鰓《えら》ができたり、獣のように尾ができたりするのは、よく知られている事実である。そういう形質は、胎児が子宮内部で成長してゆくと自然に消滅し、胎児は、最終的に人としてこの世に生まれてくる。

つまり、人は、いや、生物は、子宮内部で進化を繰り返した後に生まれてくるのである。

進化は螺旋である。

構造的には、女の造る螺旋と同じであるが、ただ、女の造る螺旋が、ひとつの袋をひとつの鎖としているのに対し、進化の螺旋は、同じ形質の袋が連続して続くひとくぎりを、ひとつの鎖としている。

進化を司どる遺伝子の構造は、二重螺旋である。

そして、進化もまた月と無関係ではあり得ない。

月に原因する潮の満ち干により、海生の生物が陸上に取り残され、陸生の生物に進化していったのだとする説は説得力がある。神秘学者の中には、月の霊光力そのものが、進化を促したと説く者もいる。

少なくとも、ほぼ全国に残る、月の霊光力によるルナティックな変身（進化）譚——たとえば狼男の伝説などに眼をつぶるわけにはいくまい。

月もまた螺旋である。

月は、自転と公転をする螺旋であり、太陽系や銀河系などのさらに大きな螺旋の一部でもある。しかし、別の視点から見た場合でも、月を螺旋と呼ぶのは、それなりに根拠のあることなのだ。

朔望を繰り返す、月の陰陽の満ち欠けそのものが、ひとつの螺旋なのである。

W・B・イエイツは、人間の存在そのものさえも、満ち欠けする月の位相で表わそうとした。

『幻想録』によると、イエイツは、人間のあらゆるありかたを、宿命的なもの、意思的なものという対立するふたつの意思の組みあわせで表わそうとする。イエイツは、それを、ふたつの三角形の組み合わせとして描く。

左側が意思の三角形、右側が宿命の三角形である。一番左側が、意思によってのみ行動する人間、一番右側が宿命によってのみ行動する人間である。イエイツによれば、そのどちらも極端であり、望ましくない人間のありかたということになる。

AとBとをつなぐ線上の、どちらにもかたよらない状態こそが、もっともバランスのとれた人間のありかたということになる。

イエイツの天才は、自ら造りあげたこの図形をそのまま月の満ち欠けの二十八の諸相に移しかえ、より象徴的《シンボリック》にしたことにある。イエイツの〝大車輪〟がそれである。

その月の二十八相の諸相を、ひとつの図形で表わすと、

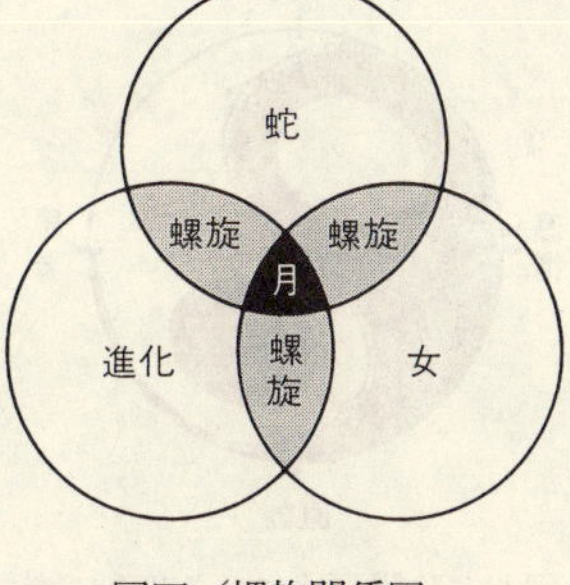

図四／螺旋関係図

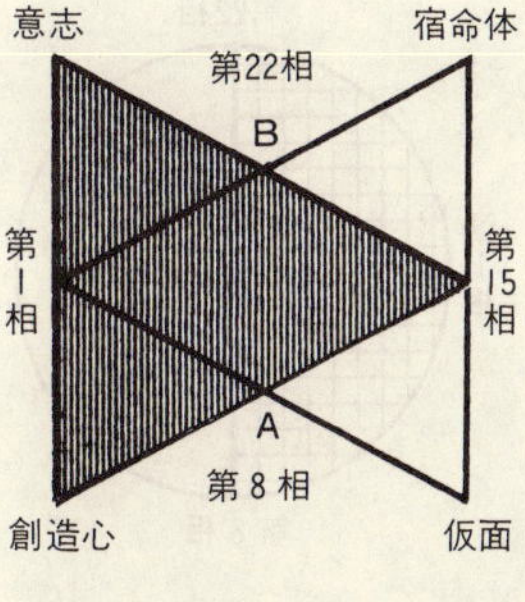

図五／月の満ち欠けのシンボル

図六のようになる。

理想的な人間の存在は、二十二相と八相とを結ぶ線上の中道にあることになる。月の相で言えば、完全な上弦の半月こそが、イエイツの言う理想の人間存在なのだ。

このバランス状態は、中国の陰陽道《おんみょうどう》のふたつ巴に見られる、陰陽《いんよう》の力学的な釣合《バランス》状態を表わす図にも通じてくる。

図七がその図である。

ふたつの渦、陰陽の螺旋が、二重螺旋を造っている。

エデンの園で、イヴに禁断の果実を喰うように誘惑した蛇の例を出すまでもなく、蛇と女とは、人の歴史の節目に大きく関わっている。

そして月――。

月と女と蛇を結びつけてシンボル化する考え方は、すでに氷河期の狩猟採集民の間にあったと思われる。

それを裏づける歴史的な証拠品も、あちこちからいくつか出土している。

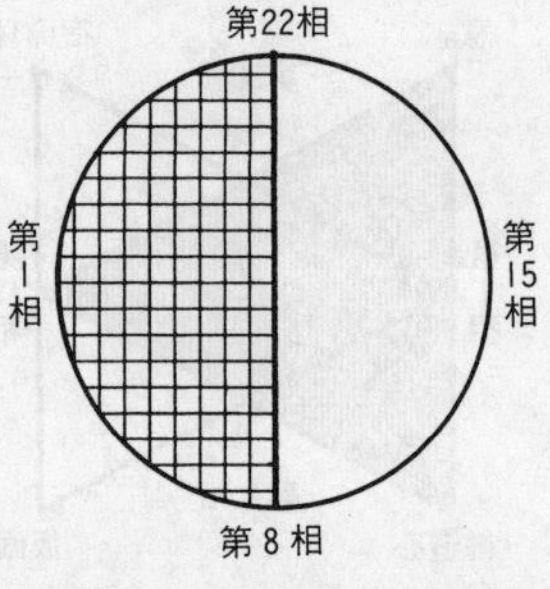

図六／イエイツの〝大車輪〟

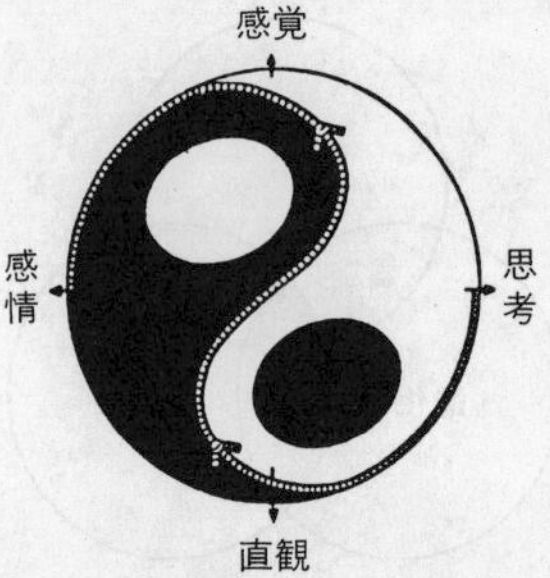

図七／陰陽形式による四種の能力

シベリアのイルクーツクのオーリニャック文化遺跡からは、十一個のヴィーナス（女）像とともに、一面にS字形に連なって反対の方向に巻いたふたつの渦巻文様を刻したマンモスの牙の板が発見されている。その板の他面には、三匹の蛇が刻まれていたという。

C・ヘンツェは、その形式の渦巻文様を、月の消長を表現するシンボルとして、先史時代から広く用いられていたものだと解釈している。

『螺旋教典』巻ノ六　論考篇より

五の螺旋

形位《ヘイシ》の一

「助けて欲しいんだろう？」

と、その生き物――業《カルマ》が言った。

私はうなずくかわりに、泥の中で身体を後方へひこうと身じろぎをした。身体は後方へは動かずに、私はさらに泥の中に沈んだ。

〝じゅじゅじゅ〟

その生き物は、口の中で湿った擦過音をたてた。

困ったような響きと、私をなじるような響きがあった。しかし、表情にはこれといった変化はない。さきほど笑ったと見えた口元も、今は無表情に閉じている。

「助ける？……」

私は混乱したままつぶやいた。

「ああ」

「おまえ、いったい——」

「業《カルマ》さ、縁《エン》。今言ったろう」

「縁《エン》？」

「あんたのことさ」

「おれがか——」

わずかに間を置き、その生き物は、ぎこちなく頭を上下させた。

大人に教わった、うなずくという動作を、思い出しながらやってみせている幼児のようであった。

「そうだ。あんたはおれの縁《エン》なのだ」

「おまえが業《カルマ》で、おれが縁《エン》？」

私の記憶にある言葉だった。

私の記憶では、縁《エン》とは〝縁《えにし》〟のことで、業《カルマ》とは〝業《ごう》〟のことである。

「〝えにし〟と〝ごう〟のことか」

「難かしいことは知らん。それよりも、おまえ、助けて欲しくないのか」

「助けてくれるのか」

「あんたはおれの縁《エン》だからな」

「どうやって助けるんだ」

私は、木の枝にしがみつきながら言った。

かりに、業《カルマ》と名のる生き物に、私を助けようという気があったとしても、どうやって助けるのか。少なくとも業《カルマ》には、私の身体を泥の中からひきあげる力はありそうになかった。業《カルマ》自身はこの泥の上を歩けても、私の体重を支えたら、やはり彼も泥の中に潜ってしまうだろう。

「待っていろ」

業《カルマ》が背をむけた。

脚にからむ湿った泥の音をたて、業《カルマ》は森の中へ姿を消した。

しばらくしてもどってきた業《カルマ》の口に、私が今しがみついているものよりやや小さめの木の枝がくわえられていた。

私のそばまで歩いてくると、業《カルマ》はその枝を私の手のとどく処に置いた。そして、また森の中へ入ってゆく。

再び姿を現わした業《カルマ》の口に、今と同じくらいの木の枝がくわえられていた。

私は、ようやく彼の意図が飲み込めた。

数本の枝では、私の体重を泥の上に支えられなくても、それが何十本もあるとなると話は違ってくる。

やがて、おびただしい数の枝が私のまわりに集められた。

十数本の枝に全身でしがみつき、私は、ようやく泥まみれの身体を泥沼の中からひっぱりあげた。

這うようにして、やっと堅い土の上にたどりついた時には、もう何があろうと動きたくない気分になっていた。

形位《ヘイシ》の二

「良かったな」

業《カルマ》が言った。


腹這いになり、たどりついた時の格好のまま、肘の上に顎を乗せて喘いでいた私は、顔をあげた。


すぐ鼻先に業《カルマ》の顔があった。

離れて見るよりさらにグロテスクだったが、私はもう気にならなくなっていた。

「おかげで助かった」

「おれの縁《エン》だからな」

カルマは、さっきと同じ言葉をまた口にした。

「まだよくわからないんだが、いったいどういうことなんだ。その縁《エン》と業《カルマ》というのは――」

「教えてもらったのさ」

「教えてもらった？　誰にだ」

「アシタだ」

「アシタ？」

「独覚仙人《どっかくせんにん》のアシタさ。アシタがおれに言葉も教えてくれたのだ」

「独覚仙人？」

「本人がそう言っていた。幻力《マーヤー》を使うことができる。螺旋虫に襲われていたところをアシタに助けられた。アシタは幻力《マーヤー》で螺旋虫を追い払うことができるんだ――」

「そのアシタが、おれのことを縁《エン》だと言ったのか」

「そう」

「何故、おれが、おまえの縁《エン》なんだ」

私は手をついて起きあがり、そこに胡座《あぐら》をかいた。

「アシタがそう言ったのだ。おれと会った時に、おまえは業《カルマ》だとアシタがおれに言った。業《カルマ》は、それぞれにみんな縁《エン》を持っているんだと。おまえは良い素質を持った業《カルマ》だから、良い素質を持った縁《エン》と巡り会えれば、上までいくことができるだろうと――」

「――」

「おまえは、タターガタの因を含んでいると――」

「タターガタ？　タタ・アーガタのことか――」

アーガタとは、〝来たるもの〟という意味だということを、私はシェラから聴いたことがあった。

海からくるものはみな、アーガタなのである。だから、シェラは、以前、私のこともアーガタと言ったのである。

「その如くに来たりしもの、それが如来《タターガタ》さ」

業《カルマ》が言った。

「如来？」

私の胸にどきりとうずくものがあった。

「あんたと会うのは、今夜が初めてじゃない。今夜で二度目だ」

「二度目？」

私は、眼の前にいる奇妙な生き物の顔を見つめた。

月の明りが、青暗い水のような光を、その顔に落としていた。

「あの晩に海で会ったじゃないか」

「――」

「この傷に覚えはないか」

業《カルマ》は、指の間に水搔きのある左後肢を、私の前に突き出した。付け根の皮が、一カ所、何かのひきつれのようになっていた。

「あの晩、女の銛にやられたんだ」

業《カルマ》が言った。

私の脳裡にふいにひらめくものがあった。

この蘇迷楼《スメール》に来て最初に眼を醒ました海岸で、私は一匹の来魚《アーガタ》を見たことを思い出していた。暗い海からあがってきたその来魚《アーガタ》は、不思議に何か言いたそうな表情で私を見つめていたのだった。その時、シェラがやってきて、いきなりその来魚《アーガタ》に銛を投げつけたのだ。

「あの時の来魚《アーガタ》があんただったのか」

「そうだ」

業《カルマ》は頭を上下させた。

頭の左右から大きな眼が私を見つめていた。

表情があるような、ないような、不思議な顔であった。どこか知的なものがある。その顔に、あの晩海岸で見た来魚《アーガタ》の面影が、微かに残っているようだった。

だが、あの時とはまるで体形が変化していた。来魚《アーガタ》にある背びれや、甲冑に似た鱗がなくなっているのである。

今、私の眼の前にいるのは、魚というよりは、どう見ても蜥蜴《トカゲ》か蛙《カエル》の一種であった。

来蛙《アーガタ》とでも呼ぶものである。

「あの時とは格好が違っているぞ」

「脱皮したからな」

「脱皮だと？」

「脱皮をする度に、姿が変わっていくんだ。脱皮は気持がいい。何度でも脱皮をしたい。おまえは脱皮をしたことがないのか」

業《カルマ》は、もぞりと身体をゆすった。

「ない」

私は言った。

「来魚《アーガタ》は皆脱皮をする。脱皮をしながら上に登っていくんだ。脱皮をしなくなったら、アーガタは、アーガタではなくなる。アシタがそう言っていた」

「何故、おまえは上へ行こうとしているんだ」

「アーガタは、どんなアーガタでも、皆上へいく。上へいくからアーガタなのだ」

「それでは説明になっていない。何故、アーガタは皆上へ行こうとするのかと、おれは訊いてるんだ」

「脱皮をするためだ」

迷わずにカルマが言った。

「来魚《アーガタ》も、来虫《アーガタ》も、来草《アーガタ》も、みんな〝来たるもの〟——アーガタなんだろう。どのアーガタもみんな脱皮をするために上に登ろうとしてるのか——」

「そうだ」

「上へ行かなければ脱皮できないのか」

「そうだ——いや」

言ってから、業《カルマ》は、首を傾けた。

「そうだと思う——。というのは、上に行かないでも脱皮するのかどうか、まだおれは試したことがないからな」

「試す気はないのか」

「ない。それにしても、おまえは不思議な考え方をする。そんなことは、今まで考えてみたこともなかった」

「来魚《アーガタ》は、皆、脱皮をすると、おまえのように口をきくようになるのか——」

「どうかな。これまでにおれが会った来魚《アーガタ》は、皆、言葉を持たなかった。それは、おれのように素質がないからだとおれは想う。おれのような素質を持ったものは時々しかいないのだと、アシタは言っていた」

「またアシタか」

「アシタは何でも知ってるぞ。業《カルマ》も縁《エン》も、同じものだということもアシタに教わった」

「業《カルマ》と縁《エン》が同じ？」

「アシタは、この世に生じたもの、全ての有情《いのち》は、皆業《カルマ》なんだと言っていた」

「ほう」

「だから、あんたも業《カルマ》なんだ」

「おれが縁《エン》で、業《カルマ》はあんたじゃなかったのか」

「あんたという業《カルマ》は、おれにとっては同時に縁《エン》なんだ。そして、おれは、あんたにとっての縁《エン》になるらしい。とても難かしくて、おれにはよくわからないが——」

「わかるような気はする——」

「やっぱり、あんたには素質がある。アシタに、あんたのことを話してよかった」

「おれのことを——」

「海から出た時に、あんたに会ったことをだ。あの時、何故か知らないが、おれはとてもなつかしかった。もうひとりの自分に会えたような気がした——そうアシタに言ったら、アシタが、そうならばそれはおまえの縁《エン》だとそう言ったんだ」

業《カルマ》は、眼を私にすえたまま、のっそりと前に出た。

「どの業《カルマ》も皆、自分のための縁《エン》を持っている。どの縁《エン》もまた自分のための業《カルマ》を持っている。おまえは、特別な業《カルマ》であるから、おまえのための縁《エン》もきっと特別に違いないと、アシタは言った」

私は、初めて業《カルマ》にあった時に、自分がどんな気持でいたのかを、思い出そうとした。不気味さはむろんあった。だが、それだけではなかったような気もしている。

「その、独覚仙人のアシタは、一緒ではないのか」

「アシタは上にもどった。そろそろ帰るための準備をしなければならないと言っていたが——」

「上のものか、アシタは？」

「ここよりは上に今は住んでいるらしいが、本当の住み家は、どこか別の場所にあるらしい。帰るというのは、そっちの方だと思う」

「──」

「別れたのは、月がまだ細いうちだった。別れる時に、もし、海で会った縁《エン》がおれのための縁《エン》ならば、いつか、もう一度会うことができるだろうとアシタは言っていた。縁《エン》とはそういうものなのだそうだ。それが、こうしてまたあんたと会うことができた。だから、あんたはおれの縁《エン》なのだ。初めて会った時に感じたあのなつかしいような気持も、あんたがおれの縁《エン》だったからだ──」

「縁《エン》か──」

私は、舌の上にその言葉を転がした。

何か不思議な気持であった。

私は、蜥蜴《トカゲ》に似たこのグロテスクで奇妙な生き物が、ふいに可愛く思えてきた。

「アシタは、おまえに会いたがってたぞ」

「おれに？」

「うまく巡り会うことができたら、螺旋庵《らせんあん》に一緒に来てくれと言っていた。もし間に合うものなら、あんたに会ってから帰りたいと──」

「螺旋庵のある場所を知っているのか」

「知らない。ここより上のどこかだ──」

「場所を訊かなかったのか」

「聞いたってわかるものか。会えるものならば、自然にそうなるだろうとアシタは言っていた。それが――」

「それが縁《エン》だというんだろう」

「そうだ」

業《カルマ》は、首をゆすりながら、さらに私に近づいた。

大きな左右の眼で、私を見あげた。

眼の中にある瞳孔が、ワニか猫のように、縦長の三日月形をしていた。その濡れた表面に、小さく頭上の上弦の月が映っていた。

「おまえに触わってもいいか」

おずおずと、たどたどしい口調で業《カルマ》が言った。

「ああ」

私はうなずいた。

業《カルマ》の右の前肢がそろりと上に持ちあがった。指先に鋭い爪が生えていた。指の間の水搔きには、濡れた泥が付いていた。

その前肢が、やはり泥まみれの私の膝の素肌に乗せられた。

思いがけず温かなものが、触れ合ったその場所から私の中に入り込んできた。私の方からも、ゆっくりと彼《カルマ》の中に流れ込んでゆくものがあった。

その、流れ込んでゆき、流れ込んでくるものの感触を、私は――そしておそらく彼も――静かに感じていた。

奇妙な、友情と呼べる感情が、私と彼との間に生まれていた。

同時に、ひどくなつかしいものが、私の中に染み込んできた。

ふいに、私は、胸の奥に不思議な痛みを覚えていた。

苦しいような、温かいような、それでいて触れるのが恐いような傷み……。

「あんたも上に行くんだろう」

カルマが言った。

「ああ」

私はつぶやいた。

「――一緒に行こう」

カルマが、低い声で言った。

私はうなずきながら、膝の上の彼の前肢の上に、私の掌を置いた。

ひんやりとした、確かな手触りが、私の手の下にあった。

――天則《リタ》？

――ア・バオ・ア・クゥー？

私は胸のどこかでつぶやくわたしとわたくしの声を聴いたように思った。

形位《ヘイシ》の三

針葉樹林の森が、果てしなく続いていた。

樹の幹は、樅《モミ》か栂《ツガ》にも似ているが、葉は、それらのどれとも違っていた。一見したところは唐松《カラマツ》のようである。だが、唐松の葉よりは幾分葉が太く、枝に付いている葉の量も少ない。

森の大部分がその樹で占められていた。

時おり、杉に似た樹の群落や、名前の見当のつかない樹の群落にぶつかった。

下生えの種類は、鱗木《リンボク》の森の中よりも、ずっと数が多くなっている。小さな、赤い花を咲かせているものまであった。

業《カルマ》と共に登りはじめてから、七日がたっていた。

節足動物や、蜥蜴《トカゲ》などの小動物を、ちらほら見かけるようになっていた。

飛翔し、花に集まる昆虫の姿もあった。

業《カルマ》は、それ等の何でも口にした。丸ごと、骨も残さずに頭から食べるのだ。

火をおこす道具を、地下の水路に落とした時に失くしていた私は、業《カルマ》と同じように、獲物を生《なま》で食べた。あまり大きくない蜥蜴などを銛で突き、皮をはいで、きれいなピンク色をした肉を食べるのだ。

それが、もうほとんど気にならなくなっていた。

それよりも、私が気になっているのは、シェラとダモンのことだった。

あれからふたりはどうなったのか――。

獣に喰われたか、それともまだ上へ行くための旅の途中であるのか。

私にはわからなかった。

もしかしたら、下へ帰ったのかもしれなかった。

私は、自分の中に炎を見ていた。

暗い色をした嫉妬の陰火であった。シェラの肉体が、これまで私がそうしてきたように、ダモンの逞しい肉体にくみしかれている光景が私の頭にともすると浮かんだ。

交わりあう、あにといもうと。

その図は、私とシェラとがそうしているよりも、遙かに似つかわしいような気さえした。

その絵を忘れようとするように、私は足を運んだ。

それにしても、何という山であろうか。

登り始めてもう何日たったのだろう。数十日――少なくともふた月に近い日数がたっているはずだった。

二ヵ月も登り続けて、それでも頂上につかない山。そのような山が存在するのだろうか。

私の記憶では、千メートル登れば、約六度は気温が下がるはずであった。

それが、気温は登り始めた頃とほとんど変わっていない。

いや、むしろ、私の記憶にある山というスケールを、この蘇迷楼《スメール》にあてはめようとするのが間違っているのだろう。

とりとめのない想いばかりが、浮かんでは消えた。

これまで、いつも私の傍にあったシェラの肉体がそこにないことが、どこか奇妙でもあった。シェラの肉の感触がふいに蘇ったりもする。その肉の記憶には、時おりシェラのものではないはずのものが混っていたりした。遠い、夢のような記憶。そのくせ、断片的な細かい印象ばかりを、ひどく鮮明に覚えていたりもするのだ。だが、どこがどう違うのか、私には区別ができなかった。

登りながら、私はこれまでのことを業《カルマ》に語った。

だが、業《カルマ》は、そのことにはあまり興味を示さなかった。彼に興味があるのは、上に登ることと、そして脱皮のことであった。

私は、海の中でのことを、業《カルマ》に訊いた。

彼が、どのようにして海で生まれ、育ったのか、私は知りたかった。

業《カルマ》が覚えているのは、温かな潮に包まれ、どこともなく浮遊している記憶であった。それがいつ、どのように始まったのか、記憶にはないという。

幾度も繰り返した甘美な脱皮の記憶がわずかにあるだけだった。

気がついた時には、潮の中を、ただ、上へ、上へと、多くの仲間たちと共に昇っていたのだ。自分は仲間であり、仲間は自分であった。自分は仲間の全体であり、また同時に一部であった――。

――そして、ある時、ふいに〝言葉〟がやってきたのだという。

業《カルマ》の言うその〝言葉〟の正体は、私にはよく理解できなかった。

〝認識〟とか〝自我〟とかいう意味あいと同じようでもあり、また違うようでもあった。

温かな羊水の海を、上へ上へと漂ってゆく業《カルマ》の群。

「その時、光る透明な螺旋の力がおれを包んだのだ」

と、業《カルマ》は言った。

「言葉と、そして言葉の意味との関係に似ている――」

と、業《カルマ》はつぶやいた。

「おれは不完全な言葉だった。木や葉が風に吹かれて触れあいながら、偶然に言葉の音をたてたその音のようなものだ――」

独覚仙人のアシタに言葉の意味を教わった時、業《カルマ》は気がついたのだという。

「その時、おれはいちにんまえの言葉になった――」

〝光る透明な螺旋の力〟――それが身にまとう衣が言葉であり、その〝光る透明な螺旋の力〟を入れるための器――それが言葉なのだと業《カルマ》は言った。

「その力が入ってきた時、初めて、おれはおれに気がついたのだ。おれ自身が、おれの中に入ってきたようだった——」

たどたどしい言葉で業《カルマ》は言った。

しかし、業《カルマ》は、うまくそれを説明できないようだった。私にしても、業《カルマ》の言うことを理解できたとは思えなかった。

業《カルマ》も私も、まだここの言葉を話すことに慣れていないのだ。また、話の内容そのものが、きわめて哲学的な思考を必要とするものであった。

ある時、ふいに、自意識かそれに近いものが業《カルマ》に芽ばえた——私は彼の言葉をそんな風に理解した。

——六日目の昼。

私は、カルマの身体が、黒ずんでいるのに気がついた。

皮の色にも艶が失くなっていた。

身体のどこかがかゆいのか、倒木や岩を見つけては、そこに背をこすりつける。

「どうしたんだ」

私は訊いた。

「脱皮が近づいているんだ」

業《カルマ》は、抱え込んだ岩に、腹や頭をこすりつけながら言った。

乾いた灰緑色の皮膚に、ささくれができていた。

「もうすぐなのか」

「あと十日くらいは先だろう」

「それまで、どこかで休まなくていいのか」

「その必要はない。脱皮が始まるまでは、このまま登っていく」

業《カルマ》は、そうつぶやいて、抱えていた岩を離した。

短い尾を立てて、先に歩き出した。

尾のすぐ下に、肛門が見える。

蝦蟇《ガマ》に似た犬と一緒に歩いているような気がした。

日をおって、業《カルマ》の体形が、変化しつつあった。後肢の方が大きかったのだが、少しずつ前肢の方が発達しはじめていた。

皮膚のすぐ内側に、もうひとつの肉体が形成されつつあるのだ。身体の黒ずみ方が、さらに強くなっている。皮膚の表面そのものは、乾いた灰緑色なのだが、その内側に黒っぽい異物ができあがっていくのである。

皮膚とその内側の肉体とが、分離しつつあるのだ。

――その夜。

私は久しぶりに火を焚いた。

昼間、手頃な枯れ枝を見つけることができたのだ。充分とは言えないまでも、その枝は乾燥していた。銛がとどく高さの枝に、その枯れ枝がひっかかっていたのである。折れた枝が、上から落ちる途中でそうなったものらしかった。

森の中で、完全に乾燥した枯れ枝を捜すのは難かしい。地上に落ちた枝に、大地の持つ湿気が染み込んでしまうのだ。夜になれば、地上に近いものほど露が付き易い。

湿った枝では、まず火をおこすことはできない。

手に入った枝の支枝を、私はまず皆折り取った。主枝の根元に銛で溝を造り、そこに、やはり銛で造った木屑を入れる。その溝を、溝に合わせて先を丸めた支枝の一本でこするのだ。

小さな火種を造るまでに、おそろしく長い時間がかかった。その火種を、自分の髪の毛と枯れ葉を混ぜたものに燃え移らせる。さらに細い枝を加え、順に太い枝をくべていく。

黄色い炎が暮れかけた闇の中に浮かびあがった時には、私の手にはいくつかの水疱ができていた。

久しぶりの炎は、ありがたかった。

私は、昼間捕えておいた蜥蜴《トカゲ》を枝に刺し、その炎であぶった。

業《カルマ》は、黙って私のその作業を見ていた。

肉が焼ける頃には、すっかり夜になっていた。

香ばしい肉の焼ける匂いが、夜気に広がった。

ばかでかい古木の根が、土の上まで張り出している。巨大な樹の懐に抱きかかえられるようにして、私と業《カルマ》とは、炎をはさんで向き合っていた。私の背に、巨木の幹のざらつきがあたっている。風が、頭上の梢をゆすっている。青葉の匂いが濃く風に溶けていた。

業《カルマ》は、草の上にうずくまり、視線だけを私にむけていた。

静かな夜だった。時おり、名前の見当もつかない夜の獣が、闇の中で鋭くなきあげる。それが、夜の森に跳ね、リレーのように次つぎに叫び声を伝えながら、森の奥を木霊《こだま》のように遠ざかってゆく。

私は、蜥蜴《トカゲ》を刺した枝を手に取り、業《カルマ》にむかって言った。

「喰べてみるか」

「いいや」

業《カルマ》は首をふった。

焚き火の向こう側の草の上に、業《カルマ》は腹這いになったまま、炎に目をやった。ずんぐりした彼の身体の表面に、赤く炎の色がゆれていた。

「あのアシタも、夜になると、こんな風に火を焚いた――」

「火は嫌いか」

「嫌いではない。だが、喰い物を焼いて喰うのは好きになれない」

業《カルマ》は、言いながら軽く首をふった。

細い音をたてて、業《カルマ》の額が小さく裂けた。皮の表面が、わずかにめくれあがっていた。

GUU……

業《カルマ》が低く呻いた。

「おい――」

私は業《カルマ》に声をかけた。

「わかってる。脱皮が始まったのだ」

のっそりと業《カルマ》は動き、張り出したごつい樹の根に、頭をこすりつけた。

みり、と小さい音がして、表皮の裂け目が広がった。

「U……」

業《カルマ》が、くぐもった声をあげていた。

狂ったように頭から、身体を樹の根にこすりつける。

私は立ちあがりかけ、そのまま動けなくなってしまった。

業《カルマ》は、忘我の境に入っていた。

時には早く、時にはゆっくりと、仰向けになったり、腹這いになったりしながら、身をくねらせて樹の根に身体をからませてゆく。

異様な光景だった。

炎の灯りの中に、蠢《うごめ》く業《カルマ》の身体が、暗く浮かびあがっている。樹の根を相手に演じられている、淫靡なSEXを見るようでもあった。

まるで、頭から古い服を脱ぎ捨てるように、皮がめくれていた。新しい業《カルマ》が、その下からゆっくりと姿を現わしつつあった。

頭、胸、前肢、胴、そして、最後に尾が姿を現わした。

淡い青緑色の、まるで裸体のような業《カルマ》が、そこに立っていた。ふわっとした白いものが、その全身を柔らかくおおっていた。

私は立ちあがってカルマを見つめていた。

不思議な感動が私を包んでいた。

業《カルマ》の、大きな鳶色の眼が、私を見ていた。濡れたその表面に、炎の赤い色が鮮かに映っていた。

爬虫類の眼ではなかった。

「これは何だ……」

不思議そうな眼で、業《カルマ》はそれを見た。

業《カルマ》は、赤子のように自分の全身を包む白いものに、そろりと前肢で触れた。

白いものは、その前肢にもあった。それは、まだ湿っていた。

「毛さ──」

と、私は言った。

業《カルマ》の身体の表面を包んでいたのは、白い体毛だったのである。

形位《ヘイシ》の四

日がたつにつれて、業《カルマ》の体毛が濃くなっていった。白色から、茶黄色になっている。体毛の数そのものも増えていた。初めは見えていた、淡い青緑色の皮膚がほとんど見えなくなっている。それだけ体毛が濃く太くなり、数が増しているのだ。

変化は、それだけではなかった。業《カルマ》の体形自体も、ゆっくりと変わりつつあった。四肢が長くなり、関節の位置や曲がり具合が違ってきているのだ。脱皮当初には残っていた前の業《カルマ》の面影が、いつの間にか失われていた。頭部の形も、わずかに縦長になった。眼球の位置が、側頭部から正面に向きはじめている。

言葉の発音も、空気がしゅうしゅうと抜ける擦過音に近いものから、しっかりした発音に変わりつつあった。

業《カルマ》が私にとっては最初の脱皮を終えてから、数十日が過ぎていた。

私は、日を数えるのをやめていた。

この気の遠くなるような行程の中では、日を数えることに、どれほどの意味があるのか。

植物や、生き物の相も、登るにつれてさらに変化していた。

広葉樹が、針葉樹の中に、時おり混ざっているのである。

胡桃《クルミ》や楡《ニレ》の樹に似ていたが、この土地の動植物が全てそうであるように、それ等は私が知っている胡桃《クルミ》や楡《ニレ》の樹とはどこかが違っていた。葉が細く、葉脈の数が少ない。

空を飛ぶ、鳥の影に似たものを眼にした時もあった。

ある時などは、傍の繁みから、鳩ほどの大きさの、蜥蜴《トカゲ》の顔と尾を持った鳥が飛び立った。翼の先に、はっきりそれとわかる鉤爪がついていた。

それ等のものを眼にする度に、私の胸には妖しいときめきが満ちた。

ゆっくりとではあるが、確実に上に向かっているのだという想いが湧いた。

私は、まだ旅の途上であった。

極頂《いただき》へ至るための旅。

アルハマードが言ったあの言葉の意味は何だったのか。

真実と、そして絶望——とアルハマードは死に際に言った。

だが、上に待つものが何であろうと、私は上に行かねばならなかった。

上へ。

この蘇迷楼《スメール》の上へ登ってゆくこと――その果てしない旅へ私をかりたてる衝動が、燻《くすぶ》り続ける炎のように、私の肉の奥に燃えていた。

その同じ炎を、私は業《カルマ》の中に見ていた。

業《カルマ》は、ずんぐりとした犬ほどの大きさの蜥蜴に、獣の体毛を生やしたような姿になっていた。毛皮をまとった爬虫類――そんな形容がぴったりだった。

登るにつれて体形を変化させてゆく業《カルマ》。

登るにつれて生き物の相を変化させていく山。

私は、このふたつに、どこか共通するものを見ていた。

遠い記憶のどこかに、その答があるような気がした。昔、私が知っていたはずの言葉。

私は、記憶の底をさぐり、その言葉を捜そうとした。

だが、その言葉は見つからなかった。

今にも見つかりそうで、それは、私の心の触手をすり抜けて、昏《くら》い記憶の暗黒淵《やみわだ》に消えてしまうのだ。

そのもどかしさが、上へと向けられた私の想いと重なって、狂おしく私の肉をやいた。

アルハマードとウルヴァシー。

シェラとダモン。

そして業《カルマ》。

私――。

縁《エン》である私もまた、業《カルマ》であった。

私は、答を捜している問であった。

私は、縁《エン》を捜している業《カルマ》であった。

——汝は何者か。

それは、私自身を捜す旅であった。

何故上へゆくのか——その答も、私が何ものであるのかという答も、全て上へゆけばわかるのだという気がした。

この蘇迷楼《スメール》へ来てから、五度目の上弦の月の晩であった。

私は、楡《ニレ》に似た大樹の根元に背をあずけ、立てた銛を腕に抱え込んで炎を見ていた。

私の胡座《あぐら》の中に、業《カルマ》が頭を乗せ、軽い寝息をたてていた。

業《カルマ》の頭は、温かった。

炎は小さくなり、今にも消えそうであった。

その時、私の背後の藪の中で、物音がした。

何かが動いていた。

私は、業《カルマ》の頭を地面に下ろし、そっと立ちあがった。

銛を手にして、幹の背後を覗き込んだ。

暗い森と藪の他は、何も見えなかった。

傾きかけた月の光は、頭上の葉にさえぎられ、わずかしか森の底まではとどいてこない。

何か危険な獣かも知れなかった。

私は、息を殺して眼を凝らした。

私の背後で、業《カルマ》が起きあがる気配があった。

「おい……」

業《カルマ》が声をかけた途端、眼の前の黒い藪から、いきなり羽音をたてて何ものかが飛びあがった。

GSIII！

それは、火のそばに置いてあった、私たちの喰べ残しの蜥蜴《トカゲ》の肉の上に舞い降りると、ぱっと舞いあがった。

それが、私の顔面に向かって飛んできた。

私は、夢中で、その黒い影に向かって、銛を突き出していた。

手応えがあり、銛がしなった。

銛に貫かれたまま、そいつは、驚くほどの力で逃がれようとした。凄い力だった。

銛がぶるぶると震えてしなった。

私は、必死で、それを地面に貫き止めた。

そいつの翼が、激しく地面を叩いた。

ふいにそいつが動かなくなった。

近くの炎の灯りで、私はそいつを見た。

それは死んでいた。

いつか見た、蜥蜴の姿をした鳥であった。

しかし、こいつはふたまわりは大きかった。

頭と尾に、まだ鱗が残っていた。

胴と翼に、羽毛があった。

とがった口の中に、びっしりと細かい歯がはえていた。その口には、まだ蜥蜴の肉をくわえていた。

燠《おき》のような赤い眼が闇を睨んでいた。

——始祖鳥⁉

ふいに、私の頭にひらめくものがあった。

「そうか」

私の中に燻《くすぶ》っていたもののひとつが、ようやく今、言葉になったのだ。

私は、その蜥蜴の姿をした鳥と、業《カルマ》とを、交互に見つめた。

変化をしてゆく業《カルマ》。

そして、この蘇迷楼《スメール》。

あの暗い海から、這いあがってきたばかりの業《カルマ》の姿が浮かんだ。

脚のある魚。

そして、今、ここにいる業《カルマ》——。

それは、はっきりひとつの方向をさしていた。

「業《カルマ》、おまえ……」

私は業《カルマ》に向かってつぶやいた。

寒いような興奮が私を包んでいた。

「何だ。縁《エン》――」

業《カルマ》が奇妙な眼で私を見た。

「……おまえ、進化しているのか」

私は言った。

声が震えていた。

阿吽
オーム

風が蓮池をいたるところに揺《ゆる》がすごとく、正にかく汝の胎児をして
発動せしめよ。十月《とつき》満ちたる時、生まれいでしめよ。
風が、森が、海が発動するごとく、正にかく汝（胎児）は、十月満
ちたる時、胎衣《えな》とともどもいで来たれ。

『リグ・ヴェーダ讃歌』Aśvin《アシユヴイン》双神の歌より

六の螺旋

始堅《ケンナン》の一

私は夢を見ていた。

どこともつかない不思議な部屋に、私は立っている。

和室である。

しかし、いったい、それがどのくらいの広さの部屋なのか、それがどうもはっきりしない。

どこかのアパートの、四畳半ほどの一室のような気もするし、天井に、燻《くす》んだ、黒い、太い梁《はり》の通った、農家の広い部屋のような気もする。

また、頭上に、銀河や星雲がほそほそと光る黒い空の下に、青白い畳ばかりが、広々とどこまでも果てしなく続いているような気もしている。

天井が、梁《はり》にしろ、星空にしろ、どうやら、そこが和室であることに、変りはないらしい。

匂いがする。

鼻に届いてくるのは、薄く、肉の腐ってゆくような臭い。

消毒液のアルコールと、古い家の臭い。

野原一面に咲いた白い小さな花のような匂いのような気もするが、それはやっぱり、人の肉体が排泄《はいせつ》した、糞尿の匂いのような気もする。

とにかくは、部屋だ。

そして、和室である。

部屋の中央に、布団が敷いてあり、その中に、ひとりの女が横たわっている。

かけ布団が顎の下までかかっていて、顔だけが見えていた。薄暗い闇の中に、女の白いうりざね顔が、ほんのり灯りのように浮いている。肌の色が、夜に見る雪のようにほの白い。

かけ布団の模様は、〝ふたつ巴〟の螺旋であった。

その螺旋が、布団の上で、朧《おぼろ》な燐光を放って、淡い煙のようにゆらゆらと動いている。青白くも、薄いピンクにもその螺旋は色を変えているように見えるが、そうと見れば、他のどんな色にも似ているような気もしてくる。

私は、部屋のどこかに立って、女を見おろしているらしかった。

女の足元の方に立っているようにも思えるし、頭のすぐ上に立って見おろしているようでもある。また、天の遙かな高みから、天井を透かして、その部屋を見おろしているようでもあった。

私は、女を見つめながら、布団の螺旋模様が、何故、動いているのかと心の隅で考えている。動くはずのない、布団の模様が動いている、だからこれは夢なのであろうと、そんなことも想っている。

女は、呼吸をしていなかった。

死んでいるのである。そのことを私は知っていた。

女の顔には見覚えがあった。

よく知っていたはずの女の顔であった。

だが、私は、それがどういう女であるのかを想い出すことができなかった。

私が、さっきからしきりと考えていたのは、この女が誰で、自分とどういう関係にあった女なのかということであった。

愛《いと》しい想いがある。

このひとは、私がとても大切にしていたひとなのだ——と、私のどこかで、醒めたもうひとりのわたしとわたくしが考えている。

熱い溶鉄の塊が胃の中にあるように、もどかしさと愛しさがこみあげる。

としこ、という名であったような気もするし、りょうこという名であったような気もする。

また、そのどちらでもあったような気がしている。

〝撃たないで——〟

白い女の顔は、ともすると転んで泣いている幼女のような顔にも見え、悲痛な眼で私を見あげる少年のような顔にも見える。

そのどれもが正しいようである。

しかし、実は、その布団の上には何もなく、ただ私の心の動きがそこに反射して、様々に見えているのだという風な気もしている。

私は、自分の心の動きを見つめているのかもしれなかった。

よくわからなかった。

よくわからないという、そのことに対する不安と、それから奇妙な安心もあった。

よくわからないからこその夢であり、夢ならばどんなことがおこっても当然なのだと思っている。

ただ、この女が誰なのかわからない、そのことが私にはひどくくやしかった。

「あなたは誰なんですか」

死んでいる女に声をかけ、そう訊ねてみたかった。

そうすれば、すぐにも女は眼を開けて、私の質問に答えてくれそうな気がした。

だが、私は、ためらっていた。私が訊ねれば、まちがいなく、死体であるはずのその女は、私の質問に答えてくれるだろうという、奇妙な確信があった。

女が答えれば、きっと、私は想い出してしまうだろうと思った。私が意識的に忘れているはずの、辛い記憶の何もかもを、彼女が引き出してしまうにちがいなかった。

私は、それを恐れているのだ。

その辛い記憶と一緒に、私は、彼女の記憶も意識の深みに封じ込めてしまったのだ。彼女のことを想い出すことは、私にとっては、耐えがたいその記憶を、一緒に思い出すことになる。

　それがわかっている。

　しかし、その、死んで仰向いている女が愛しいという、その気持だけは、嘘いつわりのないものである。

　女を見つめていると、胸が痛くなって、呼吸が苦しくなる。

　それが、今は、息苦しいほどになっていた。

　ついに、私はたまらなくなって、彼女に問うた。

「あなたは誰ですか」

　すると、女の白い瞼が、その表面に小さなさざ波が走ったように微かに震えた。

　すっと瞼が開いて、死人とは思えぬほどうるおいのある、黒く濡れた瞳が私を見た。

　白かった唇にも、わずかに朱が差している。

　心臓の音は聴こえなかった。

　むろん呼吸もしていない。

　女の瞳が、凝っと私を見ていた。

　暗い部屋の中に、静かに、細く澄んだ彼女の声が響いた。

「わたしは、あなたが過去に出会われた大きな哀しみです」

　彼女は言った。

「わたくしは、問です」

彼女は言った。

「私は、答です」

彼女は言った。

それきり、彼女は口をつぐんだ。

濡れた黒い瞳だけが、私を見ていた。

わたしの中に、狂おしくこみあげてくるものがあった。

それが、私の肉いっぱいに満ち、全身の毛穴という毛穴から、無数の螺旋となって外へふき出した。

ORA　ORADE　SHITORI　EGUMO……

私は思い出していた。

その女が誰であるか、私にとってどういう関わりを持つひとであったのかを——。

喉をつまらせて、私は女の名を呼んだ。

女は小さくこくりとうなずいた。

女の眼に大きく涙の粒がふくらんだ。

もうたまらなかった。

何がたまらないのかはわからなかったが、じっとしてはいられなかった。

私は、女をおおっているかけ布団の縁に手をかけて、それをひといきにふわりとはいだ。かけ布団の模様になっていた無数の螺旋が、きらきらと朧にきらめきながら、暗い天に舞い散った。

畳も部屋も何もかもが消え、敷き布団の上の女と、私だけが深い暗黒淵《やみわだ》の宙に浮いていた。

敷き布団の上――そこに螺旋がいた。

女は、全裸であった。

白い乳房の上で、女は、細っそりとした腕をからませていた。

だが、女が、女の身体をしていたのはその胸までであった。女の臍《へそ》から下は、鱗《うろこ》のある、蟠《とぐろ》を巻いた白い蛇の螺旋のかたちをしていたのである。その螺旋の端である尾の先を、女の白い両腕が胸の上で抱え込んでいた。

女の両手が動き、細い指が螺旋の端をつかんだ。

その蛇の尾の先を、女の指が自分の唇に運んだ。

女は、濡れた瞳で私を見つめながら、螺旋を口にくわえ、白い歯でかりかりと噛んだ。

私の肉が大きくはじけ、私は螺旋と化した。

透明な闇の虚空に、ふたつの螺旋が、のたうつようにからみ合った。

もつれながら、私の意識は、無方の空にちらばった。

私は、無数の螺旋だった。

私は、わたくしだった。

私は、わたしだった。
私はわたくしはわたしは、虚空に溶け、業になった。
縁になった。
業と、縁とは、ひとつになり、因果の輪の中で、刻《とき》を輪廻《めぐ》った。
虚空の闇が、わたしを包んでいた。
虚空の闇が、わたくしを包んでゐました。
音が、聴こえていた。
音が、聴こえてゐました。
笛の音。
鐘の音。
太鼓《たいこ》。
祭囃子《まつりばやし》。
それは、どこかの田舎《いなか》の祭だった。
それは、わたくしの田舎《ゐなか》の祭でした。
人々が、ざわめき、揺れ、笑いながら歩いてゆく。
人々が、ざわめき、揺れ、笑いながら歩いてゆきます。
豊穣《ほうじよう》の祭だった。
豊穣《ほうじやう》の祭でした。

わたしには、人々が、踊っているように見えた。

わたくしには、人々が、踊つてゐるやうに見えました。

なんと、なごやかで、なつかしい風景だったろうか。

なんと、なごやかで、なつかしい風景だつたでせうか。

わたしは、その祭の行列に見とれていた。

わたくしは、その祭の行列に見とれてをりました。

うっとりとするような、人々の流れ。

うつとりとするやうな、人間の螺旋《うづ》。

夕刻の、透明な薄暗がり。

夕刻の、豊穣《ほうじやう》な薄暗がり。

風。

雲。

わたしは、黙ってその祭の行列を見つめていた。

わたくしの身体に、熱やあへぎはありましたが、それ以上に満ち足りたものを、わたくしは感じてゐました。

わたしの眼から、自然に涙が流れていた。

わたくしの眼から、自然と泪がこぼれてをりました。

その時——

その時――

わたしは気づいた。

わたくしは気づきました。

わたしの前に、そのひとが立っているのを。

わたくしの後方に、そのひとが立つてゐるのを。

わたしは、その人を見つめていた。

わたくしを、その人が見つめてをりました。

わたしは、そのひとに声をかけていた。

そのひとは、わたくしに、声をかけてきました。

「いい祭ですね」

わたしは言った。

「いい祭ですね」

わたくしは答へました。

「ほんとうに楽しそうで――」

「花巻の村の、今年の秋の実りがすばらしいものだつたのです」

人々の行列。

祭囃子《まつりばやし》の楽音。

わたしは黙った。

わたくしは、黙りました。

どんな言葉も、もういらないほど、わたしは満たされていた。

どんな言葉も、もういらないほど、わたくしは満たされてゐたのです。

わたしは、ふと、気づいた。

わたくしは、わたしの視線がわたくしの右手を見てゐるのに気づきました。

わたしは、わたくしがその右手に握っているものに気づいた。

「それは、稲の穂ですね」

「ええ」

「みごとな稲ですね」

「この稲の実がまた地に落ちて、次の実りを生んでゆくのです」

「そうですね」

「わたくしもまた、たとへ地に落ちても、次の実りを生むための実となりたいのです」

わたくしは言ひました。

「いいな……」

わたしは言った。

「その実を、少しわけていただけますか」

「はい」

わたくしは、稲の穂から実を取つて、掌《てのひら》へ乗せてわたしに差し出しました。

わたしは、わたくしの手からそれを受け取った。

神輿《みこし》の喧噪《けんそう》が、ゆっくりと向こうへ遠ざかってゆく。

神輿の喧噪が、ゆつくりと向かふへ遠ざかつてゆきます。

それが、自分の内部に遠くなってゆくかのように、わたしとわたくしは耳を澄ませていたゐました。

そのうちに、何か、言いしれない、喜びとも哀しみともつかないものが、わたしの中にこみあげてきた。

そのうちに、何か、言ひしれない、哀しみとも喜びともつかないものが、わたくしの中にこみあげてきました。

〝逝かなければ――〟

〝登らなければ――〟

その想いが、わたしをわたくしを貫いた時、わたしは、わたくしに声をかけていました。

「ひとつ、訊いてもかまいませんか？」

わたしは言った。

「はい」

おずおずと、迷い、口ごもり、そして、ようやくわたしは訊いた。

「ひとは……」

わたしは言った。

「ひとは？」

わたくしはわたしを見つめました。

「ひとは、幸福せになれるのですか――」

わたしは言った。

わたくしは、わたしを見つめたまま、少し口ごもり、それからわたくしの中に満ちてゐる喜びと哀しみを、等分に言葉にこめました。

ふいにわたしとわたくしの眼から涙があふれたあふれました。

「ああ、あなたもまた、長い修羅の道を歩いて来られたかたなのですね」

どちらともなくうなずいてゐました。

「人は、幸福せになれるのですか？」

もう一度、わたしは訊いた。

その時、わたくしはわたしに答へてゐました。

自然に、しかし、はつきりとした確信をもつて、わたくしはわたしに答へてゐたのです。

わたくしの言葉がとどいたのかどうか。わたしは、わたくしの顔を見て微笑しました。

わたくしがわたしにうなづいた。

祭囃子《まつりばやし》が、ゆっくりと、遠ざかってゆく。

なつかしい風景が、ゆつくりと、遠くなつてゆきました。

業と、縁とが重なり、因果の螺旋がもつれ……

そのひとは、虚空にあった。
そのひとは、刻と共にいた。

始堅《ケンナン》の二

頬に、濡れた草の先端が触れていた。

その微かな痛みと冷たさに、アシュヴィンは目を醒ましていた。

全身が、薄っすらと夜露に濡れている。身体が冷えきっていた。

いつの間にか眠ってしまったのだ。

耳の奥に、夢で見ていた何かの音——楽音のようなものが、まだ残っていた。

なつかしい、祭囃子《まつりばやし》のような音……。

いや、そうではない。

これは現実の音《こえ》だ。

虫の音と、炎のはじける小さな音が響いていた。

何か夢を見ていたらしいが、その夢は、すでにアシュヴィンの意識の遠い所に押しやられていた。

微かに風の音も聴こえている。

見あげると、頭上の闇の中で、風に、小さく梢が鳴っていた。

〝ひとは、幸福せになれるのですか――〟

眼頭が濡れていた。

アシュヴィンは、右の拳で、それをぬぐった。

なんで、そんな言葉がふいに湧いてきたのかわからなかった。

草の中から、アシュヴィンはゆっくりと身体を起こした。

焚火の炎が、あわれなほど小さくなっていた。

くべておいた枯れ枝のほとんどが、白い灰に変わり、わずかに残った熾《おき》の下から、蛇の舌先に似た黄色い炎が、枯枝の木片を舐めている。

焚火をはさんだ向こう側に、ずんぐりした、黒い塊りが横たわっていた。小さな炎の灯りに、ぼんやりその輪郭だけが見てとれる。

塊りの、炎に向けられたこちら側が、熾の照り返しでぼうっと赤い。

業《カルマ》であった。

カルマは動かなかった。

アシュヴィンと出会ってから何度目かの脱皮にかかっているのである。

カルマの脱皮は、回を重ねるごとに、時間がかかるようになっていた。その時間をかけた分だけ、カルマの体形は、一部はより複雑に、また一部はより単純に変化をとげた。

いや、変化ではなく、まさしくカルマは進化をしているのであった。

今回の脱皮に入る前のカルマの姿態は、霊長類のそれであった。四本脚で歩くよりも、二足歩行する時の方が多くなっていた。口の中の構造が変化するにつれ、言葉のシラブルも次第にはっきりしたものになっていた。原人と呼べるほど人間に近くはないが、猿人と呼べる程度には、我々の姿形に近い。

そのカルマの身体に今回の変化がおきたのは、十日ほど前であった。カルマの体毛が、どんどん濃くなり始めたのである。食事の量が増え、急速に太り出した。喰べても喰べても、カルマは喰い物を欲しがった。

地上を走る、雉に似た鳥一羽を、生のまま一度の食事で腹につめ込んだ。鳥の骨も、羽毛も、脚も、カルマは肉と区別をしなかった。文字通りまるまる一羽を、全て腹の中につめ込むのだ。

凄まじい食欲であった。

鳥の頭を喰いちぎり、赤く肉のはじけた鳥の首を口にくわえ、両手でしごきながら生き血を飲んだ。血をすすり終えると、カルマはそのまま血に濡れた白い歯をむいて、鳥にかぶりついた。

カルマの歯の下で、ごりごりと音をたてて鳥の骨が潰れ、砕けた。

一羽をほふり終え、それでも足りずに、カルマはあたりに生えている草を喰べた。

極端に減ったのは、糞の量だけだった。

そのカルマが、アシュヴィンにはたまらなく愛《いと》しく思えた。欲しがるだけ、いくらでもアシュヴィンはできるだけの喰い物をカルマにあたえた。

歩きながらでも、カルマは、虫を捕え、口に運ぶ。

アシュヴィンは、自分の食事の量を三分の一に減らしてカルマにあたえた。カルマは、歩行が困難になるほど太っていた。

カルマの体温があがっていた。

カルマの内部で、これまでにない変化をうながす何かの力が、その圧力を高めているようであった。

やがて、カルマはしきりと眠気をうったえるようになった。

ついに、この場所で、カルマが動かなくなったのは三日前のことであった。

カルマの姿は、長い獣毛におおわれた毛玉であった。仔牛ほどもある楕円球――それが、今、アシュヴィンの前のカルマである。

カルマは、手足と頭を、自分の腹に抱え込むようにして眠っていた。獣毛に隠れ、その頭や手足はほとんど見えない。

アシュヴィンにとってはこの上なく愛おしい存在だった。自分の身体の分身――いや、アシュヴィンにとって、カルマはそれ以上の存在であった。

この状態のカルマを外敵から守るために、自分という存在があるのだとアシュヴィンは思った。

アシュヴィンやカルマが口にすることができる動植物が増えていたが、それと同じくらい、ふたりをその胃袋に収めたがる生き物も増えていた。

螺旋虫の姿は、ここでも見られたし、牙を有した肉食獣の姿もあった。

カルマは食物を口にしなくなったかわりに、アシュヴィンもこの場を離れられなくなっていた。

目を離している隙に、カルマがどうなってしまうかが不安で、動けないのである。

一度は、アシュヴィンが、薪を集めている間に、螺旋虫の一匹が、カルマにたかりかけていた。その螺旋虫を喰いつなぎながら、この二日間は獲物を捜しにゆくこともしていない。

この状態が、あとどれだけ続くかはわからない以上、螺旋虫の肉は、できるだけ残しておかねばならなかった。

アシュヴィンの武器は、下から持ってきた銛一本だけである。

アシュヴィンは、立ちあがり、焚火の向こう側へまわった。

消えかけた炎の上に、数本の枯れ枝をくべ、アシュヴィンはカルマの傍に腰を下ろした。

カルマの身体に掌をあてる。

ぶ厚い毛皮の下から、カルマの体温が伝わってくる。冷血動物のそれであった手触りが、今は温血動物のそれに変わっていた。

アシュヴィンの掌の下で、カルマの肉体が、ゆるく膨脹し、ゆるく収縮する。

その呼吸《リズム》が、今は極端に遅くなっていた。

平常時の十分の一以下である。

時おり、どくん、とアシュヴィンの掌をカルマの心臓の鼓動が打つ。掌を放し、アシュヴィンはカルマの身体に自分の背をあずけた。素肌に、カルマの獣毛が快かった。

獣毛の下で、今、神秘な力が動き続けているのだと思うと、あやしいときめきがアシュヴィンを包んだ。

アシュヴィンは顔をあげ、天を睨んだ。

木々の梢にさえぎられ、空はほとんど見えなかった。

いくつかの星が数えられるくらいで、その星の周辺に、空がわずかに覗いているらしかった。

——と。

その星のひとつが、ふいに動いた。

いや、動いたのは、星のように見えたが、星ではないことに、アシュヴィンはすぐに気がついた。

その星は、天ではなく、高い梢の中を動いたのだ。

その光は、星よりも大きく、そして、色も違っていた。

揺れる梢の間を、風に吹かれてふわふわ漂っているような動きだった。

——何だ!?

アシュヴィンは身体を堅くした。

下に転がしておいた銛に手を伸ばし、その柄を握った。

梢の上を動く、何かの夜行獣の眼かと思ったのである。

だが、そうではなかった。

その光点は、梢と梢との間の、何もない広い空間にまで、漂い出してきた。

それが、単体の発光体であるのは、明らかだった。

そして、羽毛のように軽い。

ゆっくりと、その発光体が下りてきた。

幼児の拳ほどの大きさで、真珠光を放っていた。

球の中心に、光の強い本体のようなものがあり、その周辺を、もやに似た光がぼうっと包んでいるのだ。

静かに呼吸するように、その光が、淡くその濃さを変える。

光の色が強まった時は、わずかに薄いピンク色になり、弱まった時には青くその色を変える。その呼吸《リズム》の途中で、光球の内部に、無数の光の色が、ほんの数瞬、仄《ほの》めいたりする。

鉱物ではなく、気体でできた、生きた宝石のようであった。

その発光球は、左右に揺れながら、アシュヴィンとカルマを目指して降りてきた。

何かの意志が、その発光球に宿っているかのようであった。

立ちあがって手を伸ばせば届きそうな高さに降りてくると、その光球は、アシュヴィン達を眺めるように、ゆらゆらと頭上に漂った。

そして、ふいに風がやんだように、ふわりと光球はカルマのすぐ上にまで舞いおりてきた。

銛を握ったアシュヴィンの掌に、汗が浮いた。

アシュヴィンが見つめていると、光球は、はっきりそれとわかるほど大きくふくらみ、光を増した。

炎の温度を肌に感ずるように、その光球からアシュヴィンに届いてくるものがあった。

温かで、熱く、揺れ動くもの——。

感情!?

それは、そう呼んでもいいものであるかもしれなかった。その光球は、驚き、そして明らかに興奮しているようであった。同時に、たまらないなつかしさに似たものを、アシュヴィンに向かって発していた。

頭上に新たな光球が出現していた。

その光球は、始めから、激しい速さで明滅をくり返していた。

最初に現われた光球の倍近い速さで、その光球は美しい光の尾を引いて舞い降りてきた。

それが始まりであった。

頭上の梢が風に揺れる度に、葉の間から、次々に光球が現われてきた。

無数のそれが、アシュヴィンとカルマの頭上で踊った。

彼等のひとつずつは、それぞれ、光の色あいも、その大きさも異なっていた。大きいものは、人の頭ほどもあった。

彼等に共通しているのは、彼等が一様に興奮しているということであった。

闇に踊る、無数の光の乱舞であった。

それらのうちのひとつが、ふいにアシュヴィンの肩すれすれに舞い降りてきた。

アシュヴィンは、無意識のうちに、それを手ではらった。

アシュヴィンの手に触れた瞬間、その光の玉が変化した。

飽和状態になった溶液が、何かのショックでふいに結晶しはじめた——まさにそんな感じに、その光が結晶しはじめたのだ。

見るまに光球は結晶し、光の線を放射状に外へ向けた、ガラス細工の海胆《ウニ》のようになっていた。

その時、背後から、突然、アシュヴィンの身体につかみかかってくるものがあった。

毛むくじゃらの腕であった。

アシュヴィンの後頭部に、鈍い衝撃があった。

アシュヴィンの意識がふっと遠くなった。

始堅《ケンナン》の三

　アシュヴィンは、濃い獣臭を嗅いでいた。

　固形物のような獣の汗の匂いである。

　アシュヴィンを蘇生させたのはその匂いだった。

　顔に、さわさわと柔らかなものが触れていた。身体が、一定のリズムで上下に揺れているのだ。揺れる度に、その柔らかなものがアシュヴィンの顔を叩き、異様な匂いが鼻孔にとどいてくるのである。

　アシュヴィンは、〝く〟の字に折られた身体を何者かに担がれ、どこかに運ばれているらしかった。

　腹に、アシュヴィンを担《かつ》いだものの肩の筋肉があたっていた。その歩調に合わせ、肩の筋肉がうねり、アシュヴィンの腹を突きあげてくる。堅い岩を腹に抱え込んでいるようであった。

アシュヴィンは眼を開いた。

何も見えなかった。

ただ、周囲の闇の中に、無数の獣の動いている気配がある。

アシュヴィンの顔にあたっている柔らかなものは、獣毛であった。だらりと下がったアシュヴィンの両腕が、その獣毛に触れていた。

獣の新しい汗の匂いと、古い体汁の匂いとが混ざり合い、腐った肉のような臭気を発散していた。たまらない臭いだった。

下がっていた手に力を込め、アシュヴィンは顔面を包む獣毛から顔をそむけようとした。

途端に、アシュヴィンの後頭部に鈍い痛みが跳ねあがった。

さきほど何者かに背後から叩かれた場所である。

同時にアシュヴィンの両脚と尻が、動きを封じようとするかのように強い力で締めあげられた。アシュヴィンを抱えていた腕に、力が込められたのだ。

アシュヴィンをかついでいたものが、アシュヴィンが蘇生したことに気がついたのだ。

彼の喉が威嚇するように鳴った。

FU
FU
という獣の呼気が、あちこちから無数にあがる。

毛皮に包まれた、たくさんの重い肉塊が、森の下ばえをこすってゆく音。

得体の知れない獣の集団——。

KEEI

闇のどこからか、鋭く高い声があがる。

KA

KA

KAKAKA

KAKAKA

KAKAKAKA

HOU

HO

HO

HO

最初の声に呼応して、闇に獣たちの声が跳ねる。

軽い興奮が、この獣の集団を包んでいるらしかった。

アシュヴィンを抱えている獣の力は、おそろしく強かった。力を込められてからは、ほとんど身動きがとれないほどである。獣の腕力に、まだ充分な余力があることが、アシュヴィンにはわかっていた。今、アシュヴィンの脚と腰に加えられている力の背後に、さらに倍する力が温存されているのが感じられた。

彼がその気になれば、そのままアシュヴィンの骨をへし折ってしまうことも可能であるように思われた。

この彼と素手で闘えるのは、あのダモンくらいのものであろう。

アシュヴィンはもがこうとするのをやめた。

アシュヴィンを捕え、黒々と、森の底を移動してゆく獣の群。

彼等は夜眼が利くらしい。それともなければ、よく知った場所なのであろう。アシュヴィンには見当もつかない森の闇の中を、昼間とかわらぬ速度で歩いているのである。

不思議と恐怖感はなかった。

人間に近い体形をしているらしかった。

アシュヴィンの身体が触れている彼の身体の様子からそれとわかる。少なくとも二本足で歩いていることは間違いなさそうだった。

アシュヴィンの胸があたっている彼の背中は、瘤のように盛り上がり、ごつごつとしていた。分厚い毛皮の下に、大小の石が詰め込まれているようだった。

歪《いび》つになった骨が、そのように突き出ているのかとも思ったが、そうではなかった。手で触れると、彼の体温と共に、その堅いものの動きが伝わってくる。彼の歩調に合わせ、それが、堅く凝固したり、わずかにゆるんだりしているのだ。明らかに筋肉の動きである。

その時、アシュヴィンの視界の隅を、光るものが動いた。

アシュヴィンは、痛む頭を動かして、眼でその光を追った。

あの光球だった。

アシュヴィンが、この獣たちに襲われ、捕えられる前に、夜の宙空から舞い下りてきたあの光球が後を追ってきているのだ。

アシュヴィンは、視線を動かした。後頭部の痛みをこらえながら、顔を上へねじあげる。

アシュヴィンの眼に、無数の光球の群が映った。それが、森の高い梢の間を浮遊しながら、風に運ばれるように、後をついてくるのである。

薄い煙のような青からほんのりした淡い紅色へと、夜気を呼吸するように色と光度を変え、明滅を繰り返す真珠光――。

アシュヴィンは、カルマのことを想った。

カルマはどうなったのか。

アシュヴィンが最後に見たのは、光球の乱舞する闇の中で、温かな岩のようにうずくまっている彼の姿だった。彼の体毛に、群れ飛ぶ真珠光の色が、眠っている彼の見る夢のようにゆらいでいたのを覚えていた。

――と。

いきなり、アシュヴィンを担いでいた獣の動きが止まった。

彼が喉の奥でたてる低い唸り声が、毛皮越しに、彼の背から直接アシュヴィンの身体に響いてきた。

闇の中で、獣の群が同時に立ち止まる気配があった。

獣たちの間に緊張が張りつめていた。

短いが、明らかに意味を持っていると思われる言葉が、獣たちの口から切れぎれに漏れた。

つい先程聴いた吠え声とは異質のものである。

あまり舌を巻かずに発音する、短い音節の言葉だった。

かつがれた状態から顔をあげ、何が起こったのかようやくアシュヴィンは理解した。

獣たちの進んでゆく前方の木立の間に、独りの人間が立っていたのである。

老人であった。

全身に、衣のように、白い微光をまとっていた。その姿が、ぼうっと、人形《ひとがた》の冷めた炎のように、闇に浮かびあがっていた。

老人を包んだ、絹の手触りさえしそうなその微光を透かして、老人の肉体が見てとれた。

老人は全裸だった。

驚くほど痩せた身体をしていた。小柄な身体は、枯れ枝を繋ぎ合わせて造られたように細かった。

股間に、陰嚢《いんのう》と一緒にくしゃくしゃに小さく丸められたような性器が下がっていた。

長い蓬髪とひげとが、干涸らびかけた果実のような顔を包んでいた。老人の肉体には、色というものがなかった。あらゆる色彩が、みごとなまでに抜け落ちているのだ。

不気味なほどに、ただ白い。

生き物の持つ白さではなかった。植物でも動物でも生物の有する白さには、必ず、その皮膚の内側を流れる体液の色の気配が見てとれる。老人の白さには、それがなかった。

不思議な輪郭を持った老人だった。

見つめれば見つめるだけ、どのように微細な肉体の部分までも、鮮明に見ることができるのだ。髪の一本ずつ、額の皺、身体の産毛まで数えられそうであった。

老人は、衣だけではなく、他のどのような飾りも身に付けてはいなかった。

獣たちの注意は、皆一様に老人に向けられていた。だが、老人の注意が向けられているのは彼等ではなかった。

老人は、不思議な眼つきでアシュヴィンを見ていた。

猿に似た皺の渦の中に、小さく、そこだけ生命の光を宿したような眼があった。

「妄霊《もうりょう》どもが、やけに騒ぐと思えば、こういうことであったか」

老人が言った。

いや、言ったのではなかった。老人のその言葉は、耳からではなく、直接アシュヴィンの頭の中に響いたのだ。

思念——というよりは、はっきりとした音節を持った言葉として、それは、一語一語、アシュヴィンの頭の中にとどけられたものであった。

その余りの明快さに、一瞬、アシュヴィンはその言葉を耳で聴いたと錯覚したのだ。

「来たるもの、アーガタよ――」

深い海のうねりを聴くような、慰撫に満ちた優しい声であった。

声を発するごとに、ひげに埋もれた老人の唇が、動く。その度に、寒い時、唇から漏れる白い吐息のように、老人の唇から光のもやが吐き出された。その光は、老人の唇の数センチ先で、大気に溶け込んだように消える。

アーガタよ――老人はアシュヴィンに向かってそう言い、柔和な皺の中で眼を細めた。

周囲にいる獣たちを、まるで無視していた。

アシュヴィンと老人しか、この場所には存在していないかのような口調であった。

ＫＯＵ

と、獣が声をあげた。

ＫＯ
ＫＯ
ＫＯ

獣がざわめいた。

「去りなさい」

老人が言った。

「その者を置いて、ここから去りなさい」

老人の眼が、アシュヴィンを見つめていた。

それが、老人──独覚仙人アシタと、アシュヴィンとの出会いであった。

GO
GO

獣たちの喉からしぼり出される、声の調子が変わっていた。

老人に対する敵意と、怯えとが増していた。

獣たちの中には、老人に襲いかかろうとするような動きを見せるものもいた。

「そのものを置いて、ここから去りなさい」

老人が言った。

獣たちの声が高くなった。

拒否の声であった。

彼等が話しているのは、老人がアシュヴィンの頭に直接届けてくる言葉とは別のものであったが、彼等は、明らかに老人の言葉を理解しているらしい。

GOU！


獣のうちの一頭が、いきなり老人に襲いかかった。

しかし、老人は、そこを動かなかった。

老人に向かって飛びかかった獣が、老人の身体を突き抜けていた。獣は、老人の向こう側の地面に転がって、すぐに起きあがった。

獣の背に、両腕を突っ張り、顔をねじむけて、アシュヴィンはそれを見ていた。

老人の、光る身体の向こう側で、獣が歯を剝《む》く光景が、透けて見えた。

ざわ
ざわ
頭上の樹の梢が揺れた。

真上からこぼれ落ちてくる青い月光の中へ、老人の身体が、ふわりと浮きあがった。

わずかな微風に、羽毛よりも軽い光の泡が浮きあがったようであった。

宙で、老人の身体が変化し始めた。

白髪が、月光の中に立ちあがった。

鼻と顎とが、前へせり出してきた。

老人の尻のあたりから、細くて、長いものが伸び、老人の身体にまとわりついてゆく。

獣であった。

老人の顔——首から上が、獣に変じてゆくのである。尻から伸びて、老人の身体に巻きついてゆくのは、蛇であった。老人の肉体と同じ色をした、朧《おぼろ》の蛇だ。

しかし、老人の身体そのものは、そのまま人間の形状を保っていた。

立ちあがった老人の髪が、さらに長く伸び、月光の中で、何かの触手のように揺れる。老人の顎が、上下に割れ、そこから太い牙が覗いた。

獅子の顔であった。

——あれは⁉

アシュヴィンは、声をあげそうになった。

燐光に包まれたまま、老人が変じたものを、以前に見たことがあったからだ。

「アルハマードの絵だ——」

アシュヴィンは、声に出していた。

それは、アルハマードが、死ぬ前にアシュヴィンに渡した獣の皮に描かれていたものであった。

蛇を、螺旋状に自分の肉体にまとわりつかせた人間——いや、それは、胴体は人間であったが、頭部は、まぎれもない獅子のそれであった。

今、アシュヴィンが眼の前にしているものと、同じものだ。

〝汝は何者であるか？〟

その絵の下方には、そう書かれていたはずであった。

そのことをアシュヴィンは思い出していた。

（南無妙法蓮華経《ナモサダルマプフンダリカサスートラ》）

あの絵はどうなったのか？

蘇迷楼《スメール》に、シェラと共に登りはじめた時には、アシュヴィンはその絵を手にしていたはずであった。

それが、今はない。

ダモンに襲われたあの場所に置いてきてしまったのだ。いや、置いてくるも何も、ダモンと闘っている最中に、足元の苔《こけ》が割れて、森の底を流れる河に落ちてしまったのだ。絵などを手にしている余裕は、まるでなかったのだ。

「汝は何者であるか？」

その時、あの絵の下に書いてあったのと同じ言葉が、アシュヴィンの脳裡に響いた。

老人が変じた獅子の頭部が発した言葉であった。

獣たちが、びくんとその言葉に反応するのがわかった。

「この問に答えられなくば、その男をそこに置いて立ち去りなさい」

老人が言った。

獣たちが、怯えているのがわかった。
敵意は消えてしまったわけではないが、さっきより遙かに萎縮してしまっている。
「汝は何者であるか？」
獅子の頭が言った。
KOU！
獣の一頭が、その時、高い声をあげた。
その途端であった。
KOU
KOU
KOU
獣たちが、一斉に声をあげて散り始めた。
ふっ、と、アシュヴィンの肉体から重力が抜けた。
身体が一回転していた。
背中から地面に落ちていた。

アシュヴィンの身体は、どっと地面に叩きつけられていた。

彼が、草の上にアシュヴィンを投げ出したのである。アシュヴィンは、軽い脳震盪をおこしていた。

アシュヴィンを担《かつ》いでいた獣たちが、アシュヴィンを放り出して、逃げ始めたのだ。

たちまち、つい今まで周囲に群れていた獣たちが、一頭残らず姿を消していた。

そこに残ったのは、アシュヴィンと、頭部を獅子に変じた老人と、そして、宙に浮いて動いている、あの光球だけであった。

立ちあがったアシュヴィンが見守る中で、老人の姿が、みるみる元にもどってゆく。

突き出ていた顎が、へこんでゆく。

立ちあがっていた髪が、元にもどっていた。

宙に浮いていた老人の身体が、ゆっくりと下方に降りてきて、そこに立った。

最初に見たのと同じ姿の老人が、そこに立っていた。

「ようこそ、アーガタよ。来たるものよ――」

老人が言った。

「〝縁《エン》〟であり、〝業《カルマ》〟であるものよ。おまえに会えて、わたしはたいへんに嬉しい」

老人は、アシュヴィンに、両手を差し伸べながら、足を前へ踏み出した。

「あなたは……」

アシュヴィンは言った。

「独覚仙人アシタというものさ——」

その老人は、言った。

アシュヴィンは、歩み寄ってきた老人に手を伸ばした。

その手が、老人の腕をすり抜けた。

「わたしに触れることはできない」

老人——アシタは言った。

「おまえが見ているこれは、実体ではないからだ」

「実体ではない？」

「わたしの肉体は、この場所ではない別の場所にある——」

「どこですか、そこは？」

「我々は、そこを、地上と呼んでいる。現世と呼ぶ時もある。この世界の呼び方で言うなら、瞻部洲《せんぶしゅう》と呼ばれている場所に、わが肉体はある」

「瞻部洲？」

「金輪《こんりん》上の大海には、四つの大陸が存在する。東の勝身洲《しょうしんしゅう》、西の瞿陀尼洲《くだにしゅう》、北の倶盧洲《くるしゅう》、そして、今わたしの肉体の存在する南の瞻部洲だ。わが肉体は、その瞻部洲の中心、聖河ガンガの源である雪山《ヒマヴァット》の岩上にある——」

「——」

「わたしは、聖なる行《ぎょう》によって、この地へやってきた」

「行《ぎょう》？」

「瞑想《ヨーガ》によってだ。わたしは、意志の力によって、この地までたどりついた者だ――」

アシタは言った。

アシュヴィンには、半分以上も、アシタの言う言葉の意味がわからなかった。

「アーガタよ、問う者よ、おまえはすでに、おまえの運命と出会うたか？」

アシタが言った。

「運命？」

「業《ごう》であり縁《えん》であるものだ」

「〝業《カルマ》〟のことですか」

「〝業《カルマ》〟とそれは名告《なの》ったか。ならば、すでに、おまえは、その運命と出会っていることになる――」

「――」

「その運命は、今、どこにいる？」

「今の獣たちに襲われるまでは、一緒にいたのです」

「どこで襲われた？」

「それが……」

アシュヴィンにはわからなかった。

いきなり頭部を殴られ、気絶している間に、ここまで運ばれてきたのである。

アシュヴィンは、アシタを見た。

その時、アシタの白く光る身体の輪郭《りんかく》が、ふっと形を崩してぼやけた。

それが、すぐに元にもどる。

「どうしたのですか？」

アシュヴィンは訊いた。

「そろそろ、もどる時期が来たのだ」

「もどる？」

「現世──瞻部洲《せんぶしゅう》にあるわが肉体の元にだ──」

「何か理由でも？」

「雪山《ヒマヴァット》にあるわが肉体は、飲まず、喰らわず、岩の上で瞑想《ヨーガ》を続けている。その肉体が限界に来ているのだ」

「もどらぬと、どうなるのですか？」

「わが肉体は滅びる」

「死ぬということですか」

「そうだ」

言ったアシタの姿が、一瞬、また崩れた。

「おまえと共に、〝業《カルマ》〟を捜しにゆきたいところだが、その時間もなくなってきたようだな──」

アシタの姿がもとにもどるのに、さっきよりも余計に時間がかかっていた。

「さっき姿を変えたのでな、力の消耗が激しい。螺旋庵に、ひとまずもどらねばならぬ——」

「螺旋庵？」

「わたしがこの世界で宿としている場所だ。そこでなら、いましばらくは、おまえと話を続けることもできよう——」

始堅《ケンナン》の四

アシタを先頭に、アシュヴィンは、暗い森の中を歩き出した。

頭上の風の中に、いくつものあの光球が、浮いていた。アシュヴィンとアシタを追って、森の闇の中を漂ってくるようであった。

時おり、呼吸するように明滅しながら、その光球が降りてくる。

「これは、何なのですか」

アシュヴィンは訊いた。

「妄霊どもさ——」

アシタが答えた。

「妄霊？」

「ヒトニと呼ばれているものだよ」

「ヒトニ？」

「人似だ」

アシタが答えた時、その光球がひとつ、アシュヴィンの眼の前に降りてきた。

本当にすぐ眼の前だった。

アシタが立ち止まった。

「そのヒトニをよく見てみなさい」

アシタが言った。

アシュヴィンは、すぐ鼻先にいるその光球——ヒトニを見た。

淡い光が、微風の中で揺れている。

その光が、小さくふくらみ、また小さく縮む。

その光の中に、何かの模様があるようであった。

「これは、人の顔……」

アシュヴィンは言った。

その光球の中にあるのは、確かに、人の顔のようであった。

眼や、鼻や、口らしきものが、光の明滅に合わせて、わずかに見え、そして、すぐに消える。

深海を漂う海月《クラゲ》のようであった。

光の量が変化する度に、その海月《クラゲ》が、くるりと裏返る。裏返るその時に、人の顔が浮かびあがるのである。しかし、それはほんの一瞬だ。

眼にしても、鼻にしても、口にしても、そうと見えるだけで、どれもはっきりとした形をとったものではない。しかも、その眼や鼻や口の位置が、その度に違っている。

見ているうちに、また、もうひとつ、ヒトニが降りてきた。

見ると、そのヒトニの中にも、顔らしきものが見てとれる。

「これは……」

次々に、ヒトニが降りてきていた。

そのいずれもに、人の顔らしきものが見えるのである。

「これもまた、アーガタよ。おまえや、わたしと同じにな――」

アシタが言った。

「アーガタ？」

「来たるものよ」

「――」

「わたしと同じように、意志によってこの地にやってきたものたちの、なれの果てだ」

「え？」

「彼等は、瞑想《ヨーガ》により、また薬により、この地まで実体を持たずにたどりつき、この地より帰れなくなってしまったものたちなのだ」

「現世の肉体が死んでしまったということですか」

「そういうものもいる。〝その如くに来たりしもの〟――つまり、如来《タターガタ》になれずに、この地にしがみついているものたちだ」

「なんですって？」

「おまえに教えておいてやろう。この世界にあるものは、全て、アーガタか、過去において
アーガタであったものたちばかりなのだよ」

「――」

「ヒトニには、わかるのだ。おまえが、この場所よりも、さらに上にゆくべき運命を負って
いる者だということがな」

「上に？」

「おまえは、上にゆこうとしているのではないのか？」

「そうです。わたしは、わたくしは、上に行こうとしている者です」

「アーガタは、皆そうだ」

「何故ですか。何故、アーガタは上に行こうとしているのですか？」

「アーガタが、問うものだからだ。そして、上に、その答があるからだよ」

言いながら、アシタが、また歩きはじめた。

アシュヴィンが、その後に続く。

「しかし、果たして、おまえがどこまで上にゆけるのかは、誰にもわからぬ。わたしにも
な」

「あなたは、どこまで上に行ったことがあるのですか？」

「人の住むところまでならな」

「人の？」

「ああ」

「人が住むところが、上にあるのですか」

「ある。街がな。街と、そして混沌《こんとん》がそこにはある。しかし、そこまでが、このわたしのゆける限界であった……」

「――」

「そこより先は、答を持ったものでなければゆけぬ」

「では――」

「わたしは、答を持っていなかったのだ」

アシタは言った。

その時、降りてきたヒトニの光球が、アシュヴィンの顔にぶつかってきた。

アシュヴィンは、手を伸ばして、その光球を払いのけようとした。アシュヴィンの指先が、その光球に触れた。

途端に、光球が、さっきと同じように、結晶しはじめた。

結晶し、海胆《ウニ》状のものとなって、それは大気に溶けたように消えていた。

いつの間にか、アシュヴィンは立ち止まっていた。

アシタも立ち止まっており、今の、ヒトニが消えてゆくその光景を見ていた。

「帰ったのだよ」

アシタが言った。

「帰った？」

「ヒトニが、現世に帰ったのだ。おまえという通路を通ってな」

アシタは、まだ宙に浮いているヒトニたちを見あげた。

ヒトニの群は、上下に、また左右に、せわしく動いていた。

何かの興奮が、彼等にとりついたようであった。

「迷うておる」

アシタが言った。

「彼等がですか」

「そうだ。彼等も帰りたいのだ。しかし、まだこの世界に未練《みれん》があるのだ」

「どのような未練ですか」

「もしかしたら、まだ、自分にも如来《タターガタ》になれる可能性が残っているのではないかというな──」

「なれるのですか」

「わからぬ。わからぬが、おそらくは無理であろうよ。しかし、未練というものは、なかなかに断ちがたいものなのだ。このわたしにしても、そうなのだからな」

アシタがつぶやいた。

また、どちらからともなく歩き出した。

いや、歩いているのは、アシュヴィンだけで、アシタは、地面のわずか上を浮きながら前に移動しているだけである。

迷えるヒトニが、ふたりの頭上を舞いながらついてくる。

「ひとつ、訊かせて下さい」

アシュヴィンは言った。

「何かな」

「あなたは、わたしがわたくしが、ここよりも、さらに上にゆく運命を背負っているものだと言いました」

「言うたよ、確かにな」

「しかし、ここにいるものは、皆アーガタばかりなのだとも言いました――」

「それも言うた。ここでは、植物でさえもが、アーガタなのだ。しかし、さらに上にゆけるものは少ない」

「そのたくさんのアーガタの中で、どうして、わたしが、わたくしが、もっと上までゆけるアーガタであるとわかるのですか――」

「それは、わたしが実体ではないからだ」

「実体でない？」

「実体の眼とは違う眼で、おまえを見ているからだ。あのヒトニたちもな。おまえは、すでに、人であって人ではないものを、その身に纏《まと》っている。いや、その裡《うち》に含んでいるというべきかな。おまえが、その裡に含んでいるものは、ひと以上に強い力だ。その力が、わたしには見えるのだ。普通の人間に、倍する力だ。そして、普通の人間に倍する哀しみだ――」

「――」

「まるで、ふたりの人間が、おまえというひとりの人間の肉体の中に重なって存在しているかのようだ」

歩くアシタの速度が遅くなっていた。崩れたその姿が、元にもどらなくなっている。

しかし、アシタは、しゃべるのをやめなかった。

「どのようにして、おまえのような存在《アーガタ》が、この世界に生じたのかは、想像もおよばないが、存在というものは、およそどんなものであれ、不思議なものだ。わたしは、そこに花が咲いているのを不思議に思うのと同じように、おまえという存在を不思議に思う。そして、そこに花が咲いているということを、そのまま受け入れるように、おまえという存在を受け入れようと思う……」

崩れたアシタの姿は、やっと、人間とわかるほどであった。自分の意志を伝えることに、力のほとんどを使ってしまっているらしい。

「もうひとつ、言っておけば、おまえという存在は、アーガタでありながら、始めから人の姿をしていた」

「人の姿、ですか」

「そうだ。アーガタは、皆、この蘇迷楼《スメール》を登りながら変じてゆく。アーガタは、どれもさまざまなものに変じてゆくのだ。あるアーガタは人に、あるアーガタは、人ではない別のものに――。そして、変ずることのできなくなったアーガタは、変ずるのが止《と》まったその場所にとどまることになる」

「何故ですか、何故、変ずるのが止まると、そこに留《とど》まるのですか――」

「変ずることのなくなったアーガタにとっては、その場所が、一番暮らし易いからだよ。そして何よりも、上へゆこうという意志が失くなってしまうのだ」

「失くなる？」

「変ずるのが止まるから、上へゆこうという意志が失くなるのか、上へゆこうという意志が失くなるから、変ずるのが止まるのか、そこまではわからない。しかし、人という有様《ありよう》が現われるのは、まださらに上に行ってからだ。この場所で、人の因果をその肉体に現わしている者はいない。わたしのように特別な者や、逆に、上から降りてきた者たちを別にすればね」

「――」

「おまえは、はじめから人の姿をしていたそうだな」

「はい」

「〝業《カルマ》〟から聴いた」

「そう言えば〝業《カルマ》〟が、あなたに会ったということを話していました」

「海からあがってきた来魚《アーガタ》が、そこで、人を見た。しかも、その人間もまたアーガタであるというのは、めったにあることではない。時々は、すでに変化が進んだ状態で海からあがってくるアーガタもいるがな。これは、偶然《ぐうぜん》ではない。いや、偶然であるにしろ、その偶然によって、我々は運命を背負ってしまうのだ。おまえとあの来魚《アーガタ》との業と縁が、その時に生じたにしろ、すでにその前に生じていたものにしろ、それはどちらでもよい。出会ったということが重要なのだ。だから、あの来魚《アーガタ》もまた、運命を負ったものであると、わたしは思うたのだよ。だから、真に縁があるものなら、あの来魚《アーガタ》とおまえとは、再び会えるだろうとわたしは思ったのだ。それが――」

「縁なのですね」

「縁であり、業なのだよ。あの来魚《アーガタ》から、おまえのことを聴いた時、わたしは、どんなにかおまえに会いたかったか。おまえに会えば、わたしにはわかる。わたしは実体ではない。だから、おまえの持っているものが見えるのだ――」

アシタは、言葉を切り、そしてまた、続けた。

「そして、わたしと、おまえは会った。本来ならば、すでに帰らなければならないのを、一日、もう一日と伸ばしながら待ってよかった――」

そこまで言って、アシタは立ち止まった。

「おう螺旋庵に着いたぞ――」

アシュヴィンもまた、立ち止まっていた。

そこに、アシュヴィンは、螺旋庵を見ていた。

それは、黒々とした岩の塊りであった。

まさしく、螺旋の家だ。

それは、小さな家、一軒分はありそうな、巨大なオウムガイの化石であった。

「これが、わが宿よ」

アシタは言った。

すでに、アシタは、輪郭《りんかく》すら定かではない、光の塊りになっていた。

それが、どうかすると、ふっと元の人の姿にもどる。

高い崖の一部に、そのオウムガイは露出していた。

その崖にも、崖の下にも、オウムガイの周囲にも、森の樹々が密生していた。

オウムガイに、樹々の根が無数にからみつき、這い、そして、その内部にも根を伸ばしていた。

それが、頭上から降りてくる月光の中に、ぼうっと見てとれた。

「それが、どのようなかたちであれ、かたちの中には、魂が宿るものだ――」

ゆっくりと、その螺旋へ近づきながら、アシタが言った。

「人の形をしたものには、人の魂が宿り、動物の形をしたものには、動物の魂がな。そして、神に似たものには神の魂が宿るのだ。魂というのがわかりにくければ、力と言いかえてもいい」

　得られる力もまた、螺旋力のひとつだからだ」

「美しい螺旋に宿る魂──その力は、瞑想《ヨーガ》によって得られる力と相性《あいしょう》がいい。瞑想《ヨーガ》によって

「───」

「螺旋力と言うてもいい」

「神───」

　言いながら、やっとそう見てとれる手を伸ばし、アシタは、その螺旋に指先で触れた。アシタの指先が、すっと、その螺旋の中に潜り込んだ。

　アシタは歩みを止めなかった。

　そのまま、歩きながら螺旋の中に入っていった。

　アシタの姿が、オウムガイの化石の中に消えた。

「アーガタよ、答を捜している問よ───」

　アシタの声が響いてきた。

　すぐ上からであった。

　アシュヴィンが顔をあげた。

　アシュヴィンよりも、頭ひとつほど上の、オウムガイの化石の中心あたりから、アシタの顔が、アシュヴィンを見下ろしていた。

「最初に考えていた以上に、現世のわが肉体は疲労の極に達している」

「アシタ……」

「わたしがもどらねばならぬ時期は、思っていた以上に早い。もはや、この螺旋庵の外には出られぬ。出れば、あの妄霊どものようになるか、それがいやなら、すぐにでももどらねばならぬ――」

「――」

「しかし、この螺旋庵の中ならば、いましばらくは、おまえと共に、ここにいられよう」

「ひとつ、訊かせていただけますか？」

アシュヴィンは言った。

「何をだ？」

「あの獣たちのことです」

「おう」

「彼等は、何故、わたしを連れ去ろうとしたのですか？」

「それは、おまえが人間だからだ」

「人間だから？」

「彼等は、人間にはなれなかったものたちだ。人間を恨んでいる。時々、上の世界からここへまぎれ込んでくる人間がいるが、そういった人間を捕え、彼等が殺すのをわたしは何度か見ている」

「殺すのですか？」

「自分たちの巣穴に連れて帰り、生きながら捕えた人間の皮を剝《は》ぎ、自分たちの身体からむしりとった毛を、皮を剝《は》いだところへ植《う》えつけるのさ。その後で、喰われてしまう」

「――」

「なぶり殺しと同じだ」

「では〝業《カルマ》〟は？」

「たぶん、だいじょうぶだろう。もし、おまえと同じように連れ去られたのだとしても、人へと変化を遂《と》げるまでは、安全だ」

「もし、〝業《カルマ》〟が、人へと変化をしたら？」

「他の人間と、同じような目に遭うだろうな。もし、仲間の誰かが、人へと変じても、彼等は許さないだろう――」

アシタは言った。

アシタの顔は、今は形を崩さなかった。しっかりと人の顔の形を保ったままだ。

「こうしていると、楽だ。まるで、この身が螺旋の中にとろけてゆくようだな」

アシタは言った。

「ここへは、何度も来ているのですか？」

「そうだ。しかし、そういつも来られるものではない。今回で、五度目だ。そして、今回が最後になるだろう。本来なら、このまま、現世に肉体を果てさせ、彼等の仲間になってもよいのだが――」

アシタは、宙に舞う、ヒトニへ視線を向けた。

「わたしには、帰らねばならぬ使命がある」

「どのような使命なのですか」

「現世に、生まれようとしているものがいる」

「生まれようとしているもの？」

「そうだ。わたしは、その予感を強く感じているのだ」

「何が生まれようとしているのですか」

「王だ」

「王!?」

「この世のあらゆるものを統《す》べることになる王だ」

「――」

「天輪王、あるいは仏陀となるべき運命を持っている存在だ。わたしは、山を降りて、そのものの誕生を見届けねばならぬ」

　アシタは言った。

　静かな、深い哀しみと、喜びに満ちた声でない声であった。

「何故、そのような哀しい顔をするのですか？」

「わからぬ」

　アシタは言った。

「あるいは、嫉妬であるのかもしれぬよ」

「うまくは言えぬ。わたしもまた、如来《タターガタ》となる夢を捨て切れぬ、アーガタのひとりだというだけのことなのかもしれぬ」

「如来《タターガタ》とは、何ですか？」

「その如くに来たりしものだ」

「それではわかりません」

「答だ」

「答？」

「答を持って現われるものだ」

「どのような答ですか」

「汝は何者であるか、その問に答えることのできるものだ」

「さきほどの、問ですね」

「そうだ」

「あの、獅子の頭部を持ち、人間の肉体に蛇をからみつけたものを、わたしは、わたくしは見たことがあります」

「ほう」

「それは絵でした。先ほどの問もまた、その絵の中に書かれていました」

「どこで見た？」

「下です」

アシュヴィンは言った。

アシュヴィンは、下でおこったことを、短くアシタに語った。

「螺旋師アルハマードか……」

アシタはつぶやいた。

「知っているのですか」

「いや、アルハマードという男のことは知らぬ。しかし、螺旋師ならば知っている」

「どういうものなんですか?」

「獅《し》子宮《しきゅう》アイオーンにある、その問の答を捜す者たちだ。運命によってではなく、知によって、その問の答を捜そうとする司祭僧《バラモン》が螺旋師だ」

「獅《し》子宮《しきゅう》?」

「上へゆけばわかる。運命が導くならば、おまえは、その獅子宮《アイオーン》に立つことになるはずだからだ」

「わたしがですか」

「そうだ。その問に答えるためにな」

〝螺旋師アルハマードは、問と答とが同じであるこの問には答えられたが、ついにもうひとつの問には答えられなんだ……〟

そう言って、死んでいったアルハマードの言葉を、アシュヴィンは思い出していた。

「問と答とが、同じであると、アルハマードは言っていましたが」

「そうらしいな」

「しかし、どのような答なのでしょうか」

「わからぬ」

アシタは言った。

「わからぬが、ひとつだけわかっていることがある」

「何でしょう？」

「この問は、二重構造を持っているということだ」

「二重構造？」

「もうひとつ、同じ意味の問があるということだ。同じ答を持ったな──」

アシタは言った。

「それはどのような？」

「そこまでは、わたしにはわからぬ。獅子宮《アイオーン》に入れば、自ずと、その問は、知ることができよう。もしくは、螺旋師の誰かならば、知っているやもしれぬ」

「あなたはどうして、この問を知っているのですか？」

「獅子宮《アイオーン》の入口に、描いてあるからだ。もうひとつの問に関しては、その内部に入らねばわからぬ」

「中には入れなかったのですか？」

「ああ、わが力を持ってしてもな」

「しかし、あの問をあなたが唱えた途端に、獣たちが逃げ出しました……」

「彼等も、獅子宮《アイオーン》の入口に描かれている絵と、問だけは知っているのさ。彼等もまた、その問に答えるべく、ここまで登ってきた者たちだからな」

言った、アシタの顔が、ふっと、半分崩れかけた。

「アシタ……」

アシュヴィンは言った。

「どうやら、ゆかねばならぬ時が、近づいてきたらしい」

アシタは、低い声でつぶやいた。

「どこへ？」

「瞻部洲《せんぶしゅう》の雪山《ヒマヴァアット》へ……」

アシタは、哀しみと憂《うれ》いに満ちた眼をアシュヴィンにむけた。

「せっかくお会いできたのに……」

「哀しむことはない、アーガタよ。わたしが今どのような眼をしているか、わたしにはわからぬが、いつであったか、わたしは、上で、さらに哀しい眼をした老人に会うたことがある」

「老人？」

「螺旋師の一人だ。名は、ウルガと言っていたはずだ……」

「そうだ。そのウルガもまた、獅子宮《アイオーン》の問に答えられなかった者だ。そのウルガと、わたしは、しばらく話をしたことがある……」

「哀しい眼ですか……」

「話を、ですか」

「うむ」

うなずいたアシタの姿が、また、崩れかけた。

その崩れた姿が、ゆっくりともとにもどってくる。

「いよいよだ……」

と、アシタは言った。

アシタの顔の輪郭《りんかく》がぼやけて薄くなる。

「待って下さい」

アシュヴィンは言った。

「何かな、運命を持ったアーガタよ」

「あなたがこの地を去られる前に、訊きたいことがあるのです」

アシュヴィンは言った。

螺《ら》旋《せん》問《もん》答《どう》

問　刻《とき》の最小と最大について問う。
答　刻の最小は刹那《せつな》である。刻の最大は劫《こう》である。
問　刹那とは何か？
答　刹那とは、存在と呼ばれるものの最小の幅である。極微《ごくみ》の中《うち》
　また、現在と呼ばれるものの長さである。一刹那の中《うち》に一極微があり、なお、
に一刹那があり、一刹那の中《うち》に一極微があり、なお、
一刹那の裡に、あらゆる宇宙は存在できる。宇宙が存
在するために必要な、最小にして充分な幅が刹那《せつな》であ
る。また、この宇宙に存在するあらゆる時間をひとつ
の極微の中に収納《おさ》めることができる。全ての時間を収《お》
納《さ》めるのに必要な、最小にして充分な幅が極微である。

この宇宙に存在する極微の数と刹那の数とは同じである。刹那と極微とは同じ存在の表と裏である。

問　また、問う。刹那とは何か？

答　創造に必要な、最小にして充分な広がりが刹那である。

問　なお問う。刹那とは何か？

答　細髪女という譬喩《たとえ》がある。ひとりの女がいる。その女の髪はたとえようもなく細く、その女の髪の毛の全てを束にしても、蜘蛛の糸一本の太さに満たない。その髪の毛を集め、人の腕の太さに束ね、木の株の上に置き、触れただけで大木も切り倒すという青竜刀を持った男が、一刀のもとに両断する。その時、刀の刃に最初に触れる髪の毛の一本が両断される時間の中《うち》にある刹那を数えて、数え終ることはない。

問　劫とは何か？

答　劫とは最小の無限である。無限を構成する最小の単位が劫であり、同時に無限と同じ幅を持つものが劫である。

問　また、問う。劫とは何か？

答　芥子劫《けしこう》という譬喩《たとえ》がある。ここに、一辺が百由旬《ヨージャナ》の長さの、方形の器がある。その器は縁まで芥子の実で満たされている。千年に一度、天から一羽の鳥が舞い降りてきて、千回に一度、その器の中よりひと粒の芥子の実をついばんでゆく。こうしてその器の芥子の実が全て無くなったとしても、ひとつの劫はまだ終わらない。

問　なお、問う。劫とは何か？

答　磐石劫《ばんじゃくこう》という譬喩《たとえ》がある。一辺が百由旬《ヨージャナ》の方形の岩が、ある泉のほとりにある。千年に一度、天から飛天が舞い降り、この泉で沐浴してゆく。その千回に一度、飛天は脱ぎ捨てた羽衣をこの岩の上に置き、沐浴の後、再びこの羽衣を身にまとって天に帰ってゆく。この時、羽毛よりも、乙女の吐息よりも柔らかな羽衣が岩を撫でてゆくその働きにより、やがて岩の全てがすり減って消滅したとしても、まだひとつの劫は終わっていない。

問　なお、刹那と劫について問う。
答　寄りそって並んだ刹那と刹那との間の距離は、進化と呼ばれる螺旋の単位の飛躍のうちの最小のものと等しい。劫とは、進化という螺旋が、涅槃《ねはん》と呼ばれる状態にたどりつくまでの刻の幅のことである。ひとつの宇宙が存在し、その存在を終えるまでの幅が、劫である。
問　涅槃とは何か。
答　螺旋のたどりつくことのできる究極の状態が涅槃である。螺旋の一方の極に在りながら、その螺旋の全体と等しいものである。
問　なお、問う。涅槃とは何か。
答　時間であり、時間でないもの。空間であり、空間でないもの。それが涅槃である。
問　また、問う。涅槃とは何か。
答　空間と時間とが均一に溶け合ったもの、同じ状態になったものが、涅槃である。
問　さらに問う。涅槃とは何か。

答　涅槃という空間と、涅槃という時間の中に存在する螺旋は、その数も、その大きさも、その質も等しい。涅槃は、完成された螺旋である。涅槃は、仏の家である。涅槃は仏が存在するために必要な時間と空間のことである。

問　さらに問う。涅槃とは熱《ねつ》の死、動きの死であり得るか。

答　涅槃とは、熱の死、動きの死であり得ると同時に、それはひとつの宇宙卵の誕生であり得るのである。

問　完成された螺旋である涅槃は、仏であるか。

答

問　なお、問う。完成された螺旋である涅槃は、仏であるか。

答

『螺旋教典』巻ノ二　問答篇より

七の螺旋

根位《ガナ》の一

鬱蒼《うつそう》とした、深い森の中を、アシュヴィンは歩いていた。

橅《ブナ》の森だ。

時おり、その橅の中に、楓が混じる。

見あげれば、梢は、遙かに高い頭上にあった。その梢のさらに上に、青い空が見えている。

巨樹の森だ。

いったい、どれだけの歳を経た樹々であるのか、アシュヴィンにはわからなかった。

森の底で、樹の根がからみ合い、もつれあっている。

下生えは、ある時は、笹であったり、ある時は羊歯《シダ》であったりした。羊歯とは言っても、下方で眼にしたような、大きな肉厚の葉ではない。

柔らかな緑色をした、膝近い高さまでのものだ。

その羊歯の群落の中に、生まれ出たばかりのものもあった。幼い、緑色の螺旋だ。

いつの間にか、あの、どこにでもいたはずの、螺旋虫の姿を見ることが、少なくなっていた。

かわりに、小さな螺旋を捕えて喰べた。

蝸牛《カタツムリ》である。

雨が降れば、捜すのには何の苦労もいらなかった。

羊歯《シダ》の葉の裏、葉の面、木の幹、石の上、どこにでもその小さな螺旋はいた。

雨が降らなくとも、樹の根の陰や、石をひっくり返したりすれば、そこに、凝っと蝸牛《カタツムリ》の螺旋がうずくまっている。

それを、ある時は、火を通して喰べ、ある時は生のまま喰べた。

条件がよければ、乾いた木を見つけて火をおこすこともできるが、それは時間がかかる。

生で喰べる時の方が多かった。

笹を見つければ、まだ、生え出てきたばかりの、指で潰せば、青い汁が出てきそうな若い茎を捜して、それをかじった。

アシュヴィンの格好は、裸に近かったが、それでも、まだ、服らしき布を、その身にまとっている。

足は、素足であった。

足の裏は、すっかり堅くなっている。

石や枝を踏んでも、痛みはない。

その足で、アシュヴィンは、森の底を踏んでゆく。

森の底は、柔らかかった。

落葉と倒木が、森の底に、何層にも重なっているのである。

その上に、草が生え、時には花さえ咲かせていたりする。

倒木には、分厚く苔がかぶさり、小さな茸も、その苔の中から生えていた。

いったいどれだけの植物の層が、自分の足の下に重なっているのかわからない。

森の屍体の上に、次々に、新しい森が生まれてゆく。

森も、森の屍体も含めて、ここでは、それがひとつの生き物になっているようであった。

歩きながら、アシュヴィンは、ずっと昔に、このような深い森の中を歩いたことがあるのではないかと思った。

その遠い記憶は、森を歩いていると、ふっと、蘇り、そして、数瞬頭の中を漂って、消える。

どこであったのか。

どれくらい昔であったのか。

その記憶と一緒に蘇ってくるのは、むせかえるような暑さであった。

森の植物が、煮えて、溶けあっているような匂い。

その時も、このように、森が、全体でひとつの生き物であるような感覚を味わったのではなかったか。

しかし、その記憶は、完全に蘇りそうで、蘇らない。

もどかしいような、不思議な気分であった。

しかし、そういう気分にも増して、アシュヴィンをかりたてているものがあった。

それは、上への衝動であった。

ここまで登ってきて、さらに、高みへの欲望は、つのるばかりであった。下にいた時よりも、その憧れは強いものになっているようであった。

下方から見あげた、天に引かれた地平線が頭のどこかに焼きつけられている。それを思い出すと、狂おしいほどであった。

森を歩いていても、その光景を思い出すと、胸に熱い刃物をのんだようになる。

苦しい。

カルマ……

シェラの、柔らかな肉を思い出す。

その肉の感触が苦しかった。

しかし、その苦しさも、森の底の斜面を登りながら、森に充満した植物の香気を嗅いでいると、不思議となぐさめられてくるのだった。

土を踏めば、その下から、濃い腐植土の匂いが立ち昇ってくる。

昔は、生きていた植物の体液が、今は、土に染み込み、微生物や菌類に分解されて、また新しい生命に吸収されてゆくための再生をするのが、この腐植土の中なのだ。

アシュヴィンは思う。

自分は、今、かつては生命であったものの屍《しかばね》を踏んでいるのでもなければ、生命の始りを踏んでいるのでもない。自分が踏んでいるのは、そういう生命の繰り返し——輪廻を踏んでいるのだ。

歩いてゆくと、時おり、小さな白い花を見る。

二輪草に似た花だ。

黄色い花もあった。

鳥の声も、聴こえる。

森の上層の梢の中は、鳥の声に満ちていた。

コゲラに似た鳥が、木の幹を突く音も耳にした。

鳥の声が、見えない小石のように、頭上の梢と梢の間を飛びかう。

笹の繁みの中に入ると、ふいに、獣臭を嗅いだりした。

獣道のどれかに、足を踏み入れたためであるのかもしれなかった。

周囲の、およそ、あらゆるものに、アシュヴィンは、不思議な同胞意識を抱いた。

〝この世界にあるものは、全て、アーガタか、過去においてアーガタであったものたちばかりなのだよ〟

そう言ったアシタの言葉を、アシュヴィンは思い出した。

みんな、仲間なのだ。

と、アシュヴィンは思う。自分もまたアーガタであり、周囲のあらゆるものがアーガタなのだ。まわりの、樹や草や虫や花や、もしかすると、石や水とまで、自分は同じ存在であるのか

もしれないと思った。

あれからもう、どれくらい昇ったのだろうか――

と、アシュヴィンは思う。

アシタと、別れてからである。

アシュヴィンの見ている前で、アシタの姿は、ゆっくりと、その姿形を崩していった。

まるで、空にかかっていた虹が、ゆっくりと消えながら、その姿を大気の中に溶け込ませてゆくようであった。

そのアシタの姿が、完全に消え去る前に、アシュヴィンは、ふいに思い出したように、アシタに問うた。

「この地を去られる前に、ひとつだけ、訊かせて下さい」

アシュヴィンは言った。

「いいとも、アーガタよ、〝縁《エン》〟よ。何でも訊くがよい――」

アシタが言った。

「人のことです」

「人？」

「人は、幸福せになれるのですか」

アシュヴィンが言うと、アシタは、小さく首を振った。

「おおアーガタよ。その質問に、わたしは答えることができない」

「何故ですか」

「それは、問として、不完全であるからだ」

「不完全⁉」

「では、アーガタよ、花は、不幸であろうか――」

「――」

「わたしが、おまえに問おう。花は幸福せであろうか――」

その時、アシュヴィンは、アシタに問われて、答えることができなかった。

「アーガタよ、野に咲く花は、幸福せであろうか、不幸であろうか」

さらに、アシタが問うた。

「わかりません」

アシュヴィンは言った。

「そうなのだ、〝縁〟よ、わからないというそれが答なのだ。今のわたしにとってはな。そういう答しか存在しない問というのも、存在するのだよ。いや、わからないとさえ答えない沈黙こそが唯一の答である問も、この世には存在するのだ――」

「――」

「アーガタよ。およそアーガタは、すべて、問うものだ。あらゆるアーガタは、答を捜している問である。だがアーガタよ、正しい答が欲しいのなら、正しく問うことである。何故なら、正しい問の中には、答が含まれているからである。真に正しい問は、答そのものですらあるのだ――」

「すると、獅子宮《アイオーン》の入口に書かれているという問、〝汝は何者であるか〟その問の中にこそ答があるということですか――」

「おそらくな」

「問と答とが同じである問というのは、そのことを言っているのですか」

「たぶん、そうであろう。しかし、わたしは、その問には答えられなんだ――」

「――」

「もし、獅子宮《アイオーン》にたどりついたアーガタが、その答を有している問であるなら、熟《う》れた果実が枝から落ちるように、問われた瞬間に、その答を自分の内部に発見するであろう。それは、もとより、知によって得られる答ではない。その答は、おそらく運命によってもたらされるものだ。もし、おまえが、その運命を有しているのなら、おまえは、その問に答えることができよう」

　もとより、そのアシタの言葉は、なめらかに発せられたものではない。

　消えそうになる姿形を、やっと保ちながら、切れ切れの言葉で、アシュヴィンに語られたものである。

「次第にな、わしは、このように考えるようになった」

「――」

「もしかするとな、この蘇迷楼《スメール》というのは、あるいは、ひとつの巨大な胚――いや、胚を育てる子宮のようなものではないだろうかとな」

「子宮？」

「ひとつの答、ひとつの宇宙を生み出すための、巨大な問――巨大な胚のための子宮なのではなかろうかとな」

アシタはそう言った。

もう、その時には、ほとんど、アシタの姿は消えかけていた。

「アーガタよ、もしかすると、如来《タターガタ》というのは、さきほどの問の答を持っている者のことであるのかもしれない」

「野に咲く花についての答ですか？」

「そうだ。アーガタよ。あるいは、おまえこそその人であるのかもしれない。しかし、それは、誰にもわかることではない」

「――」

「アーガタよ、アシュヴィンよ、もし、おまえこそその人であるのなら、ひとつ約束をしてほしい――」

「何でしょうか――」

「もし、おまえが答を得たのなら、わたしにその答を教えてもらいたいのだ」

「そんなことができるのですか」

「できるとも。如来《タターガタ》は、時空を超えた存在であり、この須弥山《しゅみせん》——スメールもまた時空を超えた場所であるからだ。おまえが答を得た時、おまえは答そのものとなって、〝縁〟と〝業〟とに導かれ、この時空の望む場所へと生まれることができよう——」

「わかりました、アシタよ。もし、わたしが答を得ることができたのなら、わたしはそのようにするでしょう」

「アシュヴィンよ、アーガタよ、いつの日にか、〝縁〟と〝業〟とによりて、再び会おうぞ——」

アシタは言った。

それが、アシタの最後の言葉であった。

虹よりも、淡い速度で、アシタの姿は消えていった。

アシタの消えた後には、堅い岩のオウムガイの化石があるばかりであった。

「アシタ……」

アシュヴィンは、小さく、その名をつぶやいた。

〝業《カルマ》〟と、最後に別れた場所までアシュヴィンがたどりついたのは、それから数時間後であった。

しかし、そこから、〝業《カルマ》〟の姿は消えていた。

そして、アシュヴィンは、再び、独りで登り始めたのであった。
その時から、どれだけの月日が過ぎたのか。
アシュヴィンには、それがもうわからなくなっている。
ただ、森の中を登り続けた。
登りながら、何度も何度も、すでに知っている問を、頭の中で反芻《はんすう》した。
〝汝は何者であるか〟
何度問うても、とても、答などは出てくるものではなかった。
上の獅子宮《アイオーン》までたどりつけたとして、その問に、自分は答えられるのだろうか。
不安がある。
カルマのことも、気にかかっている。
シェラのことを思えば、肉が熱くなり、肉がかたちをかえる。
それでも、アシュヴィンは、昇って行ったのであった。

根位《ガナ》の二

青い、月の夜であった。
魂にまで染み込んでくるような、透明な月光が、天から、森の底まで降りてきていた。
半月――
上弦の月であった。
静かに、風が吹いていた。
その微風に、頭上の、橅の葉が、ひそひそと囁くようであった。
数千――
数万――
数億の葉が、頭上をみっしりとおおっていた。
その葉間を通って、ガラス質の、月の青い銀光が降りてくる。
酩酊《めいてい》するような、植物の匂い。

深い、果てしのない森であった。

その森の隅で、大きな樹の根の間に、アシュヴィンは、火も焚かずに、膝を抱えてうずくまっていた。

動かずに、息をひそめていると、いつのまにか、自分が森の一部と化してしまうような気がする。

それは、不思議な感覚であった。

怖いような、なつかしいような、甘い陶酔《とうすい》をともなった誘惑であった。

森の底にうずくまっていると、そのまま森の一部と化してしまいたいという欲望が、ふと肉の中から頭を持ちあげたりする。

背には、樹の根の上に生えた苔の、柔らかい感触がある。

尻の下には、何層にもなった腐植土がある。

その一番上の表層は、枯れた落葉だ。

その上に座っている。

森の羊水の上に浮いているような感覚があった。

こうして、森に溶け、腐植土に混じり、樹の根に吸われて森へ帰ってゆくというのは、なんと甘美な死であることか。

これまで、だいぶ上に登ってきていることはわかっている。

ただ、ひたすらに、登り続けてきたのだ。

しかし、斜面は、まだ続いている。

これから、それがどれだけ続くのかもわからない。

もしかすると──

とアシュヴィンは思う。

ここが、おれの場所なのかもしれない。

アーガタは、皆、自分の一番心地良い高さで動かなくなり、それ以上の高みへゆこうという望みを失くすと、アシタは言った。

もしかすると、ここが、そのおれの場所なのかもしれない。

──まさか。

不安と、恐怖が、頭を持ちあげる。

ここで、このまま動かなくなるということは、高みへとゆこうとする意志を放棄《ほうき》することである。

いや、放棄《ほうき》も何も、今、おれはその放棄するための、高みへの意志を持っているのか──。

そのことを、うずくまったまま、考える。

考えながら、アシュヴィンは、いつの間にか立ちあがっていた。

歩き出した。

ほとんど、無意識に、足が前に出る。

前──

それは、上方であった。

森の暗黒の中にまで降りてくる、無数の細い月光の中を、アシュヴィンは歩き出していた。

倒れるまで歩こうと、そう思った。

倒れて、動けなくなれば、そこで死ねばいい。

夢遊病者のように、歩いた。

ふと、アシュヴィンは、それに気づいていた。

自分の耳が、何かの音——いや、声を捉えていたのである。

細く、小さな声だ。

それが、どこからか、切れ切れに届いてくる。

苦しそうな声であった。

助けを求める声であった。

その声が、歩くに従って、ゆっくりと大きくなってゆく。

上方であった。

——どこか？

アシュヴィンは、いつの間にか、その声に誘われるように、その声の方角に向かって歩いていた。

その声が、大きくなった。

すぐ近くだ。

荒い呼吸音も、低い呻き声さえも、耳に届いてくる。

なおも、前方へ足を踏み出そうとして、アシュヴィンは、ふいに、バランスを崩していた。

前に踏み出した足が、何もない空を踏んでいたのである。

手を大きく振った。

右手が、何かに触れた。

アシュヴィンは、必死でそれをつかんでいた。

樹の根であった。

大きな穴の縁に、アシュヴィンはぶら下がっていた。

樹の根をつかんだ手に力を込めた。

アシュヴィンは、草をつかみ、足で、穴の壁の土を掻いて、やっと上へ這いあがった。

這いあがって、初めて、ようやくアシュヴィンは、その腐臭に気がついた。

腐臭と、血の匂いだ。

その匂いに混じって、穴の底から、人の呻き声が聴こえてくるのであった。

ちょうど、穴の上にかぶさった、樹々の梢が、そこだけが薄くなっていて、天から、太い月光が、穴の底まで降りていた。

アシュヴィンは、穴の縁に立って、下を見降ろした。

穴の中の光景が、真上からの月光に、しらしらと、青く照らし出されていた。

それは、人工的に造られた穴であった。

穴の底には、ぞっとするようなものがあった。

それは、無数の、木の杭であった。

木の棒が、何本も穴の底の地面に突き立てられているのである。

そして、上に向いた木の棒は、斜めに輪切りにされていて、その尖った先端は、天を差していた。

穴に落ちた獣が、自分の体重で、その杭に刺さるようになっていたのである。

しかし、今、その杭に刺さっていたのは、獣ではなく、人間であった。

男だ。

穴の底に、仰向けに男が横たわっていて、その男の右の太腿の付け根あたりから、その木の杭が、天に向かって生えていた。

その先端に、赤いものがこびりついている。

男の血であった。

落ちた時のショックで、男は、その杭で、太腿を貫かれたのである。

穴の底には、累《るい》るいと、白い骨や、まだ、死んでいくらもたっていないような屍体が散らばっていた。

それで、アシュヴィンは理解していた。

この穴が、必ずしも、動物のためばかりに造られているのではないことをである。

穴の底を埋める、無数の白骨の中には、明らかに、人のものと思われる骨や、半分腐りかけた、人の屍体があったからである。

そして、無数の石。

腐りかけた人の屍体のいくつかは、頭や、胸を、その上に乗った大きな石で潰されていたのである。

「誰だ……」

穴の底から、声がした。

太腿を貫かれた男が、アシュヴィンに声をかけてきたのである。

「大丈夫か。近くを通りかかったら、声が聴こえた。それでここまで来たんだ」

「人間だな」

「そうだ」

「助けてくれ。頼む。奴等がやって来ないうちに——」

「奴等？」

「マヌだ」

「マヌ!?」

「人になれなかった者たちだ——」

言って、彼は、呻いた。

だいぶ苦痛が激しいらしかった。

しかし、どうやって、この男を助けるのか。

下に降りることはできても、上へ這い上ることはできそうにない。

いや、自分ひとりであるならなんとかなるとしても、男を背負って、この穴から上へ這いあがることは、まず、できないことであった。

丈夫な蔦《つた》か何かを穴の中に下ろしてからなら、なんとかできるかもしれなかったが、その、蔦《つた》をどこで捜せばいいのか。

それに、男の太腿に刺さっている杭をどうするかである。

男の身体を、大人の胸くらいの高さまで持ち上げることができれば、抜きとることはできようが、それは、しかし、生きた人間である。刺さっている場所は、足だ。

どうやって持ちあげるのか。

男に苦痛を与えたあげくに、結局、抜き取ることはできないだろう。

杭を、掘り出すにも、素手では無理だ。

道具があったにしても、男の身体をどけなくては、杭を掘り出すことはできそうになかった。

「斧だ……」

男が、呻きながら言った。

「斧がどこかにあるはずだ」

「どこだ」

「穴の中には、ない……」

男が、苦痛に耐えながら言った。

「穴の外のどこかに落ちているはずだ」

アシュヴィンは、穴の周囲を、まわり始めた。

草を分けて、どこかに落ちているはずの斧を捜す。

「斧を捜してどうする？」

アシュヴィンが訊いた。

「切り落とせ」

「杭をか」

「おれの足をだ」

半分、わめくように言った。

どうせ、使えなくなる脚にしても、切り落とせば、出血の量が、今の状態とはけた違いに多くなるはずであった。

今は、それでも、杭が肉の中に入ったままであるので、出血が抑えられているのである。

脚を切り落とせば、その出血は止めようがないほどになる。

それでも、アシュヴィンは、斧を捜した。

穴を、半周近くまわった。

アシュヴィンは、その時、穴の底から、声が聴こえてないことに気がついた。

「おい、どうした？」

声をかけると、細い声が返ってきた。

「もう駄目らしい。だいぶ血が流れ出ているんだ」

男が言った。

荒い呼吸が、その後に続いた。

「斧は？」

「今、捜している」

「斧が見つかったら、もう、おれの脚を切らなくてもいい」

「なに？」

「その斧で、おれを殺してくれ」

「なんだと」

「その方がいい」

男が言った。

アシュヴィンは、男に言う言葉を失くした。

斧を、懸命になって捜した。

男を捜し出せたところで、どうにもなるものではない。

男を殺すための斧だ。

「おまえ、名は？」

アシュヴィンは訊いた。

何かをしゃべらずにはいられなかった。

「螺旋師カーマンの息子、フンバだ」

「おれは、アシュヴィン」

そこまで言った時、草の中に踏み込んだ足に、堅いものがあたった。

斧であった。

「見つかったぞ」

低く叫んで、アシュヴィンがその斧を手に握った時——。

夜気の中に、高い、笛のような声が、遠くから届いてきた。


HIIIIIII……


「ゆけ」

穴の底から、男——フンバが叫んだ。

「奴等がくる」

「奴等？」

「マヌだ。見つかれば、おまえも殺されるぞ——」

「——」

「ゆけ」

低いが、はっきりした声で、フンバが言った。

その時には、左手奥の森の中から、下生えを踏む、微かな音が響いてきていた。

「すまん……」

アシュヴィンは言った。

(南無妙法蓮華経《ナモサダルマフンダリカサスートラ》)

人が、眼の前で死のうとしているその時に、何もしてやれない自分がくやしかった。

森から、近づいてくる気配に、はっきり恐怖している自分がくやしかった。

アシュヴィンは、斧を握ったまま、下生えを踏んでくる音とは反対の方向へ逃げた。

斧は、右手に握っている。

音のしないように、苔の上を踏み、下ばえを強く分けないように、森の内部に逃げ込んだ。

大きな、樹の陰にまわり込み、その、根の間に身をひそめた。

〝マヌ〟と呼ばれた〝人間になれなかったものたち〟の気配が、近くなった。

どうやら、穴の周囲に、十人近いマヌが集まったらしい。

アシュヴィンは、樹の陰から首を出さなかった。

根の間にうずくまったまま、気配を聴いていた。

草を踏む足音。

獣臭。

「いるぞ」

「いるぞ」

声が届いてくる。

「人間だ」

「人間だ」

「ひい」

「くく」

「殺せ」

「殺せ」

「人間を殺せ」

彼等は、口々に何か言っていた。

そのうちに、喊声《かんせい》があがった。

HIIIII……

笛のような声の合唱。

「やれ」

「殺せ」

どん、という重い音が響いた。

笑い声。

何が行なわれているのか、見ずとも、アシュヴィンには見当がついた。

彼等が、上から、石を、フンバに向かって投げ下ろしているのである。

最初に投げた石が、フンバのどこかに当ったらしい。

フンバが、苦しんでもがいているのが、脳裡に浮かんだ。

笑い声は、それを上から彼等が眺めて楽しんでいるのである。

また、喊声《かんせい》があがった。

彼等の誰かが、石を拾いあげて、穴の縁に立ったのであろう。

笛に似た声の合唱。

また、

「やれ！」

「殺せ！」

「殺せ！」

の声があがる。

さっきよりも、彼等の声の興奮が大きくなっている。

石が落ちる重い音。

くやしそうな声がいくつかあがる。

「きき」

「かか」

という笑い声。

またはずれたのだ。

いや、ことによったら、彼等は、わざと石をはずして、楽しんでいるのかもしれなかった。

アシュヴィンには、ようやくわかっていた。

フンバが、自分を殺してくれと言ったことの意味がである。

斧を握ったアシュヴィンの手が震えていた。

いや、震えているのは、手ばかりではない。全身が、小刻みに震えている。

何故震えているのかは、わかっていた。

怒りと、そして、恐怖のためである。

斧を握って、できれば飛び出してゆき、フンバを助け出せるものなら、そうしてやりたかった。しかし、いくら斧を持っていたところで、たった独りでどうにもなるものではなかった。

それよりも、何よりも、恐怖がある。

まず、恐怖のために、身体が動かない。

くやしかった。

歯を噛みながら、アシュヴィンは、震えていた。

その時、ひときわ高い喊声《かんせい》があがった。

誰か、特別な、マヌが、大きな石を手にしたのであろう。

重い音が、響いた。

肉と骨とが、同時に潰れる音が、一緒に響いたような気がした、
どっと、彼等の高い声があがる。

笛の声。

喊声《かんせい》。

狂気の声だ。

それらが、夜の森の中に響きわたる。

フンバの頭部が、石で潰されたのだ。

しばらく、その声はやまなかった。

時おり、重い音が響くのは、すでに死んでいるフンバに、なおも、上から石を投げつけている者がいるのだろう。

やがて、静かになった。

低い、ぼそぼそという声が聴こえてくる。

そのうちに、その声も、聴こえなくなった。

彼等のざわめきと気配が、ゆっくりと遠ざかってゆく。

その音が、完全に、闇の彼方に跡絶《とだ》えても、アシュヴィンは、そこを動かなかった。

一度も、顔をあげなかった。

アシュヴィンが、立ちあがったのは、それから、さらに長い時間が過ぎてからであった。

立ちあがって、歩き出した。

ゆっくりと、穴のあった場所まで歩いてゆく。

穴が、半分、塞がれていた。

木の枝を、穴の縁に渡し、その上にさらに小枝をかけ、草をのせていた。

簡単な落とし穴だ。

それでも、夜には、これで充分すぎるほどであった。

アシュヴィンは、斧を草の上に置き、身をかがめて、穴を塞いだ枝に手を伸ばした。

一本ずつ、枝をのけてゆく。

上から、覗き込んだ。

半分ほど空いた穴から、斜めになった月光が、その中に青い光を注いでいた。

フンバの、身体の、半分近くが、石のため、見えなくなっていた。

胸部に石が落ち、その部分が、大きく陥没《かんぼつ》していた。

腕の上、膝の上、腹の上にも、石が落ちていた。

そして、頭部には、ひときわ大きな石が乗っていた。

もう、家族の誰が見ても、これがフンバであるとはわかるまい。

生臭い血臭《ちしゅう》が、穴の中から、むっと漂ってきた。

顔をそむけた。

いつの間にか、アシュヴィンは、歩き出していた。

右手に斧を握っている。

足は、自然に、上方へ向いていた。

頭や、腹や、胸の中に、重いものが溜まっていた。

怒りとも、哀しみともつかないものが、アシュヴィンの肉体を満たしていた。

それは、憎しみであるようでもあったが、誰に向けられたものであるのか、わからなかった。

もしかしたら、自分は何も考えてはいないのかもしれない。

と、アシュヴィンは思った。

自分は、考えているふりをしているだけなのかもしれない。

身体の中に溜まっているのは、ただの疲労で、ただそれだけのものなのだ。

疲れているのなら、休めばいいのに、と、アシュヴィンは思った。

それでも、歩いてゆく。

上へだ。

〝ORAORADE SHITORIEGUMO……〟

知っている人間の声が聴こえたような気がした。

女の声のようであった。

〝撃たないで!!〟

それは、子供の声のようであった。

異国の言葉だ。

しかし、その意味はわかる。

銃声。

その音が、脳裡に響いてから、今の音は何であったのかとアシュヴィンは考えた。

〝うまれでくるたて、こんどはこたに吾《わりや》のごとばがりで、くるしまなあ世《よ》にうまれでくる……〟

また女の声だ。

こんなに、切実な、祈りの言葉を聴いたことはなかった。

アシュヴィンの眼に、涙が浮かんでいた。

しかし、アシュヴィンは、そのことに気づいてはいない。

〝おら　おかないふうしてらべ？〟

「そんなことはない」

アシュヴィンは、声に出してつぶやいていた。

〝それでもからだくさえがべ？〟

「そんなことはない」

ここは、夏の野原のようで、小さな白い花の匂いでいっぱいではないか。

おれだって、今、修羅を歩いているのだから。

四月の気層のひかりの底を
唾《つばき》し　はぎしりゆききする
おれはひとりの修羅なのだ

つぶやいている。
ああ、おれは、眠っているようだな。
半分眠りながら歩いているのだ。
眠りながら、夢を見ているのだ。
(南無妙法蓮華経《ナモサダルマプフンダリカサスートラ》)
祈らなくては――
アシュヴィンは思う。
祈らなくては――
「何を祈る？」
アシュヴィンは、自問する。
「自分のために祈るのではない」
自分で答えている。
皆のために、祈るのだ。

男も、女も、大人も、子供も、虫も、花も、樹も、草も、あらゆる生命のために祈るのだ。

〝花は、幸福せであろうか――〟

声が響く。

その問の答を、アシュヴィンは持ってはいなかった。

問うかわりに、祈った。

どうかこれが兜率《とそつ》の天の食《しょく》にかはつて
やがてはおまへとみんなとに
聖い資糧をもたらすことを
わたくしのすべてのさいはひをかけてねがふ

アシュヴィンは問であった。

答を捜して、まだ旅の途上にある問であった。

――人は、幸福せになれるのですか。

根位《ガナ》の三

美しい緑が、アシュヴィンの周囲を包んでいた。

アシュヴィンは、柔らかな草の上に仰向けになって、その緑を見上げていた。

風が動くたびに、頭上で、その緑が揺れて動く。

アシュヴィンの眼の上で、陽光がきらきらと踊る。

揺れる草の先端が、頬や、脇や、脚の皮膚をくすぐっている。

鳥の声が、揺れる新緑の間から落ちてくる。

息をするたびに、植物の匂いを含んだ緑色の香気が、鼻から肺に入ってくる。身体が、内側から緑色に染めあげられてしまいそうだった。

触れ合う木の葉の音——。

水の音も聴こえている。

その水音が、背を優しく叩いている。

このまま、うっとりと、眠くなってしまいそうであった。

もし、眼を閉じれば、たやすく自分は眠りに落ちてしまうだろうと思う。

大樹。

柔らかな緑。

陽光。

澄んだ水。

食物も、豊富だ。

ここで暮らそうと思えば、いつまでも暮らしてゆけそうであった。

もう、登らずに、ここで暮らし、ここで歳老い、樹木のように生きるのだ。死んで肉体が朽《く》ちれば、自分の肉体であったものはこの森の草や樹木に吸われ、本当に森と同化してゆくだろう。

この魂すらも、肉体と共に、森に溶けてゆくだろう。

たった独りで、この森で暮らしてゆく。

そのおそろしい孤独に、おそらく自分は耐えてゆけるだろうと思った。

もう、動きたくない。

周囲には、無数の白い花がいっぱいだ。

としこの花だ。

針葉樹と広葉樹混生の森。

〝ターペンタインの香りもするだろう〟

なつかしい詩の一節が、ふと脳裡をよぎる。

しかし、その詩を、いつ、どこで自分が知ったのか。

もしかしたら、自分が造ったものなのかもしれない。

〝この本を読んで……〟

女の声がした。

その時渡されたのは、どんな本だったろうか。

その女の声の抑揚《よくよう》や、自分を見つめていたその瞳の色、渡された本の重さ——それ等のものはこんなに鮮明であるのに、その本の題名が思い出せない。

何故、こんなにおれは、知らないことばかりを思い出すのだろう。

自分の中に、他人が住んでいるようであった。

誰か他人の肉体の中に、自分が住んでいるようであった。

アシュヴィンは、知らぬ間に、自分が眼を閉じていたことに気がついた。

眼を開くと、新緑があった。

光が眩しい。

半分眠りかけていたのだ。

眠るたびに、何か夢を見るような気がする。

昔の夢だ。

おそらくそれは、この蘇迷楼《スメール》の渚《なぎさ》で、自分がアーガタとして目覚める前の記憶であるのかもしれない。

遠い、羊水の記憶。

もしかしたら、自分の意識や肉体は、ここに生まれる前、ここではない別の世界に属していたのかもしれない。

しかし、その時のことを想い出そうとすると、想い出せない。

今のように、つい、うとうととした時などに、ふと、その記憶は蘇る。

深い眠りから目覚めた時に、自分が、涙を流していたことに気がつくこともある。

わけもなく胸が苦しかったり、熱いものが肉のどこかに点っていたりする。

そんな時は、きっと、その昔のことを思い出しているのだろうと思う。

ここで森になる。

その甘やかな想いが、また蘇った。

ここで森になり、日々、永劫《えいごう》に近い歳月を、昔のことを夢見て暮らすのだ。

しかし、もしかして、その昔の夢が、哀しい夢ばかりであったら……。

そこにとどまるから、上にゆこうとする意志を失くすのか、上にゆこうとする意志を失くすから、そこにとどまるのか——

アシタの言葉が、ふいに蘇る。

〝ひとつ言えるのは、そこでとどまるアーガタにとっては、その場所はとても暮らし易いということだ〟

どきりと、心臓が鳴った。

不安と恐怖とが、同時に、アシュヴィンを襲っていた。

自分は、もう、上へはゆけなくなってしまうのか。

上半身を起こした。

すぐ眼の前に、泉があった。

橅《ブナ》と針葉樹の森の底を、上方から流れてきた水が、その泉に注いでいるのが、正面に見える。

心臓が鳴り、呼吸が、荒く、速くなっていた。

上へ。

と、思う。

上へゆかねばならないのだった。

シェラと共に、この蘇迷楼《スメール》に登り出したのは、いったいいつのことであったろうか。

もう、夢のように遠い過去のことのような気がした。

右手が、堅いものに触れていた。

斧の柄であった。

原人――マヌに、石で殺されたフンバという男が持っていた斧であった。

いつだったろうか。

と、また、アシュヴィンは思う。

フンバが、原人《マヌ》に殺されて、まだ、三日も経ってはいないような気もするし、十日以上も過ぎてしまっているような気もした。

その斧を握って、立ちあがった。

そして、初めて、アシュヴィンは気がついたのであった。

小さな泉の対岸の草の中に、ひとりの男が立っていることにである。

初老の、男であった。

頭に、布を巻き、黒い、膝下まである服を、ゆったりとその身にまとっていた。

腰に剣を下げ、帯には小さな短剣を差していた。その男は、対岸の草の上に立って、凝っとアシュヴィンを見ていた。

いや、正確には、アシュヴィンではなく、アシュヴィンが右手に握った斧に、その視線を注いでいたのである。

濃く、長い髯《ひげ》が、その鼻の下から顎まではえていた。

知的で、どこか、堅いものを表情の底に隠しているような風貌をしていた。

額に、深い皺が入っているのが、アシュヴィンのいる位置からもわかる。

アシュヴィンと、その男とは、長い時間、透明な泉の水をはさんで、向かいあっていた。

「おまえ……」

その男がつぶやいた。

「その斧、どこで手に入れた」

その声が、微かに震えていた。

「これですか」

アシュヴィンは、右手に握った斧に、視線を落とした。

木を切るための斧というよりは、片手で振り回すことのできる、武器のための斧として造られたものであるらしい。

「どこで手に入れた」

男は、声をやや大きくして、もう一度訊いてきた。

男の眼の中に、強い光がある。

「下です」

アシュヴィンは言った。

「下？」

「下でもらったものです」

アシュヴィンは嘘を言った。

実際にはもらったものではない。

フンバという男のものであった斧だ。それを、そのフンバが死んだので、そのままここまで持ってきたものである。

しかし、嘘とはいっても、正確に言うなら嘘になるというだけのことで、アシュヴィンには、わざわざ嘘をついたという意識はない。

「誰にもろうた？」

「フンバという男にです」

「そのフンバが何故、おまえにその斧を与えたのだ？」

言いながら、男は、ゆっくりりと、泉に沿って歩き出した。

アシュヴィンを警戒《けいかい》しながらも、アシュヴィンの話に対する興味が、男の足を動かしているらしい。

針葉樹の混じる、ブナの原生林に囲まれた小さな泉であった。

その気になれば、すぐに回ってこられる。

男が、足を停めたのは、泉の水が、下に向かって流れ出している、その流れ出しの際《きわ》であった。

アシュヴィンもそちらの方向に、数歩、足を進めていた。

強く地を蹴って跳べば、ひとまたぎで向こう岸まで足が届く川幅であった。

その、泉から流れ出している川の、むこうとこちらに、男とアシュヴィンは立った。

向き合った。

向き合ってみれば、男の顔は思いのほか皺が深く、唇の震えが大きかった。

「何故、フンバが、おまえにその斧を与えたのだ」

男は、もう一度訊いてきた。

「正確に言いましょう。わたしは、フンバからこの斧をあずかったのです。しかし、あずかったまま、この斧を返す必要が失くなってしまったのです」

「なんだと？」

「フンバは、死にました」

アシュヴィンが言った時、男の顔に、ひきつれに似たものが疾《はし》った。

唇が、何か言いたそうに、震えた。

「死──」

「死にました」

アシュヴィンは言った。

「死んだ⁉　フンバがか⁉」

男は言った。

「この斧で、自分の脚を切り落としてくれと、そう言って、この斧をわたしに……」

「脚を？」

「そうです」

アシュヴィンは、フンバと出会ったおりのことを、男に問われるままに語った。

ひと通り、アシュヴィンの話が終ると、男は、小さく首を振り、

「おお……」

呻くように言った。

「石で、フンバを――」

「フンバを知っているのですか」

アシュヴィンが訊ねると、男は、うなずいた。

「フンバは、我が息子だ……」

「では、あなたが、螺旋師のカーマン？」

「そうだ」

答えた男――カーマンの眼の中に、煮えたつような憎悪の色が燃えあがった。

知的で深みさえあったその瞳の奥から、これだけ激しいものが、めろめろと燃えあがるものなのか。

カーマンの唇が歪んだ。

「原人《マヌ》どもめ、原人《マヌ》どもめ」

歯を軋らせた。

「よくも……」

唇が震えた。

アシュヴィンは、その時、カーマンにかけてやるべき言葉を持たなかった。

宙に向けられていたカーマンの視線が、気がついたように、アシュヴィンの上に止まった。

「初めて見る顔だが、おぬしは？」

カーマンが言った。

これまで、アシュヴィンのことを、〝おまえ〟と呼んでいたのが、〝おぬし〟に変わっていた。

「アシュヴィンと言います」

「如人《にょじん》か？」

「如人《にょじん》？」

「如人《にょじん》となったばかりであれば、まだ如人《にょじん》という言葉を知らぬのも無理はない」

言ってから、カーマンは、自分の言葉を否定するように首を振った。

「如人《にょじん》となったばかりの者が、言葉も達者《たっしゃ》で、人間《マナ》としての名を持っているわけもないな」

「その、如人《にょじん》というのは何なのですか――」

「原人《マヌ》から移形《いぎょう》して、人間《マナ》となったものが、如人《にょじん》よ」

「移形《いぎょう》？」

「アーガタはわかるか」

「はい」

「そのアーガタが、形を変えることを、移形《いぎょう》というのだ」

カーマンは、しげしげと、アシュヴィンを見つめた。

「わたしは、原人《マヌ》から移形《いぎょう》して、人間《マナ》になったものではありません」

「では、わしと同じ、真人《しんじん》ということになる。真人《しんじん》なれば、しかし、如人《にょじん》や移形《いぎょう》を、何故知らぬのか――」

「わたしは、アーガタです」

「アーガタなれば、移形《いぎょう》しながらここに登ってきたということではないか」

「いえ、わたしは、アーガタとして、この蘇迷楼《スメール》の浜辺に目覚めた時から、この姿だったのです。わたしは、ここまで、一度の移形《いぎょう》もせずに、登ってきたのです――」

「なんと――」

カーマンは、声をあげた。

片足を、半分後方へ引きかけた。

それほど、アシュヴィンの発言は、カーマンを驚かせたようであった。

「信じられぬ――」

カーマンは首を振りかけ、

「信じられぬが、しかし、それが本当であれば――」

そこまで言って、カーマンは、口をつぐんだ。

強い光を帯びたカーマンの眼が、アシュヴィンを見た。

「本当ならば、どうなのですか」

「有楼《うろう》にとって、それはこれまでになかった、珍しいことであるということだ」

わずかに間を置いてから、カーマンは言った。

「有楼《うろう》?」

「我々の住む、人間《マナ》の国の名よ。ここはすでに、有楼《うろう》の中に入りかけている」

「では、この蘇迷楼《スメール》の頂は近いのですか？」

アシュヴィンが問うと、カーマンは、初めて、低く笑ってみせた。

「頂上か？」

「はい」

「頂上というものは、この蘇迷楼《スメール》には存在しない」

「え？」

「我等の、有楼《うろう》が、この蘇迷楼《スメール》で、最も高い場所にあり、なお、頂上は有楼《うろう》にはないのだ——」

「あなたは今、この有楼《うろう》が、この蘇迷楼《スメール》で一番高い場所だと言いました」

「言うた」

「それなのに、どうして、有楼《うろう》に——いえ、この蘇迷楼《スメール》に頂がないのですか」

「だから、有楼《うろう》が、この蘇迷楼《スメール》の頂なのだよ」

「本当に？」

「ああ。しかし、どうしておまえは、頂にゆきたいのだ？」

カーマンから問われた。

問われて、しかし、アシュヴィンには、答える言葉がなかった。

もし、カーマンの言う有楼《うろう》が、この蘇迷楼《スメール》の頂であったら——。

すでに、アシュヴィンの旅は、終っていることになる。

　そんなばかな――

「どうしてもです」

　そう言った。

　言ってから、ふいに気づいたように、アシュヴィンは、カーマンに問うた。

「獅子宮《アイオーン》というのは？」

　アシュヴィンが言うと、カーマンの眼が、すっと、小さくすぼまった。

「ほう……」

　囁くように言った。

「おぬし、我等の言葉や獅子宮《アイオーン》のことを、どこで耳にしたのだ」

　カーマンが訊いてきた。

　アルハマード――

　アシタ――

　最初に会った螺旋師の名と独覚仙人の名を、口に出しそうになり、アシュヴィンは、そこで唇を閉じていた。

　あまり、何もかもを、ここで、初めて会ったばかりのこの男に言ってしまっていいのだろうかと、考えたのである。

　アシュヴィンが口をつぐんだのを見て、カーマンは微笑した。

「おぬしの考えは正しい」

カーマンは言った。

アシュヴィンの胸の内を、見透かしたような口調であった。

「我々には、色々と、話し合うための時間が必要だ」

「そのようですね」

「しかし、アシュヴィンよ。人間《マナ》であるおぬしが、よく、ここまで無事に来られたものよ」

「というと？」

「おぬしが、これまでやって来たのは、原人《マヌ》の領地ともいうべき土地だ。このあたりは、ちょうど、彼等の土地と、我等の土地との中間にあたる。しかし、危険であることに変わりはない」

「危険ですか」

「そうだ。わしの息子の殺され方を見たであろう」

「見ました」

「彼等は残忍《ざんにん》だ。人間《マナ》を殺すのを――それも、できるだけ酷《むご》い方法で殺すのを楽しんでいる」

「何故、彼等は、人間《マナ》を殺そうとするのですか――」

「それは、彼等が、人間《マナ》を憎んでいるからだ――」

「何故、憎んでいるんです？」

「彼等は、人間《マナ》になれなかった者たちだからだ。だから、彼等は、我々を憎むのだよ――」

「しかし――」

「彼等もまた、アーガタであったものたちだ。彼等もまた、頂にたどりつこうと、ここまでやってきたものたちなのだ――」

「さっきは、頂はないと――」

「頂は、我々の国、有楼《うろう》のことだ」

「彼等も、獅子宮《アイオーン》のことを知っているのではありませんか？」

アシュヴィンが言った。

ふたりは、顔を見合わせて、しばらく沈黙した。

「また、さっきと同じ話になりそうだな」

「そうですね」

「話をもどそう」

「原人《マヌ》が、人間《マナ》を憎んでいるという話のことですか」

「そうだ。原人《マヌ》は、人間《マナ》を憎んでいる。しかし、原人《マヌ》の中でも、人間《マナ》を憎んでいないものもいる」

「――」

「それは、まだ、人間《マナ》になる可能性を残した原人《マヌ》だ。そういう原人《マヌ》は、たいていは、単独で、動いている。そして、中立だ。もう、移形《いぎょう》できなくなった原人《マヌ》と人間《マナ》との争いには加わらない。自分が、どちらの立場のものであるのか、それを見極めるまではな」

「それは、どうやって見極めるのですか」

「子だよ」

「子？」

「そうだ。子をなすことができるかどうか、それが、さらに移形《いぎよう》できるかどうかの鍵なのだ」

「――」

「もし、あるアーガタが子をなすことができたとすると、それは、もう、そのアーガタが移《い》形《ぎよう》できなくなったということの証しになるのだ――」

「そういう原人《マヌ》はどうするんですか？」

「群の原人《マヌ》――つまり、自然に人間《マナ》を憎んでいる原人《マヌ》の仲間入りをすることになっている」

「それは、そんなにはっきりしていることなのですか。しかし、子ができなくとも、あきらめて群に入る個体もいるわけでしょう――」

「いるであろうな。しかし、子を持たぬ原人《マヌ》の階級《ジャーティ》は低い――」

「階級《ジャーティ》？」

「奴隷《シュードラ》とでもいうところか。原人《マヌ》には、原人《マヌ》なりの階級《ジャーティ》がある。彼等は、我等とそっくりな言葉まで話すことができるのだからな――」

「――」

「しかし、最近、その原人《マヌ》の動きが、少し妙なものになってきている」

「ああ。頭が良くなってきた、とでもいうのだろうかな。人間《マナ》を捕えるのも巧妙になってきている。おぬしが見たという――フンバが死んだ罠《わな》がそうだ」

カーマンの瞳に、黒い炎が踊った。

胸のどこかに、刃物でも刺し込まれたように、苦し気に身をよじった。

「罠《わな》、ですか」

アシュヴィンの脳裡に、あの、暗い穴と、血臭が蘇ってきた。

「どうも、噂によれば、人間《マナ》が、原人《マヌ》の仲間に入ったらしいということだ」

カーマンが、アシュヴィンを油断のない眼で見すえてきた。

カーマンが、川を渡って、こちらに来ない理由が、アシュヴィンは、その時ようやく呑み込めた。カーマンは、アシュヴィンを、警戒《けいかい》しているのである。

アシュヴィンが、敵であった場合、仮に攻撃を受けるにしても、その時にはアシュヴィンは、川を飛び越えねばならない。その時に、隙ができる。

飛び越えて、いきなり攻撃には入れない。

その間に、カーマンの方が攻撃に転ずることができるからだ。

「人間《マナ》が？」

「妙？」

「信じられぬことだがな」

カーマンが言った。

半分は、アシュヴィンを疑っている眼であった。

「蘇迷楼《スメール》は、広い。原人《マヌ》の種族も色々だ。我々人間《マナ》にも、色々な種族があり、有楼《うろう》もいくつかの小国に分かれている。しかし、これまで、人間《マナ》が、原人《マヌ》の仲間に入るなど、考えられもしなかったことだ。さらわれた人間《マナ》の女が、さんざ、原人《マヌ》のなぐさみものとして、飼われていたという話は、耳にしたことがあるがな――」

カーマンは、言葉をとめて、アシュヴィンを見た。

「――その、いくつかにばらばらに分かれていたはずの原人《マヌ》たちが、最近、急にひとつにまとまろうという動きを見せている。原人《マヌ》の仲間に、人間《マナ》が入ったという噂を耳にするようになってからな」

しゃべっているうちに、興奮が、身の内に溜ってきたらしい。

逆に、カーマンの方から、アシュヴィンに攻撃をかけるというようなタイミングもありそうであった。

「ここは、危険な区域なんでしょう?」

カーマンの内部に、次第に溜ってくるものをかわすように、アシュヴィンは言った。

「そうだ、極めてな」

「そんな危険な場所に、あなたひとりで、どうしてやってきたのですか――」

「そうさ。何の用事もなければ、誰も、こんなところまで、独りでやって来ようとはせぬよ」

「どんな用事が？」

「わしは、フンバを引き止めに来たのだ。だいじな、わしの後継《つ》ぎだからな――」

「ひき止める？　フンバは、いったいどういう用事があって、ここまで来たのですか？」

「すでに、たくさんのことを言った。これ以上は、おぬしに言うこともあるまい――」

カーマンは、口を閉ざし、アシュヴィンの次の言葉を待つように、沈黙した。

その時であった。

アシュヴィンは、その気配に気づいていた。

自分の後方から、何かが近づきつつあるのだ。

ふいに、笛に似た音があがった。

HI！

アシュヴィンが振り返るのと、その音が、高く、天に伸びあがるのと同時であった。

HIIIIIII……

聴き覚えのある音――声であった。

振り返ったアシュヴィンが、ずんぐりした、やけに額の出た生き物――原人を見たのと、左のこめかみに強い打撃を受けるのと、ほとんど同時であった。

意識が、ふわりと宙に浮きあがり、周囲が暗くなった。

その暗黒の中に、石で、頭部を潰されたフンバの姿が浮かんだ。

〝撃たないで――〟

低く叫ぶ、そういう声が聴こえたように思う。

聴き覚えのあるような声であった。

その声が、誰のものであるのか確認する前に、アシュヴィンは、なつかしい暗黒にその意識を包まれていた。

草の上に、倒れたはずなのだが、草の感触はなかった。

身体が草に届く前に、アシュヴィンは、意識を失っていた。

根位《ガナ》の四

夢だ。

夢を、見ている。

きらびやかな夢だ。

黄金の天の下で、黄金のひとの前で、アシュヴィンは、跪《ひざまず》いている。

何故だかわからないが、自分は、しきりと涙を流しているようであった。

——兜率天《とそつてん》。

黄金のひとの名前はわかっている。

弥勒菩薩《みろくぼさつ》。

兜率天《とそつてん》において、仏となるための修行をしているはずのひとであった。

覚者《ブッダ》の説法を聴きながら、修行をし、五十六億七千万年後に、仏として、地上に降り、衆《しゅ》
生《じょう》を救済するためである。

須弥山《しゅみせん》と呼ばれる、宇宙の中心にある山の、遙かな上空の虚空にあるのが、この兜率天《とそつてん》である。

アシュヴィンであるアシュヴィン——双人であるそのひとは、涙をこぼしながら、何ごとかをしきりと訴《うった》えるのであった。

そのひとが、何かを言っている。

いや、何かを歌っているのかもしれない。

祈っているのかもしれなかった。

もしかすると、そこには、祈る声のみがあり、誰もおらず、誰も唇なぞ開いてはいないのかもしれない。

　こんなさびしい幻想から
　わたくしははやく浮かびあがらなければならない
　そこらは青い孔雀のはねでいつぱい
　眞鍮の睡さうな脂肪酸にみち
　車室の五つの電燈は
　いよいよつめたく液化され

そこには、声すらもなく、もしかすると祈りのみがそこに響いているのかもしれなかった。

なぜ通信が許されないのか
許されてゐる　そして私のうけとつた通信は
母が夏のかん病のよるにみたゆめとおなじだ
どうしてわたくしはさうなのをさうと思はないのだらう
それらひとのせかいのゆめはうすれ
あかつきの薔薇いろをそらにかんじ
あたらしくさはやかな感官をかんじ
日光のなかのけむりのやうな羅《うすもの》をかんじ
かがやいてほのかにわらひながら
はなやかな雲やつめたいにほひのあひだを
交錯するひかりの棒を過《よ》ぎり
われらが上方とよぶその不可思議な方角へ
それがそのやうであることにおどろきながら
大循環の風よりもさはやかにのぼつて行つた

祈りが、祈っている。

だまつてゐろ
おれのいもうとの死顔が
まつ青だらうが黒からうが
きさまにどう斯う云はれるか
あいつはどこへ堕ちやうと
もう無上道に属してゐる

アシュヴィンは、夢の中で、その祈りを聴いている。
その祈りが、自分の唇から洩れているのかどうか、それもわからない。

すべてあるがごとくにあり
かゞやくごとにかがやくもの
おまへの武器のあらゆるものは
おまへにくらくおそろしく
まことはたのしくあかるいのだ
《みんなむかしからのきやうだいなのだから
けつしてひとりをいのつてはいけない》
ああ　わたくしはけつしてさうしませんでした

あいつがなくなつてからあとのよるひる
　わたくしはただの一どたりと
　あいつだけがいいとこに行けばいいと
　さういのりはしなかつたとおもひます

そのひとは、祈っていた。

しかし、黄金のひとは、静かに微笑しながらそのひとを見つめているだけで、唇を開きはしなかった。

粗末《そまつ》な衣を着ているのに、黄金のひとは美しかった。けっして、黄金の色をしているわけではないのに、黄金のひとは、黄金に光っていた。

黄金のひとは、虚空のように静かで、刻のように優しかった。

そのひとは、双人であった。

双人でありアシュヴィンであるところのアシュヴィンであった。

アシュヴィンは、問うた。

「ひとは、幸福せになれるのですか？」

黄金のひとは、答えなかった。

「花は、幸福せなのですか？」

アシュヴィンは、問であった。

黄金のひとは、微笑し、そして右手をあげて、自分の前にひざまずいている、その問を指差した。

その指が、さらに動き、黄金のひとは、その指で自分の後方を指差した。

(南無妙法蓮華経《ナモサダルマプフンダリカサスートラ》)

菩薩の後方に、大きな、白い、蓮の台座があった。

その台座は、そこに座るひとを待って、静かに、白く、ほんのりと光っていた。

(南無妙法蓮華経《ナモサダルマプフンダリカサスートラ》)

夢が、急速に、消えてゆく。

自分が、目覚めつつあるのを、アシュヴィンは知った。

頭の芯が、痛んだ。

重い痛みだった。

その痛みが、声に合わせて、頭の中を疾る。

声——。

女の声だ。

喘いでいる。

その女の声がである。

そして、荒い息づかい。

手が動かない。

後方にまわされて、そこで両手首を縛られているようであった。手首を縛っているのは、堅い、蔦《つた》か何かのようであった。

頬に、触れているものがある。

土だ。

それも、堅い土だ。

眼を開いた。

暗い光が、入ってきた。

すぐ眼の前で、動いているものがあった。

大きな、人の肉だ。

その大きな人の肉が、小さな肉の上にかぶさって、動いている。

淫《みだ》らな動きだ。

動くたびに、女の喘ぐ声がする。

小さな肉の上にかぶさった大きな肉の横に、誰かが立っている。

女のようであった。

その女も、服を身につけてはいない。

裸だ。

裸で、大きな肉を叩いている。

「やめて――」

その女の声だ。

哀しい声であった。

裸の女が、裸の女の上にかぶさった、大きな肉を叩いている。

泣きながら叩いていた。

「やめてえ」

ふいに、意識が、もどってきた。

知った男の顔が、アシュヴィンを見つめていた。

「気がついたか」

男が、淫《みだら》な動きを続けながら、言った。

「アシュヴィン――」

ダモンの、大きな顔が、笑いながらアシュヴィンを見ていた。

「ダモン……」

アシュヴィンが、地についた頬をわずかに持ちあげて、つぶやいた。

つぶやいた途端に、ダモンを叩いていた女の動きが止まった。

その女がアシュヴィンに眼を止めた。

「アシュヴィン」

「シェラ」

アシュヴィンは言った。

そこに、裸のシェラが立って、やはり裸のダモンの背を、叩いていたのである。

シェラの爪が傷つけたのであろう、ダモンの背には、何本もの赤い血の筋が走っていた。

「上は、この通り、女がいっぱいじゃないか、アシュヴィン――」

ダモンが言って、かぶさっていた女の上から、身体をおこした。

離れた。

「見せてやろう」

ダモンが言った。

「見せてから、殺す」

ダモンの手が伸びた。

そこに立ったまま、アシュヴィンを見つめているシェラの腕を取って引いた。

「やめて」

シェラは言った。

しかし、ダモンの力の方が強い。

座ったまま、ダモンはシェラを抱き寄せ、そのまま繋《つな》がった。

最初は抵抗していたシェラの身体が、すぐに反応してゆく。

反応すれば、シェラの肉体は、奔放《ほんぽう》であった。

それは、アシュヴィンがよく知っている。

アシュヴィンの眼の前で、あに、いもうとが、肉がひとつに結ばれている。

「これを、おまえに見せたかったのだ」

ダモンが言った。

「おれは、何度も見た。おまえと、シェラがこうやっている姿をな。おれはそれを何度も見たのだ。こんどは、おまえが見る番だ」

まるで、ダモンの唇の間から、言葉と共に、青い炎が燃えたつような、呪詛《じゅそ》に満ちた言葉であった。

洞窟《どうくつ》の中であった。

向こうに、灯りが見える。

その灯りに、洞窟《どうくつ》の暗がりの中に、ダモンとシェラの肉体が浮きあがる。

あにと、いもうとの肉体だ。

「ごうっ」

アシュヴィンは、獣の声を聴いた。

自分の唇から洩れた声であった。

ダモンの高い笑い声が、洞窟《どうくつ》に響いた。

螺《ら》旋《せん》論《ろん》考《こう》

世界の遺伝子学界、及び、現存する世界の神秘学者の何人かが、〝ウロボロス現象〟と呼んでいるひとつの学説がある。

それは、遺伝暗号に関する説で、一歩間違えれば、奇説、ないしは珍説に分類されてしまうかもしれない要素さえ含んでいる。

遺伝子(deoxyribonucleic acid)、つまりデオキシリボ核酸(DNA)は、四種類の物質、塩基《えんき》から成り立っている。

A(アデニン)

T(チミン)

G（グアニン）
C（シトシン）

これら四種類の塩基の配列、組み合わせによって、生命の遺伝情報がつづられているのである。遺伝子をもつあらゆる生命――現存する、あるいはこれまでに存在したことのある全ての生命は、これ等四文字の記号によって、表わすことができるのである。

言語という言い方をするなら、これは、漢字のような表意文字ではなく、アルファベットのような表音文字ということになる。生命は、およそ、三十億年以上も過去から、表音文字によって、その生命の情報を伝えてきたことになる。

DNAの情報は、いったん伝令《メッセンジャー》RNAに写しとられ、この伝令《メッセンジャー》RNAの情報に基いて、タンパク質が合成されるのだが、伝令《メッセンジャー》RNA（転移《トランスファー》RNAも含む）では、DNAのTの代わりに、U（ウラシル）が使用される。

この伝令《メッセンジャー》RNAの持ってきた情報を受けて、その情報通りのタンパク質を合成するのが、転移《トランスファー》RNAである。

DNAや、伝令《メッセンジャー》RNA上に、例えば〝GAA(グアニン、アデニン、アデニン)〟という遺伝情報があれば、それは〝グルタミン酸〟を意味することになる。

DNAから伝令《メッセンジャー》RNAによって運ばれてきた〝GAA〟という情報を、では、転移《トランスファー》RNAは、いかにして〝グルタミン酸〟という言葉に翻訳するのか。

この転移《トランスファー》RNAは、〝頭〟と〝尾〟という構造から成り立っている。その〝頭〟の形は、四つ葉のクローバー状をしている。転移《トランスファー》RNAは、その〝頭〟で伝令《メッセンジャー》RNAと結合し、その〝尾〟でアミノ酸を捕える。

〝GAA〟を、グルタミン酸に翻訳する転移《トランスファー》RNAは、そのクローバー状の〝頭〟に、〝CUU(シトシン、ウラシル、ウラシル)〟という配列を持っている。

AとU、GとCとは、それぞれ結合しやすい性質があり、〝頭〟の形が〝CUU〟になっている転移《トランスファー》RN

Aは、伝令《メッセンジャー》RNA上の〝GAA〟という配列を、簡単に見分けて、結合することができるのだ。

　しかし、疑問が残る。

　グルタミン酸用の転移《トランスファー》RNAの〝頭〟が、それに対応する伝令《メッセンジャー》RNAのその部分と結合するのはわかる。だが、そのグルタミン酸用の転移《トランスファー》RNAの〝尾〟は、どうしてグルタミン酸としか結合しないのか。

〝GAA〟のように、ひとつひとつのアミノ酸に対応した伝令《メッセンジャー》RNAの遺伝暗号の配列の単位がコドン、〝CUU〟のように転移《トランスファー》RNAの〝頭〟にある配列の単位がアンチコドンと呼ばれているのだが、そのコドンとアンチコドンが結合するのはわかる。しかし、転移《トランスファー》RNAの〝尾〟が、どうして特定のアミノ酸を捕えることができるのか。

　言い方を変えれば、こうだ。

　どのようにして、設計図通りの生命が、造られてゆくのか？

　それに答を出したのが、〝ウロボロス現象〟と呼ばれる説である。

これまでには、その答としてふたつの説が考えられていた。

①立体化学説。

②偶然凍結説。

このふたつがそうだ。

転移《トランスファー》RNAの〝頭〟のアンチコドンと、尾に結合するはずのアミノ酸が、物理的、化学的に相互作用して、そのアンチコドンに対応したアミノ酸が選ばれる、というのが立体化学説である。

しかし、これまでに唱えられた立体化学説は、理論的にも不十分で、すべて、立証に失敗している。

それに対して生まれたのが、偶然凍結説である。コドンとアミノ酸、あるいはこれを裏返しにしたアンチコドンとアミノ酸との対応には、物理的、化学的必然性はなく、それは、原始地球上での生命誕生時に偶然に生まれたものであるとしたのが、その偶然凍結説である。

それは、一種の説明放棄である。

そして、登場したのが、〝ウロボロス現象〟と呼ばれる学説であった。

〝ウロボロス現象〟は、立体化学説を、さらに進化させたものである。

その説を唱えたのは、ひとりの東洋人であった。

清水音二郎という、日本人である。

国際遺伝子工学研究所の教授で、元オペラ歌手という前歴を持つ人物である。

清水説の新しさは、これまでの立体化学説が、アンチコドンだけしか考えなかったのに対し、転移《トランスファー》RNAの〝頭〟のアンチコドンと、その尾にあたる部分にあるディスクリミネーター（識別位塩基）と呼ばれる物質とを、ひとつのセットとして考えた点にある。

転移《トランスファー》RNAを折り曲げ、〝頭〟のアンチコドンと、〝尾〟のディスクリミネーターをくっつけてみると、そのドッキング部分に〝穴〟が生ずることがわかったのである。

その〝穴〟には、ひとつの特異な性質があった。

そうやって生じた〝穴〟には、その転移《トランスファー》RNAのアンチコドンに対応するアミノ酸だけしか入ることができないのである。例えば、グルタミン酸を捕える転《トランスフ》移《アー》RNAの〝穴〟には、グルタミン酸しか入れないのである。

鍵と鍵穴との関係に似ている。

この仕組みは、分子レベルでの生命現象には、普遍的なものである。

抗体が、外から侵入してきた抗原をキャッチするのも、酵素が基質を識別して反応を触媒するのも、ホルモンが標的器官の受容器に結合するのも、すべて鍵と鍵穴の関係による。

さて、この清水説に、〝ウロボロス現象〟というネーミングを与えたのは、ドイツの聖智学者《セオソフィスト》であり、東洋学の権威《けんい》であるV・H・ラインハルトである。

ラインハルトは、『法華経』および宮沢賢治の詩を、美しいドイツ語訳にした人物であり、また、瞑想による進化――言いかえるなら、意志による人類進化が可能で

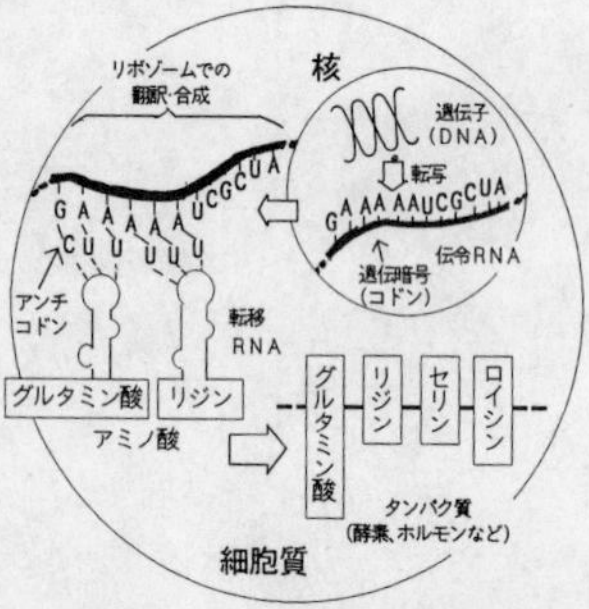

図八／ウロボロス現象

あるとして、その方法の第一段階として、瞑想して螺旋を観想《かんそう》する法を唱えた人物である。

　真言密教には、〝月輪観《がちりんかん》〟と呼ばれる観想法がある。それは、意識の裡《うち》に、満月の真円を想うことによって、意識を宇宙レベルにまで広げる法である。ラインハルトの螺旋を観想する法──螺観法《らかんほう》は、その〝月輪観〟によって得られるものを、そのまま意志の力に変える法だと言われている。

　螺観法によって、意識の裡に描く螺旋は、オウムガイの螺旋──つまり、対数螺旋でなければならないと、ラインハルトは、その著書である『月の方法論』（玄丹《げんたん》書房・中沢新一・訳）の中でのべている。

「その螺旋の中には、月のあらゆる諸相が含まれている」

　と、ラインハルトは同著の中に書き、

「無限に広がりながら、なお自分の裡に帰ってゆこうとするのが、オウムガイの対数螺旋であり、それは、自らの尾を咥《くわ》えた蛇、〝ウロボロス〟によって象徴《しょうちょう》されている」

と、続けている。

さらにラインハルトは、

「〝ウロボロスの蛇〟と〝クンダリニーの蛇〟とは、同じ〝力〟について、象徴《しょうちょう》しているものである」

と、書く。

神秘学でいえば、ウロボロスの蛇というのは、先にのべたように、循環《じゅんかん》する時間、無限の時間を象徴《しょうちょう》した図象である。

その同じ神秘学で、〝クンダリニーの蛇〟というのは、人の体内――背骨の下部に眠っている進化力の象徴《しょうちょう》であり、性力を意味するシャクティとも同じに考えられる時がある。

その〝ウロボロスの蛇〟と、〝クンダリニーの蛇〟とを、ラインハルトは、同じものであるというのである。

オウムガイの螺旋を観想することにより、〝クンダリニーの蛇〟、つまり、進化力を意志によって自由にあやつることができるというのだ。

何故なら、〝グンダリニーの蛇〟の本体は、仏素子(ブッディニウム)と呼ばれるものからできているからだと、ラインハルトは、先の著書の中でのべている。

仏素子《ブッディニウム》――物質と、非物質との中間的な存在で、この仏素子《ブッディニウム》こそが、仏教で言われている〝業《ごう》〟と〝縁《えん》〟の元になっているものであるという。

仏素子《ブッディニウム》というのは、性質のみを有した極限の素粒子とでも言えばわかりやすいかもしれない。光と波の性質のみを有したもの――それは、仏教の『倶舎論《くしゃろん》』などに記されている〝極微《ごくみ》〟と呼ばれているものと同じものであると、ラインハルトは記している。

さらに、

〝業〟

と、

〝縁〟

とは、あらゆる物質、あらゆる元素、あらゆる生命の中に、共通して存在する力であるとラインハルトはいう。

〝業〟と〝縁〟とは、同じものであり、物理学で言えば質量と重力の関係にあたるといい、さらには、質量、重力と呼ばれているものというのは〝業〟と〝縁〟の物理的現われにしかすぎない、とまでラインハルトは書いている。

「仏素子《ブッディニウム》は、意志の力に反応する」

と、ラインハルトは書いている。

さらに、ラインハルトは、遺伝子――DNAを構成する四つの塩基をつなげているのは、〝業〟と〝縁〟、つまり仏素子《ブッディニウム》であるというのである。

ラインハルトの言う、意志による進化というのは、螺観法によって得られた意志の力により、その塩基を繋《つな》いでいる〝業〟と〝縁〟に働きかけ、遺伝子の構造を変えて、進化に導こうというものである。

転移《トランスファー》RNAが、自らの尾を咥《くわ》えることにより、タンパク質を合成してゆく現象を、ラインハルトが〝ウロボロス現象〟と名づけたのも、そういう意味ではうなずけることであると言えよう。

『螺旋教典』巻ノ六　論考篇より

ダーティペア・シリーズ／高千穂遙

ダーティペアの大冒険

銀河系最強の美少女二人が巻き起こす大活躍大騒動を描いたビジュアル系スペースオペラ

ダーティペアの大逆転

鉱業惑星での事件調査のために派遣されたダーティペアがたどりついた意外な真相とは？

ダーティペアの大乱戦

惑星ドルロイで起こった高級セクソロイド殺しの犯人に迫るダーティペアが見たものは？

ダーティペアの大脱走

銀河随一のお嬢様学校で奇病発生！　ユリとケイは原因究明のために学園に潜入する。

ダーティペア　独裁者の遺産

あの、ユリとケイが帰ってきた！　ムギ誕生の秘密にせまる、ルーキー時代のエピソード

クラッシャージョウ・シリーズ／高千穂遥

連帯惑星ピザンの危機

連帯惑星で起こった反乱に隠された真相をあばくためにジョウのチームが立ち上がった！

撃滅！　宇宙海賊の罠

稀少動物の護送という依頼に、ジョウたちは海賊の襲撃を想定した陽動作戦を展開する。

銀河系最後の秘宝

巨万の富を築いた銀河系最大の富豪の秘密をめぐって「最後の秘宝」の争奪がはじまる！

暗黒邪神教の洞窟

ある少年の捜索を依頼されたジョウは、謎の組織、暗黒邪神教の本部に単身乗り込むが。

銀河帝国への野望

銀河連合首脳会議に出席する連合主席の護衛を依頼されたジョウにあらぬ犯罪の嫌疑が⁉

クラッシャージョウ・シリーズ／高千穂遙

人面魔獣の挑戦

暗殺結社からの警護を依頼してきた要人が殺害された。契約不履行の汚名に、ジョウは？

美しき魔王

暗黒邪神教事件以来消息を絶っていたクリスが病床のジョウに挑戦状を叩きつけてきた！

悪霊都市ククル上下

ある宗教組織から盗まれた秘宝を追って、ジョウたちはリッキーの生まれ故郷の惑星へ！

ワームウッドの幻獣

ジョウに飽くなき対抗心を燃やす、クラッシャーダーナが率いる〝地獄の三姉妹〟登場！

ダイロンの聖少女

圧政に抵抗する都市を守護する聖少女の護衛についたジョウたちに、皇帝の刺客が迫る！

小川一水作品

第六大陸1

二〇二五年、御鳥羽総建が受注したのは、工期十年、予算千五百億での月基地建設だった

第六大陸2

国際条約の障壁、衛星軌道上の大事故により危機に瀕した計画の命運は……。二部作完結

復活の地I

惑星帝国レンカを襲った巨大災害。絶望の中帝都復興を目指す青年官僚と王女だったが…

復活の地II

復興院総裁セイオと摂政スミルの前に、植民地の叛乱と列強諸国の干渉がたちふさがる。

復活の地III

迫りくる二次災害と国家転覆の大難に、セイオとスミルが下した決断とは？ 全三巻完結

星界の紋章／森岡浩之

星界の紋章Ⅰ—帝国の王女—

銀河を支配する種族アーヴの侵略がジントの運命を変えた。新世代スペースオペラ開幕！

星界の紋章Ⅱ—ささやかな戦い—

ジントはアーヴ帝国の王女ラフィールと出会う。それは少年と王女の冒険の始まりだった

星界の紋章Ⅲ—異郷への帰還—

不時着した惑星から王女を連れて脱出を図るジント。痛快スペースオペラ、堂々の完結！

星界の断章Ⅰ

ラフィール誕生にまつわる秘話、スポール幼少時の伝説など、星界の逸話12篇を収録。

星界の断章Ⅱ

本篇では語られざるアーヴの歴史の暗部に迫る、書き下ろし「墨守」を含む全12篇収録。

ハヤカワ文庫

星界の戦旗／森岡浩之

星界の戦旗Ⅰ―絆のかたち―

アーヴ帝国と〈人類統合体〉の激突は、宇宙規模の戦闘へ！『星界の紋章』の続篇開幕。

星界の戦旗Ⅱ―守るべきもの―

人類統合体を制圧せよ！ラフィールはジントともに、惑星ロブナスⅡに向かったが。

星界の戦旗Ⅲ―家族の食卓―

王女ラフィールと共に、生まれ故郷の惑星マーティンへ向かったジントの驚くべき冒険！

星界の戦旗Ⅳ―軋《きし》む時空―

軍へ復帰したラフィールとジント。ふたりが乗り組む襲撃艦が目指す、次なる戦場とは？

星界の戦旗Ⅴ―宿命の調べ―

戦闘は激化の一途をたどり、ラフィールたちに、過酷な運命を突きつける。第一部完結！

ハヤカワ文庫

著者略歴　1951生，1973年東海大学文学部日本文学科卒，作家　本書にて第10回日本ＳＦ大賞受賞

HM=Hayakawa Mystery
SF=Science Fiction
JA=Japanese Author
NV=Novel
NF=Nonfiction
FT=Fantasy

上弦《じょうげん》の月《つき》を喰《た》べる獅子《しし》
〔上〕

〈JA1026〉

二〇一一年三月十五日　発行
二〇一九年八月十五日　二刷

（定価はカバーに表示してあります）

著者　夢《ゆめ》枕《まくら》獏《ばく》
発行者　早川浩
印刷者　矢部真太郎
発行所　株式会社　早川書房

郵便番号　一〇一 - 〇〇四六
東京都千代田区神田多町二ノ二
電話　〇三 - 三二五二 - 三一一一（大代表）
振替　〇〇一六〇 - 三 - 四七七九九
http://www.hayakawa-online.co.jp

乱丁・落丁本は小社制作部宛お送り下さい。
送料小社負担にてお取りかえいたします。

印刷・三松堂株式会社　製本・株式会社明光社

ISBN978-4-15-031026-4 C0193

本書は活字が大きく読みやすい〈トールサイズ〉です。